「锐眼颉花」文丛

野荞 主编

给儿子娶个媳妇

温亚军 著

中国言实出版社

图书在版编目（CIP）数据

给儿子娶个媳妇 / 温亚军著 . -- 北京 : 中国言实出版社 , 2019.10
（ "锐眼撷花" 文丛 / 野莽主编）
ISBN 978-7-5171-3204-2

Ⅰ . ①给… Ⅱ . ①温… Ⅲ . ①中篇小说—小说集—中国—当
代②短篇小说—小说集—中国—当代 Ⅳ . ① I247.7

中国版本图书馆 CIP 数据核字（2019）第 210254 号

出 版 人：王昕朋
总 监 制：朱艳华
责任编辑：王蕙子
责任校对：王战星
出版统筹：李满意
责任印制：佟贵兆
封面设计：竹　子

出版发行　中国言实出版社
　　　　　地　址：北京市朝阳区北苑路 180 号加利大厦 5 号楼 105 室
　　　　　邮　编：100101
　　　　　编辑部：北京市海淀区北太平庄路甲 1 号
　　　　　邮　编：100088
　　　　　电　话：64924853（总编室）　64924716（发行部）
　　　　　网　址：www.zgyscbs.cn
　　　　　E-mail：zgyscbs@263.net

经　　销　新华书店
印　　刷　北京中科印刷有限公司
版　　次　2020 年 1 月第 1 版　2020 年 1 月第 1 次印刷
规　　格　880 毫米 ×1230 毫米　1/32　9.875 印张
字　　数　220 千字
定　　价　39.80 元　　ISBN 978-7-5171-3204-2

山花为什么这样红
——『锐眼撷花』文丛总序

在花开的日子用短句送别一株远方的落花，这是诗人吟于三月的葬花词，因这株落花最初是诗人和诗评家。小说家不这样，小说家要用他生前所钟爱的方式让他继续生在生前。我从很多的送别文章里也像他撷花一样，选出十位情深的作者，自然首先是我，将他生前一粒一粒摩挲过的文字结集成一套书，以此来作别样的纪念。

这套书的名字叫"锐眼撷花"，锐是何锐，花是《山花》。如陆游说，开在驿外断桥边的这株花儿多年来寂寞无主，上世纪末的一个风雨黄昏是经了他的全新改版，方才蜚声海内，原因乃在他用好的眼力，将好的作家的好的作品不断引进这本一天天变好的文学期刊。

回溯多年前，他正半夜三更催着我们写个好稿子的时候，我曾写过一次对他的印象，当时是好笑的，不料多年后却把一位名叫陈绍陟的资深牙医读得哭了。这位牙医自然也是余华式的诗人和作家：

「野莽所写的这人前天躺到了冰冷的水晶棺材里，一会儿就要火化了……在这个时候，我读到这些文字，这的确就是他，这些故事让人忍不住发笑，也忍不住落泪……阿弥陀佛！""他把荣誉和骄傲都给了别人，把沉默给了自己，乐此不疲。他走了，人们发现他是那么的不容易，那么的有趣，那么的可爱。"

水晶棺材是牙医兼诗人为他镶嵌的童话。他的学生谢挺则用了纪实体："一位殡仪工人扛来一副亮锃锃的不锈钢担架，我们四人将何老师的遗体抬上担架，抬出重症监护室，抬进电梯，抬上殡仪车。"另一名学生李晁接着叙述："没想到，最后抬何老师一程的是寂荡老师、谢挺老师和我。谢老师说，这是缘。"

我想起八十三年前的上海，抬着鲁迅的棺材去往万国公墓的胡风、巴金、聂绀弩和萧军们。

他当然不是鲁迅，当今之世，谁又是呢？然而他们一定有着何其相似乃尔的珍稀的品质，诸如奉献与牺牲，还有冰冷的外壳里面那一腔烈火般疯狂的热情。同样地，抬棺者一定也有着胡风们的忠诚。

一方高原、边塞、以阳光缺少为域名、当年李白被流放而未达的、历史上曾经有个叫夜郎国的僻壤，一位只会编稿的老爷子驾鹤西去，悲恸者虽不比追随演艺明星的亿万粉丝更多，但一个足以顶一万个。如此换算下来，这在全民娱乐时代已是传奇。

这人一生不知何为娱乐，也未曾有过娱乐，抑或说他的娱乐是不舍昼夜地用含糊不清的男低音催促着被他看上的作家给他写稿子，写好稿子。催来了好稿子反复品咂，逢人就夸，凌晨便凌晨，半夜便半夜，随后迫不及待地编发进他执掌的新刊。

这个世界原来还有这等可乐的事。在没有网络之前，在有了文学之后，书籍和期刊不知何时已成为写作者们的驿站，这群人暗怀托孤的悲壮，将灵魂寄存于此，让肉身继续旅行。而他为自己私定的终身，正是断桥边永远寂寞的驿站长。

他有着别人所无的招魂术，点将台前所向披靡，被他盯上并登记在册者，几乎不会成为漏网之鱼。他真有一双锐眼，撷的也真是一朵朵好花，这些花儿甫一绽放，转眼便被选载，被收录，被上榜，被佳评，被奖赏，被改编成电影和电视，被译成多种文字传播于全世界。

人问文坛何为名编，明白人想一想会如此回答，所谓名编者，往往不会在有名的期刊和出版社里倚重门面坐享其成，而会仗着一己之力，使原本无名的社刊变得赫赫有名，让人闻香下马并给他而不给别人留下一件件优秀的作品。

时下文坛，这样的角色舍何锐其谁？

人又思量着，假使这位撷花使者年少时没有从四川天府去往贵州偏隅，却来到得天独厚的皇城根下，在这悠长的半个世纪里，他已浸淫出一座怎样的花园。

在重要的日子里纪念作家和诗人，常常会忘了背后一些使其成为作家和诗人的人。说是作嫁的裁缝，其实也像拉船的纤夫，他们时而在前拖拽着，时而在后推搡着，文学的船队就这样在逆水的河滩上艰难行进，把他们累得狼狈不堪。

没有这号人物的献身，多少只小船会搁浅在它们本没打算留在的滩头。

我想起有一年的秋天，这人从北京的王府井书店抱了一摞西书出来，和我进一家店里吃有脸的鲽鱼，还喝他从贵州带来的茅台酒。因他比我年长十岁，我就喝了酒说，我从鲁迅那里知道，诗人死了上帝要请去吃糖果，你若是到了那一天，我将为你编一套书。

此前我为他出版过一套"黄果树"丛书，名出支持《山花》的集团；一套"走遍中国"丛书，源于《山花》开创的栏目。他笑着看我，相信了我不是玩笑。他的笑没有声音，只把双唇向两边拉开，让人看出一种宽阔的幸福。

现在，我和我的朋友们正在履行着这件重大的事，我们以这种方式纪念一具倒下的先驱，同时也鼓舞一批身后的来者。唯愿我们在梦中还能听到那个低沉而短促的声音，它以夜半三更的电话铃声唤醒我们，天亮了再写个好稿子。

兴许他们一生没有太多的著作，他们的著作著在我们的著作中，他们为文学所做的奉献，不是每一个写作者都愿做和能做到的。

有良心的写作者大抵会同意我的说法，而文学首先得有良心。

野莽

2019年9月

目 录

001　把式

013　男人和刀子

025　身份

062　蚊帐

077　回门礼

091　斜眼的吉利

101　幸福只要一点点

153　宝贝儿

188　第一百零九将

227　给儿子娶个媳妇

262　寻找大舅

306　后记　纪念

把式

桑那镇是个小镇，只有一条弯弯曲曲的小街道，又窄又短，抽一根烟的工夫就可以走一个来回。住在镇街上的人家，都开着一间门面房，大多卖些各种各样与农家有关的便宜小商品，平时冷冷清清的，只有每月的初一和十五逢集的时候，四乡八村的农民都到镇街上来赶集购买针头线脑，修补农具，才会热闹上一回。平时没有多少人来买东西，但各家的店依旧开着门，即使街面上空荡荡的，好像被风刮过一样干净，没有一个人影，还是有人守着那间小门面，趴在柜台上打瞌睡，或者到隔壁打打扑克，说说闲话。偶尔几个男人也会凑到一起，东家拿来一包花生米，西家从自己的酒缸里舀来一斤半斤散白酒，就在谁家的店门口摆上几把小凳子，几个人边喝边大声说笑，无拘无束。慢慢地，就会聚起一大堆男人，还有一些流着涎水的小孩，看起来也很热闹，要是再赶上谁扯起一件新鲜的话题，就能喝着酒议论上大半天。

在这些喝酒扎堆的男人里，从来没见过丙把式。丙把式是一年前从外地来的，来得几乎悄无声息，加上镇上的人排外，没有人主动与丙把式来往。丙把式做的又是大家不太懂也不感兴趣的玉器生意，在镇子西头租了老曲家的一间门面，开着一家玉器加工店。玉器加工店的生意就和丙把式卖的玉一样，很清淡。镇子上几乎没有人踏进他家的店门，丙把式夫妻二人却在桑那镇长住了下来。

镇子上的人把手艺人都叫作把式。打铁的叫铁把式，做木工的就叫木把式。

丙把式当然就是玉把式了。可小镇的人都不懂什么玉器，也根本看不上这个沉默寡言的外来户，就不把他像其他的手艺人那样叫作玉把式。只听租给他房子的老曲说他的名字叫什么丙，小镇的大人从自家上学的孩娃那儿知道"丙"是个不好的学习成绩，就随口把他叫成了"丙把式"。丙把式对这个称呼从来没说过什么，他和别人打交道少，除过偶尔来收房租的老曲外，没几个人正眼看过他，他们夫妻两人就像不存在似的，根本没有人在意过丙把式。丙把式夫妻俩除过守着没有一个客人的店面和冷冷清清的日子外，偶尔也会关上店门，到老马家的"羊肉泡"馆子里去吃碗羊肉泡馍。吃完后，只要是天气好，不管是晌午还是傍晚，两口子都不急着回店，就从镇街上穿过，两人毫无顾忌地手拉着手，有时女的还会依偎在男人的怀里，两人相拥着走过镇街两旁或明或暗的目光，去镇子外面的小河边转悠。

桑那镇是个落后闭塞的小地方，这里的男人女人、老人小孩都很守旧，夫妻在外面一起走路都不会挨得太近，就别说拉着手了，相互拥抱只有在电视电影上看过。丙把式两口子却是毫无顾忌地在众人面前表现他们的亲热，叫桑那镇的人们大开眼界，只要是丙把式两口子从街上走过，人们便停下手中的活，像看一幕生动有趣的情景剧似的，目光定定地跟着他们夫妻俩的身影一路看着，直到看不见他们的影子，才恍惚回过神来。一回过神，有一种很酸的东西从心底泛起来，便有了一种不平衡，想着凭什么这两个外地人要比他们过得更有滋味，更有情调呢？就在背后边议论边骂。特别是那些成年男人和女人们，怎么难听怎么骂，被骂的虽然损失不了什么，但多少还是能让骂人的心里得到一些补偿。但骂归骂，谁也管不了人家两口子的事，丙把式两口子下次照样手拉着手，相依偎着目中无人地从人们面前走过。其实，最不高兴的，是男人们，曾有男人扬言，要和丙把式谈谈。可看着人家丙把式一副冷淡的、根本不搭理人的样子，又怕是自讨没趣，也就强自忍了，可憋在胸口的气却是越聚越多，怎么也出不来。就有人给老曲说，叫他把丙把式两口子赶走。在这样一条寡淡且清冷的镇街上，老曲好不容易才把房子租出去，他哪里会赶走丙把式，但为了给丙把式这种伤风败俗的行为一些惩罚，就在众人的教唆下，每月增加了十块钱房租。丙把式对提高房租一点怨言都没有，竟然同意多出十块钱，气得别人一点办法都没有，倒是老曲平白每个月多了十块钱，都乐到心坎里去了。

到了这年冬天，大雪下过之后的一个黄昏里，一个高大粗壮两颊酡红的妇人，走路像匹种马似的，一扭一扭地手牵着一儿一女来到桑那镇。她见人就打听，说是要找自己的丈夫。大家还没有整明白她的丈夫是谁，正要细细盘问一番，好给自己沉闷无聊的生活增加一点新鲜感时，刚好丙把式两口子从老马家的"羊肉泡"馆子里吃完出来，两人仍是深情款款地手拉着手准备去河边踏雪。那个种马一样的妇人目光敏锐地越过众人，一眼就发现了丙把式，她的神情一下子生动起来，在别人都还没有闹明白时，一阵旋风似的冲上去，与丙把式两口子在雪地上撕打了起来。

打骂声把小镇的人都吸引过来了，大家从杂乱的打闹声里弄明白，丙把式就是这个妇人的丈夫，并且他们已经有了一儿一女两个孩子，丙把式有了相好，就抛下老婆儿女，和相好私奔到了桑那镇。就说呢，在这么偏僻的小镇开个玉器店，哪有生意做呢，原来丙把式是为了和相好躲藏在这里偷情。这下，看热闹的人们更不高兴了，看着往日里在他们眼里颇有些孤傲的丙把式被自己种马似的老婆掀翻在地，骑在身下挨打，不但没有一个人上去劝架，相反，好像一个日积月累已经被蓄满得快要溢出来的水泉，终于找到一个缺口，那水便一路奔涌，通畅而欢快。不但如此，为了更加解恨，小镇上的人还帮着种马女人声讨丙把式和与他私奔的那个女人。

在不逢集的时候，小镇很难得有这样的热闹看。大家都兴奋地围观着，看丙把式怎么收场。

丙把式他们一直闹到天黑透了，好多人手脚冻得冰凉，实在撑不住，才恋恋不舍地回家去了。丙把式的这个场面是咋收场的，有人在家里猜想，忍不住又穿上衣服出来看，外面已风平浪静，只是街道上的那片雪地被折腾得不成样子，凄凄凉凉的，残存着刚才疯狂打闹的场景。没有看到结果，人们还是兴致勃勃地猜想了半夜。只有高兴了没多长时间的老曲，却发了一夜的愁，他想着丙把式这下肯定要退房了，他的这间门面可再租给谁去。

第二天没有一点吵闹声，第三天、第四天……已经有了忧患意识的老曲一直没有等到丙把式来退房，却看到丙把式把紧闭了三天的店门打开。丙把式又回复了正常做生意的样子，只是再没有看到那个和丙把式私奔的女人了，他的老婆孩子却留了下来，在原来的床上又架了个高低床。丙把式的老婆长得手笨脚粗，家务料理得也不地道，但一家人还是平静地住了下来。

在房东老曲的眼里，生活依然照旧，只是改变了一些小小的细节，可是这些细节，对他来说，又算得了什么呢？老曲心里踏实下来，到月底去收房租时，他又给丙把式加了十块钱，原因是走了一个女人，又来了一个女人，还增加了两个孩子，水电肯定用得多，多收十块钱算是水电费。丙把式没说二话，多交了十块钱。

从此，人们很少再看到丙把式在镇街上出现，偶尔见他出来一次，也是一个人急匆匆地从镇街上穿过，随着他而过的，是一阵轻轻的尘烟，他也不到老马家去吃羊肉泡馍了，直接去镇子外面的小河边转悠。小河还是原来的小河，谁也不知道那河水到底是深了还是浅了，那水，总是不动声色地流着。倒是丙把式那个种马似的女人时不时地会牵着儿女，出来到别的店里买日用品，母子三人目光都怯怯的，很少说话，那一对儿女见了人就赶紧藏在母亲身后，像对小老鼠。人们对这个女人还算客气，却无法把她和那天看到的种马样子联系起来。人们多少有点失望，认为她应该和丙把式再闹闹，治治这个不要脸的男人。大家都同情她，会站在她这一面的。可她没有，大家只看到她一脸平静，一脸的怯懦，连句多余的话都不说，人们只好收起对她的同情，心里有点看不起她了，男人被别的女人夺走，都私奔了一回，她却能平静得几近麻木，真够窝囊的。

　　不管怎么说，丙把式一家四口在桑那镇过起了平静的生活，他们的生意还是那么清淡，根本见不到丙把式挣什么钱，可他从没有向别人借过钱，也没有拖欠过房租，谁也不知道他的钱是从什么地方来的。慢慢地，有人开始对丙把式的生意起了疑心，上门去想套些他生意上的真话，总是得不到满意的答案。后来，除老曲定时去收房租外，小镇上没有人再去注意丙把式一家人了。丙把式一家人就像是几株野外自生自长的树木，人们对于自己的生活尚且力不从心，对他们的存在就更淡漠，或者说遗忘了。

　　一晃，两年就过去了。

　　这两年间，桑那镇发生了不小的变化，从外地来桑那镇做生意的人渐渐多了起来，本地人趁机扩大自己的门面房，把一半或者整个门面出租给外地人开饭馆、开服装店。老马家的"羊肉泡"生意一直不好，干脆收了摊子，把房子租给外地人开了发廊，收的租金倒比他开"羊肉泡"时赚的钱还多。

老马家"羊肉泡"改做的发廊，装修得很华丽，是桑那镇目前最好的门面，但没有人去那里理发。小镇的人们还是喜欢那种简单的对他们心理构不成压力的理发店，还不习惯剪一次头发也要在这豪华的地方，在他们看来，那是大材小用，是浪费资源。所以发廊的生意一点都不好，可发廊里招收的人手却不少，都是青一色的年轻丫头，一个个打扮得比城里人还花哨，整天倚靠在发廊门口，撮着那血红的嘴唇，扑闪着蓝得发光的眼皮，盯着街上走过的男人，不停地抛媚眼。桑那镇的大多数男人，就像被勾走魂魄似的，身不由己地每天总要到发廊门口去转悠几圈。女人们看着男人们没出息的样子，心里有气，对着发廊骂了不少脏话。

桑那镇在骂声中繁荣起来。

就是在这时候，一直沉寂冷清的玉器生意也有了起色，来桑那镇的外地人多了，似乎懂得欣赏的人也多了，不时地有一些红男绿女开始出入丙把式的玉器店。

这年夏天的一个中午，有个骑着高头大马的男人，给丙把式送来一块鸡蛋般大的羊脂玉，上面还隐隐约约有块淡红色的擦痕。羊脂玉是玉中的极品。丙把式一看到羊脂玉，眼睛都瞪圆了，他从骑马的人手里接过玉，握在手心，慢慢地抚摸着，他的细腻与温润，眼里的那份专注，就好像是在抚摸一个年轻女人嫩滑的肌肤，他的手心里马上生出了一层羊油般细腻的汗水，他看着玉石上面的那道擦痕，心尖一颤一颤地。骑马的男人看出了丙把式脸上的变化，就对丙把式说，你看这能磨件啥玩意？

丙把式盯着手里的羊脂玉，沉吟半天，还是没发一言。玉的主人急躁地一连催促了几次，丙把式才把手中的玉石递过来，慢慢吞吞地说了句，这活，可不好做，你另请高明吧……

骑马的男人急了，扯着嗓门对丙把式说，我已经找过好多玉把式，他们都这么说。实话对你说吧，这是我祖上传下来的，一直没有打磨成器，不打磨成器，这玉还不就是一块石头？以前没觉着啥，放着就放着呗，也碍不了啥。可现在我手头紧，想到它，你就看着给打磨打磨吧，算我——求你了——

丙把式听着收回手，还是刚才那副专注的神态抚摸着手中的物件。过了半晌，才对骑马的人说，既然这样，那我就试试看吧，不过——你可不能急，我得把它琢磨透，才能下手。

那得多长时间？

少则一月，多则半年！

什么？骑马的男人倒吸一口气，皱紧眉头，他想了好长时间，才牙疼似的吸了口气说，那……好吧，可我……怎么信你？

丙把式用很奇怪的眼神看了看骑马的男人，才漫不经心地用手指一下自己的柜台，说你随便挑一件玩意拿去，先寄存在你那里。

骑马的男人挑了一对玉手镯，就跨上马背走了。

从这以后，丙把式手里整天握着这块羊脂玉，一边端详着，一边抚摸着，他那陶醉的神情就仍像是抚摸心爱女人光滑细腻的皮肤，连晚上睡觉都把这块玉石握在手里，生怕一不小心那玉石就要飞走似的。有时睡到半夜，他还会突然爬起来，一个人钻进操作间里，也不见他动手操作，只是一个劲地端详，像得了痴呆症似的，弄得脾气也变坏了，要么一言不发，要么就乱发脾气。他的女人和两个孩子，经常被骂得慌手慌脚，种马似的女人像挨过打的马似的急促地喘着粗气，脸憋得通红，却连一句嘴都不敢还，只能唉声叹气。他们刚刚平静了两年的生活，就被这块突如其来的羊脂玉搅乱了。

过了一个多月，那个骑马的男人来了，但他看到的，还是原样的玉石，只是玉石似乎比原先更加光滑和圆润。骑马的男人象征性地说了句催促的话，显得有足够耐心的样子，骑着马又走了。

这样又过了一段时光，突然有一天，丙把式把手里握了近两个月的羊脂玉放下，一个人急匆匆出了家门，到镇街上转了一圈，天快黑时，他买了一只肥羊牵回来。丙把式租的这间房子本来就不太大，中间用木板隔开，里间的一半做了卧室还带着做饭，外间摆着放玉器的柜台，在墙角用木板隔了一个小操作间，空间就显得更加局促。丙把式的女人侧着她种马似的粗壮身子，在前屋后屋走了几个来回，正发愁这只羊往哪里养时，丙把式已把羊牵进操作间，把自己和羊关在里面。操作间本来就够小的，再加上一只羊，便越发地拥挤，也不知道丙把式是咋过的，反正整整一个晚上他都待在里面，没有出来。就是从这天开始，丙把式晚上就进操作间，天亮才把自己放出来，给那只羊弄些吃的，自己也胡乱吃点东西，然后倒头就睡。有时可能是做了啥梦，睡着睡着突然爬起来，跳下床冲到操作间去看上一会，再回来接着睡觉。丙把式的女人也不知道他到底在干什么，又不敢问，只好默默地操持着一家人的生活。有一次，她曾小心翼翼地想把那只羊从操作间牵出来，到外面去放牧，却遭到丙把式强硬粗暴的拒绝。直到半个月后，丙把式才把那只羊牵出操作间，自己牵着羊到镇子外面的树林去放。从这以后，丙把式每天都去放羊，不要别人插手，他的女人几次想要帮他，都被他骂得狗血喷头，她不敢还嘴，越来越害怕丙把式，以为丙把式是用这种方式来痛恨自己拆散了他和他的相好，他整天和羊在一起，就是故意冷落她呢。她为了不失去男人，两个孩子不失去父亲，只能一个人躲在屋子里偷偷地哭。

半年后，当那个骑马的男人第六次来找丙把式时，丙把式把那块雕琢成型的羊脂玉交给了他。

　　骑马的男人接过这件琢成的玉器，双手捧着已成尤物的羊脂玉，惊得眼睛瞪得溜圆。其实玉石本身并没有怎么打磨，倒是那道擦痕，丙把式把它雕磨成一轮弯弯的月牙儿，月牙儿是淡红色的，在月牙尖上，还挂着一丝淡淡的若有若无的云彩，这轮弯月在晶莹剔透的玉体上，似乎散发着真切的毫光。

　　骑马的男人被丙把式的手艺镇住了，好半天脸上的震惊才一点点地褪下去，他把这件尤物放在唇边亲了又亲，说了不少感叹的话，然后把自己身上所有的钱财，还有那对作为押证的玉手镯全部给了丙把式，骑上他的马走了。

　　丙把式完成了这件手工，得到一笔可观的手工费，按说他这下可以松口气，好好地过平静的日子了。可他看上去却一点都不高兴，相反，他心神不宁起来，目光散淡，像是在看着什么，却什么也不在他的眼里。这还不算，他在骑马的男人拿走那块羊脂玉后，突然收拾东西，要离开这个地方。他的女人这下却不干，因为两个孩子已在桑那镇小学上学，一家人刚稳定下来，不想就这么不明不白地离开。她难得地拾掇起两年前为捍卫她的婚姻所显露出来的强悍，非要问出丙把式突然要走的原因。丙把式躲躲闪闪，回答不上来，只是一个劲地坚持要走。女人终于愤怒，认为丙把式又有了别的用心，终于和他吵闹起来，她怕他逃离他们母子又去找他以前的相好，这个种马似的女人耍起了脾气，以她身强力壮的优势把丙把式牢牢地困在家里，一步都不让他离开。丙把式在体力上干不过他的女人，只要他稍微有点动静，他的女人就像抓小鸡似的，把他扔到墙角，他根本走不出屋子一步。丙把式就没有离开桑那镇。

灾难是在两天后发生的。

那个骑着马的男人，在这天清晨突然又来了。这次，他还带着另外两个骑马的男人，这两个男人身体看上去都很强壮，他们从马背上跳下，冲过来一脚就把丙把式家的店门给踹开了。

那时，丙把式还在他女人的粗胳膊下睡觉呢。

骑马的男人带着另两个壮男人冲进屋子，什么话也没说，就把丙把式从床上抓起来扔到地上，一顿狂猛的拳打脚踢，要不是他种马似的女人大叫一声，穿着花裤衩从床上跳下来，扑上去替他挨几下，估计他的小命就玩完了。

骑马的男人是来要他的那块真羊脂玉的。他说他拿到的这块上面有红色弯月的玉是假的，这只是一块普通的岫玉，上面的弯月是一块搪皮。

丙把式躺坐在地上，坚决否认调换那块羊脂玉。骑马的男人就叫另外两个男人在屋子乱翻一阵，却没有找到他们要找的真品。骑马的男人当着丙把式的面，把手里的这块假羊脂玉摔碎在地。这块碎了的玉渣质地生涩白硬，根本没有一点羊脂玉高贵气派的油质感，果然是一块岫玉。丙把式还是坚决不承认他做过手脚。骑马的男人气疯了，叫另外两个男人看住丙把式的女人，自己上去把丙把式踢翻在地，硬要丙把式交出那块真羊脂玉。丙把式绝不承认这块碎了的玉是假的，愤怒的男人把丙把式的头踩到碎玉渣上，要他看个清楚。

碎玉渣轻而易举地刺破了丙把式的脸，锐利的疼痛感使他忍不住惨叫起来，血从他的脸上流下来，把碎玉渣都染红了。骑马的男人一点都不罢休，照着丙把式的身上乱踢。

丙把式的女人实在看不下去，奋力挣脱开那两个男人，冲过来解救自己的男人。女流之辈终究敌不过三个身强力壮的男人，她挨了不少打不说，丙把式的一条腿还在混乱中被踢断，他疼得昏死过去。

后来，要不是老曲怕在他家闹出人命不好交代，跑去派出所叫来警察制止住这场恶斗，丙把式那天可真就没有命了。

丙把式的命算是保住了，可他被打得不轻。在家卧了几个月后，丙把式走出家门，人们看到他戴着一顶破毡帽，把帽檐压得很低，遮挡着半边脸上的伤疤，还拖着一条残腿，一瘸一拐地从镇街上走过，去镇子外边的那条河边，一个人坐在河边，痴痴地望着平缓流动的河水发呆。

丙把式的故事讲到这里本来就结束了。但因为丙把式是这么一个奇怪的人，发生在他身上的事肯定不会太简单。可是，后来发生的事，还有丙把式以前的一些事情，桑那镇的人都没有亲眼看到，只是听房东老曲讲的，也不知是真是假。

老曲说是从丙把式的那个种马似的女人那里听到的。

老曲还说，丙把式的这个高大粗壮的女人，是丙把式师傅的女儿，也就是他的师姐，是师傅硬要他娶的，他一点都不情愿。大家可能还记得吧，那年丙把式的女人找到他时，对他的那顿暴打，够厉害吧。丙把式这样的人，怎么会甘心和这样的女人过一辈子呢，他和种马似的女人结婚前，其实喜欢的是他师傅的另外一个女儿，也就是和丙把式私奔来桑那镇的那个年轻漂亮的相好。那个女人是丙把式师傅的后妻生的，也就是丙把式的师妹，她和丙把式早就眉来眼去，可丙把式的师傅哪里能容忍这样的恋情，坚决不同意他们结合。多年之后，鼓足勇气的丙把式不得已选择了和师妹私奔这条路。后来的情形大家都知道，丙把式的女人也不知是从哪里听到了她男人和她妹妹落脚的地方，便拖着儿女，辗转来到桑那镇，找到自己的男人和妹妹，她只动手打自己的男人，却没有和自己的妹妹打闹。倒不是她有多大的心胸能宽容她妹妹，或者认为是夺了妹妹的所爱而有所愧疚，而是她觉得妹妹是父亲的掌上明珠，她怕动了妹妹会伤害到父亲。至于后来，残废了的丙把式突然提出要和他的女人离婚，女人竟什么也没说，也没有闹。到底这个种马似的女人为什么在这个时候没有表现出过激的行为，房东老曲说，可能是这个女人看着丙把式可怜，不忍心吧。

也许，这个种马似的女人亲眼看到了丙把式用刀子割开他喂养的那只肥羊尾巴，从流油的肉里取出一块沾着羊油的羊脂玉来，玉的正面有一轮弯弯的油汪汪的红月亮，这个女人才一下子明白过来：丙把式为能留下这块真正的羊脂玉，把一块普通的岫玉仿造成羊脂玉的形状，植进了羊的尾巴，等过上几个月，岫玉的外层浸透了一些羊的油脂后，油润的感觉让外行人难以分辨，他想以假乱真，骗过那个骑马的男人，又把真正的羊脂玉藏在羊尾巴里。为了保留下来这块难得一见的玉中极品，他差点连命都搭上。就凭这一点，这个女人明白她无论如何也是斗不过丙把式的。她是失败的，彻头彻尾的失败，守着这样一个男人，她的一生又有什么意义呢？她动了放弃的念头。还有，她阻止不了丙把式的另外一个原因，就是她太知道自己的父亲，同样是玉把式的父亲，面对这块天然生成一弯红月的羊脂玉，他又何尝不会认为这是无价之宝，是世间罕有的玉中极品呢。

所以，这个种马似的女人一句话也没有说，就放自己的男人走了。

至于丙把式把这块他拼着命留下来的羊脂玉献给他的师傅，从此是不是能和他的师妹在一起，就没有人知道了。反正，丙把式走后，就再也没有在桑那镇出现过。

桑那镇还是太小，虽然繁华的气息也远远地从外面飘了进来，可外面的世界变化得太快，而桑那镇的人们也缺乏了解外面的欲望。

男人和刀子

　　他们已经是第几次这样闹腾了？九次，十次，还是更多？没有人记得清了。父子俩越闹越不像话了，这次，父亲嘴里喷着酒气，手里拿着刀子，追得儿子满世界逃避，逢人就喊，杀人啦，杀人啦，亲生父亲要杀自己的儿子了！

　　人们看着这对每次都像演戏一样的父子，没有一个人上前劝说，扯着脖子看着他们父子把戏演下去。谁都明白，这对父子的神经都不正常，真要叫他们动真格的，父亲恐怕还没有这个胆量和勇气。可他们这样的闹腾方式，对谁也没有好处，大家对此看得多了，也只能是对他们父子反反复复的折腾越发地反感。哪有这种玩法，真是何苦来着。

　　可是父亲控制不了自己，只要他每次喝多了酒，塔尔拉的角角落落都能见到他的踪影，不是和一帮青年人梗着脖子抬杠，就是与别人的媳妇打情骂俏。追杀儿子是重头戏，是很显见得他威风的，一般都会放在人多的时候才开演，为的是博得更多的观众。说起来，他活到这个份儿上，全是这个该死的儿子给闹的，如果没有这个儿子，他的老婆就不会弃他而去，抛下他孤单单地守着一个空房冷炕苦度日月了。可是，没有这个和他相依为命的儿子，他就什么都没有了，除了越发孤单冷清的日子，他甚至连个说话的人都没有。想到这一层，在每次追杀过儿子之后，儿子几天都不理他，他的心里就很后悔，觉得很对不起儿子。可是后悔归后悔，等到他再喝多了闷酒之后，还是控制不了自己的行动，依旧会上演一场让别人看得都已经麻木了的戏。

说起来，这不能完全怪他，要怪，只能怪那个没有良心的老婆，她真能狠下心来，抛下丈夫儿子，不知去了哪里，一走就是五年。这五年里，他去了所有能去的地方寻找自己的老婆，老婆好像一滴水在这个世界上蒸发了似的，连一点踪迹都没有找到。老婆的绝情伤透了他的心，他无法让生活像原来一样平静下去，他变得自暴自弃，时不时地就拿儿子出出气，来泄一泄时常郁积在胸中的闷气。

儿子其实是他的心肝宝贝，他像天下所有的父亲一样，把儿子看得非常重要的，当然这没有错，就是他太看重儿子了，容不得儿子受一点点的委屈。为了儿子，他一次又一次地和老婆吵闹，不管老婆的对与错，只要是老婆对儿子稍有一点颜色，他绝对会看老婆不顺眼。他有时候也会为儿子的不听话生气，可是他能容许自己对儿子的溺爱态度，好像儿子是他个人的专利似的，他怎么对待儿子都是出于爱。而老婆偏偏就是个倔强的主，你越不愿意她用什么态度对待儿子，她就偏要用那态度来对待儿子，就是要跟他拧着干，这一拧，也好像和儿子前世有了仇一般，动不动就大声地叱责儿子。这让他心里非常不舒服，像谁在他眼里揉进了许多沙子似的，弄得他左看右看就看老婆不顺眼，便和老婆吵。越吵，越觉得自己的这个老婆不像个老婆。老婆的嘴罩着呢，说到最后，居然所有的错都在于他，好像他是个罪魁祸首，是这个家庭不平静的因素。后来，他觉得一切言语都不起作用了，他的心里才有了动用刀子的念头。当然，他没敢用锋利的刀子刺自己的老婆，他是用刀子来吓唬人的，他其实就是个纸老虎，可老婆还是被他这个纸老虎的劲吓跑了。事后，有人告诉他，他的老婆原来去喀什卫生学校学习时，早就和一个男同学好上了，那个男同学不但英俊，而且身体棒得像个种马，懂得怎样用肢体语言把女人的积极性调动起来，早把他老婆的魂勾走了。她心里早就有想法了，只是碍着儿子不好和他闹离婚，偏偏他又把儿子看得比什么都重，老婆被忽视心里当然更不平衡，就借着儿子常常来和他闹，这下，总算是有了确切的借口离开他。谁愿意生活在一个动不动就耍刀子的男人身边啊！其实他是中了他老婆的圈套了。

　　可他自己并不这样认为。说起来，当时场部只给塔尔拉分了一个去喀什卫生学校学习的名额，还是他想尽办法给自己的老婆争取来的学习机会，那时他是塔尔拉的农技站站长，算是个技术人才，大家对他很尊重的。老婆不告而别后，他像疯了似的，跑遍了喀什市的角角落落，甚至把卫生学校的老师学生，还有那个老门卫都拷问了不下十遍，也没有打听到老婆学习时与那个男同学过往从密。所以，他一直不承认老婆是心里有了别的男人，更不愿承认老婆是跟着野男人跑了，他时常内疚的，是他用刀子把老婆吓跑了。可他又想，女人真是难以捉摸，柔起来跟水似的，能把人化了，狠起心来，却也真够绝的，像他老婆，就能丢下他和儿子，一去就再也没有音讯，留下他和儿子凄凉地度着日子。他心里其实是很苦的。

　　可现在，他又用刀子来吓唬他的儿子了。

　　儿子显然是吓唬不住的，他没有像他母亲那样被吓跑，他的承受能力显然要比他的母亲大得多。尽管每次他都是被父亲追得满世界乱窜，但他并没有因为父亲手里的刀子而有所惧怕，他在躲避父亲的"追杀"时，也体会到了父亲心里的痛苦。那种痛苦是他没法替父亲承担的，他也知道父亲并不需要安慰，他需要的是一次次的发泄，痛痛快快的、淋漓尽致的发泄。儿子唯一能做的，只能是帮助父亲完成这种游戏似的发泄过程。所以，每次被父亲"追杀"一番之后，他还会回到家里。

儿子已经是个懂事的孩子了，对于母亲的出走，他都有自己的判断能力了，他很同情父亲。

父亲和儿子配合倒挺默契。父亲酒醒了后，往往对自己的行为会做出一番后悔的举动，买许多好吃的给儿子，甚至给儿子端来热水亲自给儿子洗脚，他要用自己的行动来向儿子道歉。这倒弄得越来越长大了的儿子很不好意思，他埋着头，把脚硬从父亲的手里抽出来，坚持要自己洗。儿子是一点怨言也没有，父亲愧疚的心就变得柔柔的，好像有什么东西化在了心里面，真是不枉自己的一番痛爱，儿子能与自己如此心有灵犀，这叫做父亲的经常热泪盈眶。每当这个时候，他总会抚摸着儿子的头，问儿子一声，为什么儿子在他追杀时，要那样喊呢？他真诚地对儿子说，我又不是真要杀你，只是心里憋屈得慌……

儿子毕竟还是个孩子，他望着父亲的脸回答说，他知道父亲不会真杀他，可在那种情况下，他是忍不住的，不喊，心里就好像缺少什么似的。儿子也很真诚地说，就像你要拿着刀子追杀我一样，也是控制不住自己的！

父亲想着，儿子的话不无道理，便点点头，把儿子揽到怀里，紧紧地抱着，很慈父的模样。儿子在父亲的怀里一动也不动，这是最温馨的时刻，他听到父亲稳健有力的心跳声像鼓点一样震动着他的耳膜，那埋藏得很深的委屈，也就一点一点地淡没了。这是父亲和儿子之间不需要任何语言的交流。直到儿子在父亲的怀里睡着了，父亲轻轻地把儿子抱到床上放好，看着儿子熟睡的脸庞，他的热泪再次盈眶，甚至抽泣起来。他怕自己的哭泣声惊醒儿子，便轻轻地下床关掉灯，来到窗户跟前，他朦胧的双眼望着窗外的夜晚。夜晚是静谧的，从别人家窗口透出来昏黄的灯光，温暖地穿过自己家的窗玻璃，照在他硕大的、胡子拉碴的脸庞上，他似乎看到了别人家里的温馨，更感受到了与自己这个冷寂的家无关的那份温暖，他的心里更酸了，哭声再也压抑不住，他捂住嘴冲出房间，到客厅里放声大哭起来。

哭过之后，他的心里空荡荡的，好像原来塞满了各种纷杂的情绪都随着他的一通泪水，被冲得一干二净，这使他显得无所事事，便随手翻着儿子留在茶几上的作业本、铅笔盒，还有那个他百看不厌的蝴蝶标本册。标本册是他给儿子买的，那时候他的老婆还没有出走，儿子和他，还有他的老婆，一家三口人在春天沙枣花开得最盛香味最浓郁的时候，用他制作的网，捕捉了各种各样的蝴蝶回来。父子俩头趴在一起，摆弄着那一堆花枝招展的蝴蝶，商量着怎样把它们制作成标本。可面对这些优雅地扇着翅膀的活蝴蝶，父子俩却谁也不敢下手，或者说谁也不忍心下手。别看他是个大老爷们，要让他亲手残杀这样一个美丽的生命还是很难的，他甚至都害怕自己手上沾着的那些五彩缤纷的粉末，那可都是蝴蝶们一生的精华啊。最后，还是他的老婆有气魄，她骂了他们父子俩一声，夹起一个花蝴蝶，在父子俩颤抖的目光中用尖利的大头针从蝴蝶毛茸茸的头部、背上穿过，然后压到了木板下面。过上几天，一个个栩栩如生的蝴蝶标本就做成了，他和儿子兴高采烈地把这些标本编了号，按顺序固定在标本册里。

那是多么快乐的一种日子啊。那时候，他和老婆也吵闹，可是再怎么生气，他从来没有动过老婆一指头，只是喝多酒后拿出刀子来吓唬过她。他一直坚信着，一个男人碰上怎样刁蛮的老婆，都不应该动手打她，而应该用男人的方式制服她，这比什么都管用。女人也喜欢男人骑在她身上用男人的方式"欺负"她。当然，那时候她和他吵架也没有多厉害，而且总是男人占着上风，女人还是懂得给男人一点自尊的。但是后来就不行了，老婆变得叫他越来越不可思议，他还是用男人的方式治理着她，她有时一点都不配合，动不动就拒绝他，态度非常恶劣，使他男人的尘根越来越力不从心。在老婆那里寻不到共鸣，他只好和儿子产生共鸣了，而老婆似乎也发现了儿子这个以前未曾开垦的"处女地"，也盯着儿子来"共鸣"了，她和儿子是"共鸣"得越来越多，而他与老婆之间的矛盾因此也越来越大了，他绝对无法忍受老婆和儿子"共鸣"的方式，他可以自己委屈，却不能让儿子受气。现在回过头来想一想，老婆真是心里有鬼呢，也可以说是用心良苦，她要不用这种方式来惹怒男人，她能狠下心不明不白地出走么？看来别人的传言是有道理的，他真的是落进了老婆制造的"陷阱"里。不然，像他这样连个蝴蝶都不敢用大头针扎穿的男人，就是手里拿着刀子，又能把她怎么样呢。她当然知道他不能把她怎么样了，她也不会这么去想，她要的只是这样的结果，是这种能够说服自己抛夫弃子，绝情地一走了之的理由。

自从老婆走了后，他经常彻夜难眠，心里充满了深深的懊悔。刚开始，他想不通的时候，就把老婆的出走怪罪到儿子身上，他和老婆的每次吵闹都是为了儿子，儿子是他和老婆关系裂变的根源。有了这种念头，也才有了他酒醉后追杀儿子的情景。现在想来，儿子是绝对无辜的。后来，他想来想去，想到问题还是出在刀子上，可他同样用刀子吓唬过儿子，而且比吓唬老婆绝对惊险得多，但儿子一点都不记恨他，老婆怎么就记恨了呢？还是老婆有问题，她不能算一个好女人。

但他是一个好男人，他时常这样安慰自己。好男人应该有一个好女人。他需要一个好的女人。于是，在这年的秋天，他重新物色了一个女人。

这个女人是个死了丈夫的寡妇，还不到三十岁，颇有姿色，是个俏寡妇，打她主意的男人不少，可那些不怀好意的男人，他们施出多种方式诱惑她，她都不为所动，为了抚养她和前夫生下的两个孩子，她一直独守空房，耐着寂寞。这样的女人应该算是个好女人了。

他看上了这个女人。他不像那些心怀鬼胎的男人们，心都是歪的，他是真诚的。要得到这种女人其实也很简单，他动用了婚姻，和女人一起抚养两个幼儿。男人是强壮有力的男人，也是个心眼实在的男人，寡妇是不会拒绝这种好事的，两个孩子有了个能挡风遮雨的父亲，她自己又有了一个名正言顺的男人。冬天的时候，他们很快就结了婚，两家人合成了一个五口人的新家。寡妇果然是一个好女人，屋子打扫得干干净净，锅里随时都冒着热气，炕始终是热的，无论男人回家有多晚，女人都会躺在炕头上热热地等着他。有了女人的家才叫真正的家啊。男人再也不用望着别人家温暖的灯火，心里那么凄惶了。

女人不光能滋润男人，还能改变男人。

男人不再去喝酒了，他把以前用来喝酒的时间都用在了女人身上，整天守在这个年轻俏丽的女人身边，像一头被桩子拴住了的马，他什么事都听女人的，是那种心甘情愿的听，女人叫他往东，他绝不往西，一心一意地和女人过起了日子。他被有了女人滋润着的日子给陶醉了，慢慢地，他忘记了前妻抛弃他和儿子的事，忘了心中的怨恨，变得心平气和起来。他对女人的两个幼儿像亲爹似的，绝对做得像个父亲，一点儿也不比当年他对自己的儿子差。当然，女人把男人的儿子也当亲生儿子一样对待的，她懂得怎样去讨好这个大儿子，做好饭先给他盛一碗，并且总是给大儿子碗里夹满满的一碗肉，衣服也是先给大儿子做新的，自己的孩子穿旧的。平心而论，她把这个后母当得非常到位。

可是，大儿子心里却总觉得隔着一层什么，他主要还是不习惯这种新生活，不习惯这样的温情脉脉。父亲有了女人后的突然变化，使他失去了许多乐趣，好像一种十分贴己的东西被人从身上强拉硬拽生生剥掉了一样，那感觉是十分疼痛而且陌生的。像以前，父亲喝多了酒后，拿着刀子追着他到处跑，父子俩像做游戏似的，虽然恐怖点，但很有意思。尤其是父子俩在追杀过后的交流，那可是男人和男人之间的交流，多真诚啊。如今这一切都没有了，女人的出现隔断了两个男人心灵的默契。这还不算，父亲对儿子的态度也大变了样，动不动就对他不满，指责他。女人要是给大儿子特殊照顾了，父亲马上会站出来阻止，好像他这个儿子是不需要并且还不应该特殊照顾的，有时甚至还会当着一家人的面呵斥儿子。叫两个小弟弟看着，儿子非常难堪。父亲其实是不想让女人误认自己对儿子有偏爱，他实际上只是想把一碗水端平。但是，父亲没有顾及自己的亲生儿子，他以为就像他曾经举着刀子追赶儿子时一样，是会得到儿子的理解和谅解的，却不知道自己的行为，就像是拿着那把当年追赶儿子的刀子，慢慢地割断了他和儿子之间的纽带，使儿子和他越来越远了。儿子的嘴唇上已经长出细绒绒的胡子，到了懂得要脸面的年龄了，面对父亲的指责，他是硬撑着的，看上去，他就像一个非常听话的孩子。

儿子表面是软弱的，但他内心非常坚强，他默默地承受着父亲对他的指责，也慢慢适应着父亲的变化。父亲现在的位置很特殊，儿子懂事了，他得学会为父亲考虑，为这个家庭考虑。

可是，父亲却越来越不顾儿子的感受了。

话还得从这一年春天说起。这已经是两年后的一个春天了，就是说，他们这个新家庭已经组成两年多了。按理说，这个家已经磨合得差不多了，大家都习惯了这种新的生活方式，儿子和父亲的关系呢，也慢慢地形成了新的格局。

父亲越来越偏向于女人带过来的两个小儿子，对自己亲生的大儿子越来越冷淡了。儿子也逐渐习惯了父亲的这种冷淡。儿子轻易不会去触及这种冷淡，他把自己在这个家庭里的位置留得很小，无论父亲怎样对待他，他的表情总是淡淡的，他在两年的历练中，已经学会把自己的很多情绪都放在了心里，对于父亲曾经和他有过的心灵相通，他当作记忆储存了起来，只是偶尔才会从记忆里翻出来，酸酸涩涩地品咂着。

或者是关于父亲温馨的记忆越来越少的缘故，儿子这时候更多地会想起自己的母亲来，他总是一个人躲在屋子里，闭着眼睛回想母亲的音容笑貌，还有她的气息，那是很遥远的气息了，但却能让儿子的心里重新泛起一丝温情来。

这年春天，又是蝴蝶飞舞的季节。女人的两个小儿子偶尔看到了大哥哥的蝴蝶标本，他们为这个美丽的蝴蝶标本而兴奋不已，他们想把这个标本占为己有。大儿子当然不肯了，即使父亲出面调解，他也毫不动摇，这是他的母亲亲手给他制作的，是他唯一的念想，说什么都不愿送给他人。为此，父亲非常生气，他对前妻本来就没有一点好感，那个不守妇道的女人，没有一点良心的女人，让他觉着耻辱的女人，他恨不得从自己的生活里抹掉她所有的痕迹，这下见大儿子居然这样维护着前妻，终于勾起了他胸中的怒火。他先是忍着，质问儿子难道忘记了那个女人抛弃他们父子的凄楚了吗？忘了她给他们带来的伤害？不记得他们父子俩那被搅得一塌糊涂的日子了吗？儿子瞪着父亲，没有回答父亲的质问。父亲被儿子的沉默激怒了，终于失去了理智，他想从儿子手中强抢蝴蝶标本，儿子已经长大了，他很有劲，一下子就挣脱开，拧身跑了。父亲难忍下这口气，便找到刀子，重演了一次好久没有上演过的追杀儿子的闹剧。

儿子看着追上来的父亲，他仿佛看到了两年前的父亲，手持刀子追他的情景，他来了兴致，抱着蝴蝶标本越跑越兴奋，所以他一点都不害怕，反而跑得也不太用心。他太想和父亲再玩一下这个游戏了，也许正因为他的兴奋点在父亲的追杀上，反而忘了发出那几声喊叫。

父亲已经不是两年以前的父亲了，他一点都不懂儿子怀旧的心思，他一点怀旧感都没有了。现在的父亲心里真正装满了对儿子的不满，所以他一追上去就用刀子真砍儿子。起初，儿子还以为父亲和原来一样是闹着玩呢，慢慢地，才发觉父亲是动真格的了，父亲没有喝酒，他的头脑清楚着呢，劲儿也大。儿子这才有些怕了，钻来钻去地躲避着父亲的刀子。儿子累得满头大汗，气都喘不匀了，总算躲过了父亲冰冷而绝情的刀子，但他的蝴蝶标本被父亲抢去了。父亲是真气急了，抢过蝴蝶标本，也不拿回去给女人的两个小儿子，二话不说，用手中的刀子就把蝴蝶标本砍碎了。

儿子几次想从父亲手中抢救下蝴蝶标本，可父亲的刀子使他没有这个机会。他眼睁睁地看着父亲把他心爱的蝴蝶标本砍成了碎渣。

儿子的心随着蝴蝶标本的碎片，也破碎了。他哭了，在心里重重地记下了父亲残忍的这一笔账。他暗下决心，从此不再和父亲说一句话。

儿子不理父亲了。

快到秋末的时候，人们开始为过冬做准备了。塔尔拉的冬天特别漫长，需要储备大量的白菜、土豆、大葱，还有足够烧一个冬天的柴火。塔尔拉的柴火越来越不好打了，附近能烧的柴火都被人砍光了，打柴火得去很远的山里，一个来回就得三天时间。柴火不够，父亲去打了几车柴火回来后说，打柴火的人太多，连山里的柴火都越来越不好找了。柴火要节约着烧，父亲打算今年冬天只烧一个火炕，要把儿子单独睡的炕停了，叫儿子睡到他们的大炕上来。他把这个打算给儿子说了，儿子不说同意，也不说不同意，只是沉着脸不理父亲。父亲又问了几声，儿子仍像个聋子似的不理睬不说，还突然起身走了。父亲看着儿子沉默的背影很生气，骂了句，兔崽子，你不愿过来睡，就把你冻死算球了，反正老子打不来柴火，供你多烧一个炕！有本事，你就自己出去打柴火来，在老子面前要什么威风……

女人忙劝男人别这么说话，儿子大了，有自己的想法，再说，五口人睡在一个炕上，怎么说他也不习惯……

这两年多来，男人有了知冷知热的女人，可生活负担却加重了很多，他的脾气也变得越来越不好了，尤其是对这个儿子，他简直无法捉摸，什么事都闷在心里不说出来，就会使小性子，让他越来越气恼。女人体己的话却像给火上泼了油，男人一脚踢翻了儿子刚坐过的凳子，吼叫道，小兔崽子翅膀硬了，不把老子当回事，哪天把老子惹急了，把你宰了！

那一刻，儿子在屋子外面听到了父亲的话，他自己的心里奇怪地响了一下，那响声很奇特，像是裂帛，嘶嘶啦啦的，又像是一段枯木被折断，响得清脆又彻底，他被这个声音刺痛了。他知道这是他与父亲血脉断裂的声音。这个声音使他一下子觉得自己长大了。他长大了，是个男人了。

自认为已经是男人的儿子，把自己积攒的零钱全部拿出来，去场部商店买了一把最好的"英吉沙"刀子。他把刀子揣进怀里往回走时，路过一个废弃的马厩，他看四下无人，想试一下自己的刀子，便走过去用刀子狠劲砍破门板上的锁链，几刀就砍断了，他看到毫发无损的刀刃，仰头大笑了两声。这时，一股凛冽的寒风从他面前匆匆走过，挟裹着他的大笑不见了踪影，他的脸明显感觉到了寒冷的流动。他用正在成熟的手掌，抹了一把脸上的寒冷。

他转过身时，看到了头顶的一只蜘蛛，在一棵沙枣树与屋檐之间，正在忙碌着织补一张透明的网。已经是初冬了，塔尔拉在初秋就没有蚊蝇了，何况是到了初冬，看来这只蜘蛛是在枉费心机，织补的只能是一个空空的梦想。替那只蜘蛛惋惜了一番后，儿子抬头看了看天，天有些阴沉，是冬天的天气了，塔尔拉的冬天很坚硬。他把刀子装进刀鞘又揣进怀里，他手摸着怀里硬邦邦的刀柄，感觉自己真是长大了，像一个成熟的男人了，他才心里踏实地往家里走去。

身
份

1

春节后的一个夜晚，杨言传佝偻着腰拎着两瓶酒来到杨明烈家，对杨明烈说："这是妙妙过年时带回来的，说是从酒厂仓库直接提的货，不会有假。"

酒是"西凤"，精致的包装盒上烫金的凤凰在昏黄的灯光下跃跃欲飞，十年陈酿的标志夺人眼目。杨明烈歪头凑近瞅了好长时间，咽了口唾沫，对杨言传道："闺女孝敬你的，拿我这做啥！"

杨言传把杨明烈的眼神看在了眼里，拍拍酒瓶说："我的肠胃你知道吗，好东西消受不起，去年妙妙带回的蜂王浆差点要了我这条老命。明烈哥，这十年陈酿还是适合你的肠胃！"

杨明烈手按在小肚子，脸上泛起的红晕在灯光下一闪一闪地跳："你兑地的事，我给大虎叨叨过，他说上河湾的地自从划进退耕还林后，为那几个补助费，大家都想兑换地，他得一碗水端平啊。要说呀，你有给你西凤酒蜂王浆的闺女，还在乎这几个补助费，就别瞎掺和了。"

杨言传把酒轻轻放到桌上，说："老哥啊，妙妙有啥钱呀，她挣的那几个钱都攒着买城市户口，还差得远呢。你看看我这身子骨，啥都做不成，还靠领几个退耕还林的补助费塞我这张老嘴呢。"

当初，杨言传只分到一亩上河湾的沙坡地，他就跳着脚，要死要活说自己腰身直不起来，种不了沙坡地，会滚下沟底摔死的，死缠硬磨兑换到平地。这下要退耕还林领补助费了，他却要把平地兑成沙坡地，太没道理了。

杨明烈把酒拎起来，塞进杨言传怀里："言传你把这拎回去，兑换地不是个小事情，我做不了这主。"

杨言传推托着不接酒瓶，身子一晃一晃，可怜巴巴地说："明烈哥，你是支书的爹，儿子不在家，龙泉原还不是你老哥说了算，说啥你也得帮我这个忙。不然，我可就住你这不走了！"

杨明烈怕酒掉地上摔碎，只好自己抱紧，抚摸着盒子上的凤凰，说道："你又想要赖了不是，看你这点出息，丢你闺女的脸哩，她要是买下省城户口，哪天嫁个有钱有势男人，要把你接去当城里人，就你这德行，还不把咱龙泉原人的脸丢尽！"

杨言传挺挺没法挺直的腰身，叹道："我就这副老脸，只要把地给我兑换了，爱咋丢往死里丢去。反正，龙泉原这个鬼地方，我也没脸可丢了。"

2

龙泉原背靠青龙山，前依青水河，有山有水，看上去像个风水宝地。从古至今，龙泉原却没出过一个留名青史的人物，也没在改革开放的大好形势下提前奔向小康。相反，有些人的日子越过越穷。按杨明烈的侄子三圈的话说，不是龙泉原出不了人物，而是该出的人物都被贫瘠的土地拴住腿，困死了。土地养不住人，这几年，年轻人都到城里去找生活，村里只留下一帮老弱病残，使龙泉原没了往日的生气，像个垂暮的老人，守候着为数不多的日子，彷徨无助，暮气沉沉。

这年开春后不久，龙泉原来了一帮城里人，在村子的各个角落搭起测量架子，东量西算地搞测绘，一问，说是龙泉原被规划进市里的新开发区，以后这里要变成城市了。老人孩子不懂什么叫规划，但变成城市却是懂的。龙泉原离黄土原上的县城有三十多里，离西康市也就五十多里地，还在一个平原上，要把龙泉原规划进西康市，成为新开发区的一部分，看起来也挺合理。龙泉原村以后不再是农村，要变成城市，村民惊愕之余，欣喜若狂。户口本上的"农业户口"要换成"非农业户口"，今后不再用胆怯的目光仰望城市，要成为真正的城里人，乡亲们的腰杆子挺得直直的，像已经当上城里人似的，神气活现。沉寂多年的村子喧闹起来，无论老人娃娃都挂着一脸跌不下来的笑容，到处喜气洋洋，比过年时还要热闹。

杨言传还在半信半疑当中，他不像别人能一下子找着城里人的感觉，把腰杆子挺直，他的腰不争气，这辈子是直不起来了。正发愁呢，女儿妙妙从省城打电话回来告诉他，龙泉原能进入市里规划的新开发区，是她的朋友给帮的忙。听女儿这么说，杨言传把弓着的腰板还是挺直了许多，神采焕然一新。妙妙这几年在省城打工，一直独领着龙泉原的风骚，这次，又给村里带来翻天覆地的变化，这么能干的闺女在龙泉原的确找不出第二个来。这下，杨言传也不操心兑换沙坡地领那几个补助费的事了，夜里兴奋得睡不着觉，第二天一大早赶紧托媒人去把女儿的婚事给退掉。说起妙妙的婚事，杨言传窝着一肚子气，妙妙出去打工那年，男方托媒人三番五次上门提亲，妙妙从小丧母，是父亲拉扯大的，她心里不愿意这门亲，可父命难违，在杨言传的威逼下答应下这门亲。后来，有了妙妙在省城发廊不三不四的传言，男方来退过好几次婚。在龙泉原，男方提出退婚，女方家很难再抬头做人，闺女以后也很难再嫁个好人家。每次男方上门来退婚，杨言传为顾脸面，低三下四好话说尽，还白白给男方送礼，勉强哄住人家没退成婚。为退婚的事，妙妙在电话上和杨言传没少吵，退就退，谁怕谁呀，求他干啥，我又不是嫁不出去！妙妙的话气得杨言传把电话都摔了。现在，妙妙要成为城里人了，不可能再和邻乡的那个乡民结婚，双方的身份将要发生巨大变化，一个城市人，一个乡下人，悬殊太大，一起生活肯定不合适。杨言传不和女儿商量自作主张与男方退婚，算是出了一口恶气。

要成为城市开发区，就得有宽敞的马路和高楼大厦，有经营各种商品的店铺，生产加工厂。龙泉原被测绘后没几天，呼啦啦开来一大帮推土机、挖掘机，轰隆声响成一片，在绿油油的麦苗地里摆开阵势，说要修街道和厂区。一长溜大翻斗工程车日夜不息地运来石头、沙子和水泥，瞬时间把龙泉原变成一个大工地。

大片大片已经拔节的麦苗，花开得黄灿灿的油菜，被推土机铲掉，埋压在土里，即将成为城里人的老人们看着心疼。变成城市是今后的事，眼前却是实实在在的青苗庄稼啊！看不下眼的老人们自发地跟着支书的爹杨明烈去拦推土机，要工程队留下麦苗。工程队理都不理，说有问题去找上边政府，他们只管基建工程，别的管不了。杨明烈没办法，在老人们的期待中，打电话给大儿子杨大虎，叫他回来处理。杨大虎是龙泉原的一把手，以村委会的名义在城里搞了个工程队。龙泉原村子小，乡上不多配村干部，杨大虎既是村支书又是主任。杨明烈叫儿子回来以组织的名义找政府交涉。杨大虎拒绝回来，他包的工程一时走不开，也不愿交涉这事。交涉啥呀？公家要搞的事，谁都交涉不了，再说，是把龙泉原改造为城市的好事，有啥可交涉的。儿子这个支书不回来，杨明烈只好硬着头皮带一帮老汉，又去和工程队商量，看能不能缓一缓等夏天收了这茬麦子再修街道。工程队的时间就是金钱，哪等得起麦黄，几句话给打发了，说这是市上规划内的工程，哪会在乎几亩麦子？都快是城里人了，别再像农民一样计较这点东西，就坐着等上面给征用土地款和青苗补助费吧。乡亲们想想也是，有公家呢，这不是闲操心么，看那些城里人，谁在乎过节气、雨水，还有庄稼的收成？人家从不缺吃的。大家这才把心放回肚子。最高兴的还是杨言传，幸亏地没兑换成，不然这次亏可吃大了，征用土地款肯定要比退耕还林的补助费高得多。他像占了大便宜，每天笑呵呵地去各个地方看工程的进展情况，与别人争论这儿那儿将来会建成什么样子，对未来的城市规模描绘起自己的蓝图。

过了麦收季节，也不见上面一点动静，有些人家眼看就没粮食吃，大家这下又急了，可又不知该找谁。杨大虎不在家，只好又找他爹杨明烈。以前，杨明烈爱管事，儿子不在，他替儿子履行支书的义务和权利，在这节骨眼上更不能往后缩，就一起去找乡里。

乡政府在青水河西岸，离龙泉原村最远，这次以青水河为界，乡政府和别的村都不在新开发区规划之列，乡长书记心里很不舒服，又没办法，就趁市里征用龙泉原土地机会，忙着给自己找块好地皮，打算盖栋小二楼呢，他们哪有时间理杨明烈，还说龙泉原得了便宜别不知趣，要成城里人了，还一副农民意识，公家能亏了你？你们如果还想要那点种粮食的地，这城镇户口可不给你们了，哪有带着地的城里人？

杨明烈和一帮老人听乡领导这些话，悄悄地溜了回来。

到了收秋，也没见公家发下一分钱补助款，龙泉原却被挖得千疮百孔，这时，工程突然停了。据工程队的人说，这个开发区招不来商引不来资，可能得暂时搁下，要搁多长时间，只有天知道。这下，龙泉原的人全傻眼了，眼看吃了上顿没下顿，地又给挖得一塌糊涂，根本没法种，今后的吃饭问题咋解决呀？

平时爱胡说却不负责任的满满他爹说，支书不在期间，支书的爹是全权代表，有问题找他解决！

支书的爹还是没辙，只能再给儿子打电话叫他回来。杨大虎哪能分心管村子里的烂事。再说，政府的事，他一个小村官，能有啥法子？在电话里给他爹发了一通牢骚，说龙泉原要归市上的新开发区，他这个村支书也当到头了，还管那么多做啥，气呼呼地把电话挂了。一屋子的老头老太们傻了，眼巴巴地望着杨明烈，问这可咋办呀？杨明烈咬着牙说，活人还能叫尿憋死？乡里不管，咱找县里去！

3

一帮乡下人从七八辆拖拉机上跳下，咋咋呼呼地要和拦挡他们的交警论理。除过几个拖拉机手还算年轻点外，大多是上年纪的老头，偶尔有几个老太太，手里还牵着没上学的孙子。孩子没见过大世面，从人缝里胆怯地看着正在发威的交警，被几声叫嚣吓得哭起来。一个孩子哭了，其他跟着凑热闹，哭声把不明真相的行人吸引过来，瞬间把十字路口的交通堵塞住了，四条道上的大小车辆鸣响喇叭，噪音要把县城掀翻似的，场面蔚为壮观。有了观众，那几个年轻点的拖拉机手，在三圈的鼓动下，提着拖拉机摇把大摇大摆走到老人们前面，怒目而视拦住他们的交警。交警意识到问题的严重性，打电话向上级请示。

三圈嘴里咬着烟，不依不饶地质问交警为啥不让拖拉机通行？国家制造了拖拉机又不让走，这是什么道理？交警在吵闹声中对上级讲不清这面情况，气得边摆手边对着手机喊叫。拖拉机手们很得意，转动手中的摇把，扬言如果不让他们从这过去，就把交警的岗亭砸烂。

杨明烈从拖拉机手身后挤到前面，挥手道："看谁敢胡来！咱有事说事，砸人家岗亭干啥？咱又不是来闹事的。"

三圈呸一声吐掉嘴里湿了半截的烟头，说："不制造点动静出来，县里还不是跟乡里一样对咱不理不睬，要让他们重视就得闹点声音。"

杨明烈说："可不敢乱来，三圈，看在你把我叫伯的份上，开上你们的拖拉机，拉上走路不利索的婆娘娃娃，绕道去东关市场那面等着。我们走着去县委。"

满满他爹说："这咋行？一个警察说不让拖拉机从这过，就不过呀？咱这么多人，还怕了他不成？"

杨明烈说："你少火上浇油，还嫌不乱啊，咱是来找县长书记解决没粮吃要补助款的，总不能和警察纠缠半天，耽搁正事吧！"

后面有个老头说："明烈哥说得对，再纠缠下去，县长书记得到风声躲起来，咱不就白来了。"

杨明烈瞪着满满他爹白多黑少的眼睛，说："知道了就好。三圈你还等啥呢，你要伯给你说好话才听呀？"

"伯……"三圈龇了龇他的黑牙，打个榧子，不太情愿，但还是带着拖拉机手穿过人群走了。

杨明烈举起双手，像乐队指挥似的，对自己的队伍宣布："管管自己的孙子，叫娃别哭了，哭啥呢，没事么，这里又不是墓地。大家听我安排，老婆们带上孙子去坐拖拉机，别拖我们的后腿，剩下的跟我走着去县委，快晌午了，得抓紧时间。"

人群吵吵嚷嚷，呼儿唤女地分头行动。杨明烈站着没动，他得看清谁死皮赖脸混在老婆娃娃堆里去坐拖拉机。在走向拖拉机的老婆娃娃中，杨明烈只看到几个腿脚不灵便的老头，便转回头冲步行的人堆里喊。

几个老头停住步子，其中有满满他爹，他们回头看着喊叫的杨明烈。杨明烈最烦满满他爹，这个人啥事都爱胡搅蛮缠，不想和他多说，便挥挥手，说："走你们的，我只叫言传留下，他走路吃不消。言传，你停下吧，我看到你了。"

人群里的杨言传只好停住，他的腰又弯下去，那弯的架势僵硬得让人相信，他的腰永远不可能再直起来。可他很要强，听到杨明烈喊他，故意装作没听见。

杨明烈走到言传跟前，说："你去坐车吧，得快点，别叫三圈那帮年轻人把车开跑，看你咋办呀？"

杨言传抬眼很费劲，他得偏着身子，才能看到杨明烈的脸，说："我不坐车，和你们一起走，我能行！"

杨明烈说："逞啥能呀，就你那身体，走不到县委还得弄两个人背你。不要浪费时间，快去坐车吧，别嫌坐车的是老婆娃娃，你有病呢么，大家不会笑话你的。"

杨言传梗着脖子说："明烈哥，我不是那意思，我是想，这混事是我闺女弄下的，我得和你们一起找县长说道去……"

"好了，好了。"杨明烈急躁地说，"你闺女……这事……"

"明烈哥，你不信是我闺女把咱村办的城市……"

杨明烈挥挥手："好了，别再叨叨了，你拖着个病身子能来，已经替龙泉原出力了。赶快过去，你听，拖拉机已经发动了，你要我背你过去呀！"

杨言传和老婆娃娃们坐上拖拉机，一路上这不让走，那儿不叫过，三绕两绕用了近一个小时，才绕到东关市场外面。拖拉机还没停稳，杨言传就要往下跳，被三圈厉声喝住。熄火后，三圈把杨言传从车上扶下来，才说："好我的言传叔，你以为是去食堂吃饭呀，看把你急得要跳车呢。你也不看看你是啥身体，跳下来给我惹麻烦呀你。"

　　杨言传不接他的话，却说："咱快过去吧，不然就来不及了。"

　　三圈往嘴里塞了根烟，把打着的火机关掉："言传叔，你是真糊涂还是假糊涂？东关离县委两里多路呢，不比十字路口近多少，就你这熊身子能走过去？"

　　杨言传眼泪都急出来了："那咋办？要不你搀我过去，不能白来一趟。"

　　三圈点着烟说："算了吧你，有这个心就够了，不在乎多一个少一个。说句不好听的话，你以为来了就能见上县长书记呀？门都没有！"

　　杨言传的眼泪还是掉了下来，他眼巴巴地望了望同样眼巴巴看着三圈的老婆娃娃们，抹把泪，问三圈："按你说的，见不上县长书记，那咱来做啥？"

　　三圈说："也不知你们是咋想的，公家征地，要给咱们解决城镇户口，不再当农民了，多好的事，你们瞎折腾啥呀，要是把政府惹翻了，把地还给你们，这辈子就别想当城里人，还嫌农民没当够呀！那地里能刨出几个食来？"

　　杨言传咳嗽起来，脸憋得通红。

　　拖拉机上的一个老婆说："谁不想当城里人啊，可当城里人是为过好日子，现在连饭都快没得吃了。"

　　三圈吐口烟圈，道："活人还能叫尿憋死，那么多城里人，也没见饿死几个？"

另一个老婆说："那些城里人有工作，每月有固定工资，啥都能拿钱买，咱啥也没有，弄不回补助款，能要回点地种粮食也行……"

三圈不干了："打住！你别在我跟前说要地的话，听着就来气。要地做啥？能种出钱来？就那几颗粮食，你也不算算，值当不值当？你们不要担心，龙泉原现在刚开始规划，等街道修好，那几个场地招上商引上资，人家不是说优先安排咱龙泉原的人嘛。你们放心，国家不会眼睁睁看着你饿死……"

一个娃娃叫起来："我饿了，要吃饭！"

几个娃娃跟着全喊肚子饿。大人们抬头看天，太阳红红地挂在中天，已经晌午了。

顺过气来的杨言传侧着身子看看天，竟然大方地从口袋里掏出一把碎钱，从中数了三两块，递给三圈说："三圈，你到市场去给娃娃们买几个馍来，娃娃不经饿，给他们垫垫肚子。"

三圈没接钱，看着杨言传说："哟，今个太阳打西边出来了，言传叔掏钱买馍，我算是开眼了。"

杨言传小声说："说起来，这事都是我那闺女给闹下的，劳烦这么多人受累，可不能饿坏娃娃呀。"

三圈较起真来："哟，言传叔，你一直说是你家妙妙惹的事，是不是看龙泉原的人都要当城里人，给你自己脸上贴金呢？你家妙妙是省长秘书，还是省长啥亲戚？她只不过是发廊里的……"

一个老婆打断三圈："就你三圈话多，快去买，我孙子等着吃馍呢。"老婆怀里的娃娃坚决地说："我不吃馍！馍里没肉不好吃。"

三圈看着杨言传手中的几块钱："言传叔，你耳朵该没问题吧，娃说不吃馍，要吃肉呢，再拿点钱来。"

"这……这是咋说呢，馍好吃，白面馍呢，娃娃……"杨言传支支吾吾起来。

三圈把手伸过来："拿吧，我肚子也饿了。刚和你开玩笑呢，知道这几年你用药花钱不少，不是说你抠门。再掏些钱，咱就买包子吧。"

杨言传不情愿地把手伸进口袋，转过身子掏钱。

后面的街巷里传来乱哄哄的说话声，转眼间，杨明烈乌青着脸与众人从街巷里出来。杨言传停下掏钱，往后仰着身子，眯起眼看。

三圈撇下杨言传，对杨明烈说："大伯，这么快就办完了？我还想着给娃娃们买些包子吃了，过去看看呢，可惜没看上……"

杨明烈瞪了三圈一眼，没好气地说："你以为是看西洋景呀！"

杨言传察言观色地问："咋，没弄成？"

"县长和书记都不在，说是去市里开会了。副县长副书记们说他们管不了这事，得主官拍板。白来了一趟。"

三圈说："不能就这么回去，你们叫人家骗了，咱到县委政府去闹，你看县长书记会不会出来。"

"咋个闹法呀？"满满他爹说。

三圈说："你没看过电视呀，《新闻联播》里那些外国人，跟政府经常闹呢，他们不是砸门，就是往政府院子里扔石头，还有用枪……"

满满他爹说："老天爷，你三圈是叫咱龙泉原上《新闻联播》呀，咋不早说，走，咱回县政府那边闹去，到时我要站在前面，谁也别挡住我，让他们拍全我的脸，放在《新闻联播》上给大家伙看。"

三圈打断说："就咱这点事，不一定能上《新闻联播》，省台的新闻节目肯定没问题，除了省长书记，就是你，还有咱龙泉原的……"

杨明烈怒喝道："住口，都给我住口，瞎吵吵啥呢，啊？还嫌不够烦呀？上车，回！"

杨言传说："娃娃们饿了，我还没给他们买包子呢。"

杨明烈说："城里人没当上，地也没了，今后恐怕连馍都吃不上，还包子呢。吃啥呀，吃他娘的脚，走。发动车！"

4

补助款没要回来，三圈倒问杨明烈要那天去县城的运输费。

杨明烈耳朵背，侧过脸，把耳朵伸到三圈嘴边，高声叫道："三圈你说啥，我没听清。"

三圈说："我再说一遍，你得把那天去县城要补助款的运输费给我结了。"

杨明烈直起身子，正色道："运输费？要啥运输费，是为大家今后的饭碗么……"

三圈打断杨明烈，龇着黑牙说："看我伯说的，拖拉机又不是自行车，它要烧油呢，来回六十里路，一辆拖拉机要烧两公升油呢。"

杨明烈的脸青了："两公升油值多少钱？"

三圈牙疼似的吸口气，说："油钱是一项，还有机器磨损费、养路费、保险费……总之，这么多行加在一起，一个拖拉机本应该要五十块钱，看在你是我伯的份上，就给三十块吧，一共七台拖拉机，三七二百一十块，我没算错吧，啊，伯？"

杨明烈说："好个二百一十块，看来你早就算清了。"

三圈嘿嘿一乐："伯，看你说的，我上学时学习再不好，不至于连这个账都算不清吧。"

杨明烈咬着牙，说："你算错了！"

三圈说："没有啊！"

"错了。"杨明烈说，"我是说，你给我把账算错了。我是你伯，是为大家的事……"

三圈眼一瞪："那我不管，是你叫的我，还叫我去联系别人的拖拉机，我就跟你要钱。亲兄弟都明算账呢！"

"放你娘的屁！"杨明烈破口大骂，"谁和你是兄弟？把眼睁大看，我和你爹才是兄弟呢！看我不打你这个白眼狼，算账都算到你伯头上来了，你以为我是好惹的！"说着，操起门口一条扁担，抡起来就打。吓得三圈掉头跑了。

跑出几丈远，三圈站住，回头喊道："你咋不讲理呀，是你叫我去的县城，我不找你要钱找谁去？"

杨明烈追上来，边抢扁担边骂："打死你这个没良心的白眼狼，我算做下了好事，替你死去的爹除害呢，你爹要是活着，为大家的事，会叫你来要钱么，啊？"

三圈边跑边说："别拿我爹吓我，他骨头都烂在土里十几年了，你是想抬出我爹赖账呢，你不讲理么。我知道，你是长辈敢打我，可这个账不能叫你赖，你不给也行，我给大虎哥打电话找他要去，他是干部不会像你这么不讲理。"

杨明烈喘着粗气追赶着骂："白眼狼，有本事别跑，我用扁担跟你讲讲这个理。"

三圈跑远了，还说："理在我手里攥着呢，找大虎哥没错，父债子还，天经地义。"

追出院外，杨明烈没追上三圈，累得呼哧呼哧喘粗气，要骂的话也骂不出来了。

满满他爹路过看到了，劝杨明烈说："看把你气得，与三圈这种人生气，不值么。"

杨明烈抚着胸口，半晌才缓过劲来："你不知道情况，这三圈来找我是……"

满满他爹打断他，说："你不说我也知道，还不是三圈打麻将输了，到你这来骗钱。"

啥事只要碰上满满他爹，就会越抹越黑，杨明烈不想与他搅下去，说句身体不舒服，打发走满满他爹，回院子站了一阵，觉得胸口堵得慌，干脆进屋躺下。

要不来补助款，老人们把又眼睛盯在土地上。此时的龙泉原像个刚经历过大炮轰击的战场，街道不再修，楼房不再盖，撂在那儿，像地里生长出的钢筋水泥。到处是堆满石头、沙子的坑洼和白得刺眼的水泥地，整个龙泉原一片狼藉。眼看着快到白露了，一过白露，籽种不能入土，就是入了土，也不会发芽。这段时间对龙泉原的人们来说像做噩梦，尤其是老人，他们看着没法下种的石头地，急得不知咋办，想拉上杨明烈一起再去找乡里。杨明烈家关着门，咋叫都不开，老人们只好自己组织起来去乡里问情况。乡长的回答是，上面没任何通知，急也没用，再急你还能把小麦种子洒进洋灰石头里去！

一个老头说："再这么下去不行，有好几家快断下顿粮了，叫我们吃啥呀，到了冬天，吃风屙屁呀。乡长，你得代表大家伙找找县长，看这事咋办？"

乡长生气了："不说找县长，我还不生气，一说起来，这气就不打一处来，前几天你们去县里上访，我挨了县长的批，还没找你们麻烦呢。你们说，是谁鼓动你们去县城上访的，啊？"

满满他爹想说，被一个老头抢了先："这事明摆着的，是大家伙的事么，还要谁鼓动呀？"

乡长说："肯定有人鼓动，我咋听人说，是杨大虎他爹杨明烈煽动你们去的，是不是？你们村是要撤掉，改为市里的开发区，可正式文件还没下来呢，这杨大虎的支书就提前当到头了，连他爹都管不住？"

满满他爹插上话说："乡长，哪有儿子管老子的？"

乡长扑哧一声笑了："这个理你倒能弄清，可你们糊涂呀，找人家县长书记做啥？你们要划归西康市直接管辖，抛开县上了，关他们啥事呢！"

老头们你看看我，我看看你，都不吭声。

乡长背着手，在每个人面前晃来晃去晃了一遍，才说："烧香都找错了庙门，还想当城里人呢，天生就是当农民的料。"

满满他爹气哼哼地说："这不是还没当上城里人嘛，等当上就清楚了。"

几个老头从乡政府回来，急急来找杨明烈商量。杨明烈家的门这回倒开了，可他却躺在炕上，说是感冒了，浑身没劲爬不起来，得躺着说话。几个老头站在屋里，把去乡上的情况说了，见杨明烈没反应，一个老头说："咋不见你说话呢，明烈哥，乡长算是提了个醒，咱得到市里去找才行，你说是不是呀？"

杨明烈把头转向炕里，小声说："我不知道！"

"哎，明烈哥，你感冒了，不会脑子也受凉吧，咋说这话呢，不像你呀，我们哥几个还等着你牵头去市里找领导呢！"

杨明烈拉了一把被子，盖住头说："谁爱去谁去，别再来烦我！"

几个老头面面相觑，一个说："哎，你这话说得可不对，这事关龙泉原上千人吃饭问题，你这个支书的爹咋能不管？"

杨明烈呼地扯下头上被子，坐起来说："我管得了吗，支书的爹咋了？国务院没规定支书他爹就得管支书的事吧。我是我，和支书儿子把日子都分开单另过着呢，我和他除过还是父子外，没别的关系！这个头我不牵，那天去县城，没把事办成，倒欠下三圈他们几个拖拉机手几百块钱运输费，他不管别人要只管我要。我没钱给，他就给大虎打电话要，大虎把我数落一番，怪我多事，说这笔钱他不掏，谁屙的事（屎）谁收拾。气死我了。"

一片沉默。

过了会，满满他爹骂道："这三圈真不是东西，为大家么，咋能这么做，看把他伯气得病成这样。"说着，过来要给杨明烈捶背，被杨明烈一拧身，闪开了。

一个老头说："这事，要放谁身上，谁的气都不顺。明烈哥，不去市里，那你说该咋办哩？"

杨明烈说："要我现在的想法，爱咋办咋办。反正缺吃也不是我一家。"

满满他爹说："明烈哥，你这话我们可不爱听，你心里能安嘛？眼看要过冬了，咱今年算是耽搁了，没收上麦，没种上秋，除过那几分沟沟坎坎没伤着的地里收了几颗粮食，一年基本上啥都没收，现在摊子这么摆下，不说做，也不说不做，这么肥的地打成了洋灰石头，你心里不疼呀，不愁拿啥过年呀？"

"是呀，是呀。有在外面打工的年轻人，挣点钱过年回来还好说点，可有些人家里就没办法么，像丽凤，孤儿寡母，儿子神经不正常，又没个人在外面打工挣钱，听说这几天没吃的了，到处借，再借，找谁借去呀，大家可不都紧巴巴的嘛。"

满满他爹说："放你的心吧，丽凤有人管呢，她就没闲下么，有的是男人。你没看清，男人都出门打工了，三圈一个大男人守在窝里不出去，开那个烂商店给谁卖东西呀？你没看哪个男人从丽凤家门前过一下，三圈那眼神，能把人吃了……"

杨明烈生气了："老满你嘴下留点情，积点阴德吧。别糟蹋可怜人，龙泉原还有比丽凤更不幸的么？"

满满他爹不吭气了。

一个老头可怜巴巴地说："明烈哥，这事你要管哩，你要扔下不管，我们可咋办呀？"

满满他爹说："就是，你要咋样？大伙儿把话说到这份上，还要我们这些七老八十老不死的跪下求你不成？"

杨明烈头疼欲裂，摆摆手说："老满你别这么说话，算我求你了。我管，管还不行么？谁叫我是杨大虎他爹，生下个当支书的儿子呢！"

满满他爹说："这不就对了么，费那劲干啥呢。"

杨明烈不理满满他爹，对大家说："要去市里，和上次去县里不同……"

满满他爹抢着说："有啥不同的？咱马上就是西康市民了，是去咱自己的市里，理直气壮……"

杨明烈说："我是说不能去那么多人……"

满满他爹又抢过说："多去人热闹呀！"

杨明烈生气了："能不能叫我把话说完整，你乱插啥呢。我是说，上次三圈他们开拖拉机送我们去县里，他还来问我要运费，这阵子我就是为这事生气呢。咳，这事也怪我，事先考虑不周，所以，这次去市里，怎么去，谁去，都得考虑周详一些。"

大家都不吭气，眼巴巴地看着杨明烈。

杨明烈故意问满满他爹："老满，现在该你说了，你去呀不？"

满满他爹支吾道："去，这路费……谁掏……"

一个老头说："要不，咱选两个代表，路费大家平摊，本来就是大家的事么。"

杨明烈摆摆手，道："不好，就这点路费摊到各户，不但收不齐，还得挨好多人骂呢。算了，去的人自己掏路费吧，就当学雷锋了。"

满满他爹赶紧接过来说："那我就不去了，这几天正有事呢，满满他姨叫我去她们村看戏哩……"

杨明烈打断他："就没打算叫你去！"

满满他爹说："我真有事呢，看戏只是个借口。"

杨明烈不再理满满他爹，对大家说："去多去少都差不多，要我看呀，就我一个人去行了。不过，咱们这次去，得写个东西，把咱们的情况说清楚，不然，人家不一定听我说，大城市领导都喜欢白纸黑字地看，不爱听人说话。"

大家这才松下口气，有人推让着说："大家的事么，叫你一个人去，不合理么。"

杨明烈苦笑一下："有啥不合理的，西康市把咱山跟前的小村庄划进市区就合理了？人家是给咱办好事呢，咱不是吵吵着问人家要补助款嘛，这就合理呀。就这么定了，明天就去，我现在就去小学找岁巧写个书面情况，她文笔好，别叫市里领导笑话咱龙泉原没文化，小看了咱。"

从小学回来，杨明烈看到杨言传站在他家门口，便问他站这看啥呢。

杨言传说："候你哩，明烈哥，我刚听人说你明儿一个人去市里？"

杨明烈说："噢么。"

杨言传说："那你咋不叫上我？我可以给你做伴么，你一个人出门在外，连个说话的人都没有。"

杨明烈笑了："就你这身体，别再害我了，去了是照顾你啊，还是给市委书记市长反映情况呀？"

杨言传说："我这两天吃了妙妙从省城寄回来的药，觉得腰轻松多了，你放心，我能行，不会拖累你的。"

杨明烈还是不叫杨言传去。他急了："说啥我也得去，归根到底，咱龙泉原的事是我闺女惹下的，现在到这种地步，我不去，说不过去么。"

杨明烈无奈地说："与你家妙妙关系可能不大，你不用去。还得自己掏车费，多浪费那钱干啥呀。"

杨言传固执地说："要去哩，就是自己掏钱，我才非得去，不然，我这心里不安，总觉得欠龙泉原啥东西似的。"

杨明烈见他这么坚决，就说："那好吧，权当带你去市里看病了。"

杨言传瞪圆两眼，脖子上的青筋暴起，还要和杨明烈理论。杨明烈摆摆手说："好了，你回吧，明晨早点走，赶上班前得到市委，不然，就见不上书记了，他们整天忙开会呢。"

5

下了长途汽车，杨言传拄根随手带的棍子，他早就想好了，拿根树枝凑合着怕在城里丢脸，便从家里拿根光滑圆溜的锨把当拐杖。杨明烈看着杨言传拄着锨把走路还是不太方便，就半牵半扶着他。

到底是市区，与县城的感觉就是不一样，到处是车流和急匆匆赶着上班的人，杨明烈牵着杨言传穿行其间，走得缩手缩脚，生怕不小心妨碍了那些不可一世的面孔。即使这样，他们还是被路人或者小车司机狠瞪两眼，有几次差点撞上急行的自行车，一个骑车的小伙子停住骂他们："不好好待在农村等死，跑到城里来瞎捣什么乱。想死找那些有钱开车的主去，还能多捞几个丧葬费！"

气得杨明烈脸色乌青，搀扶杨言传的那只手抖个不停。杨言传为表示一下自己的态度，举起棍子小声冲远去的小伙子背影骂："把眼睛擦亮了看，我俩，还有龙泉原所有的男女老少都快成西康市人了，以后和你是一样的城市市民，你有啥理由看不起人，把话说这么难听？"

他的话没人会注意听，加上声音太小，被各种噪音盖住了，还不如谁放个屁呢，听不到响声，总会闻到臭味掩鼻吧。

杨明烈望了望四周，扯扯杨言传的袖子，说："少说点，留给你当了城里人后再说。我看，咱还是问一下路，别瞎走了。"

两人瞅着路人中有面相善良的老人，问去市委的路，一听还有四五站地，杨明烈牵上杨言传去坐公共汽车。杨言传想省几毛钱，要走着路去。杨明烈说："就你那豆腐腰，到天黑都走不到，别省下几毛钱，又得花几十块药钱。"硬拉着杨言传去坐了公共汽车。

也就抽一支烟功夫，他们到了市委。杨言传望着远走的公共汽车，说："这些人也忒不实在，就这么点路，非要说四五站地，其实我们走十来分钟也就到了么，费那个钱。"

已经过了上班时间，市委门口静悄悄的，除大门两边岗哨上站着两位面无表情的保安，几乎没人出入。杨明烈和杨言传明显紧张起来，他们紧拥着互相壮胆，眼神躲开保安尽量装得自然地往大门里走，但还是被保安拦住了。

保安并不凶，只是让他们去一旁的传达室登记。按保安的指点，他们来到大门旁边的传达室，里面坐着一位三十多岁的女人正在撕着吃油条呢，见他们进来，眼皮都没抬一下，就说："这么早，真够辛苦的。"

两人心里一热，想市委的人就是不一样，话说得这么中听。他们看那个女人的眼神像见到亲人一样。

女人抬头扫了他们一眼："说吧，啥事？"

杨明烈说："我们想找市委书记反映点情况，门口看门的那个解放军不让进去，说是要——登记。"

女人撕下一块油条塞进嘴里，使劲嚼着说："连人都认不清，见戴大盖帽的都叫解放军，这可不是军事机关。说具体的事。"

杨言传说："我们要给市委书记说呢……"

女人说："给我说就行。"

杨明烈有点迟疑："给你说——你是市委书记的——秘书呀？"

女人冷笑一下，没吭声。

杨言传以为女人默认了，心里又一热，抢着说："我们是龙泉原——村的，就是这次咱们市新开发区规划进去的那个地方，今后归市里管，和县里脱离关系了，咱们今后就是一个市里的市民……"

女人抬起头瞪了一眼："啰唆，啥没底没面的话，我听不懂。"

杨明烈赶紧掏出岁巧写的情况，双手递给女人。女人两只手忙着撕油条，没有接。他双手捧着放在桌上，笑眯眯地看着人家。

女人歪头看了一眼桌上的几页纸，正要说什么，电话响了，女人为腾出一只手接电话，随手把油条放在那几页纸上，端起茶杯喝口水，才抓起话筒接听。杨明烈两人互相看了一眼，竖起耳朵听电话里传出的声音。

电话中传出的声音太小，两人啥也没听清，只见接电话的女人脸色越来越不好看，最后啪嗒扣下话筒，一把抓过油条塞进嘴里使劲嚼。两人看见几页情况纸上有不小的油渍，心里不满。他们还没开口，女人掂着她的油手，四下找啥东西，可能没找到，望了一眼桌上洇着油渍的几页情况，刺啦一声撕掉一张，揉擦着手上的油渍。

杨明烈的目光紧随着那个女人的手，写满情况的纸在她手上变皱变油了，他的心揪了起来。杨言传则大张着嘴，呆了。

女人擦完手，要扔废纸时，发现这两个人异常的表情，才意识到自己做了什么，脸红了一下，随即又恢复正常，说："没事，这材料我都看过，事情我都记下了，你们回去吧。"

就凭这句话，杨明烈对这女人完全不信任了。她对他们精心准备的几页纸情况如此漠视，他怎么能相信她的话呢。他盯着女人问："我们的事情咋办呢？"

女人说："不是说叫你回去等吗，你耳朵没叫啥东西塞住吧！"

本地有句骂人的话"耳朵叫驴毛塞了"。杨明烈气不打一处来："我耳朵就是叫驴毛塞了，你能不能大声点说，我们的事究竟咋办？"

女人白了他一眼，不再理睬。

杨言传的左胳膊被杨明烈抓扶着，他只好用右手指桌上撕坏的"情况"，顺带着把镢把举了起来："你把我们的情况撕了擦手，还怪我明烈哥耳朵有问题，你这个同志把事做得太绝情，话说得太难听，我们要找市委书记论理去！"

女人用手一指："我就撕了，咋啦？爱找找去，看你们乡巴佬进得了这门！"

杨言传听不得别人叫他乡巴佬，又举起镢把："你刚才吃的是啥呀，嘴咋这么臭！"

女人一脸怒气，挥手拨了一下杨言传的镢把，杨言传手上用劲太大，女人没想到他会用这么大劲，镢把一晃，杨明烈紧抓慢抓，还是由着惯性滑了出去，把桌上的茶杯一扫落地，砰一声摔碎了。

　　女人惊叫一声，从椅子上跳起来。外面的保安听到喊叫声，冲到窗前看了一眼，一边拍着玻璃，一边掏出对讲机喊叫。

　　杨明烈见形势不妙，拉扯上杨言传就跑。到了门外，那个保安还在对讲机里喊："洞妖，洞妖，请带人速到传达室，有两个带凶器的农民正在闹事，请快增援，请快增援！"

　　杨言传慌了，腰不行连腿也软了，就跟粘上胶似的挪不开脚，身子直往下坠。杨明烈拉不起杨言传，又不能抛下他不管，急得满头大汗。杨言传试探地说："明烈哥，要不，你一个人跑吧？"

　　杨明烈喘着粗气："你看哥是那种人吗！"

　　一伙保安跑过来，如临大敌，他们全副武装，按预案迅速摆开阵势，将杨明烈和杨言传团团围住。这种阵势把杨明烈腿都吓软了，他瘫坐到地上。

6

　　杨明烈和杨言传被扭送到派出所，在黑屋子里关了一天一夜。因为他们没造成人身伤害，不够拘留条件，第二天被放出来。两人没受皮肉之苦，惊吓得却不轻。从派出所出来，连眼皮都没敢往上撩一撩，耷拉着脑袋，提心吊胆地坐长途车回龙泉原，直到看见青龙山隐约的山梁和清水河稀薄透亮的水，他们的心才落回肚子里，敢大口喘气了。别看杨言传腰身不好，这些年受别人的白眼多，心理承受能力倒比杨明烈强。杨明烈是村主任、支书的亲爹，在村里德高望重，平时大家把他敬仰惯了，猛然被关进派出所，这种侮辱他哪受得了，气得一回到家就病倒了。村里人闻讯前来看望杨明烈，认为他是为大家的事受的辱，都来安慰。有人捉来只鸡或提一两斤鸡蛋，说是给他补补身子。满满他爹空着手，说了几句大话，看大家都带着东西，不好意思再待下去，偷偷溜出来，去村口三圈开的小商店赊了一包白糖，再返回杨明烈家，底气就足了，声音又大起来，说要找市上的麻烦，咱是去反映情况的，又没犯啥罪，派出所有啥权力，凭啥把你俩关进黑房子里？咱得像《秋菊打官司》里的秋菊，找他们讨说法去。

杨明烈本来就气，平白无故叫派出所关一天一夜丢人得很，叫满满他爹一激，心里更堵得慌，好几天气都不顺，连人都不愿见，索性门也不出，一个人冰锅冷炕地躺在家里，连口热饭都吃不上。说起来挺凄惶，杨明烈老伴死得早，他又是个爱脸面的人，本想着和三个儿子一大家热热闹闹过日子，可儿子一个个成家后，不是他想象的那样和睦，加上儿媳妇之间的长长短短，家里整天闹得鸡犬不宁，只好分了家另过日子，他嫌儿子都听媳妇的，跟着哪个都不会有清静日子，干脆一个人单过。平时他做顿饭吃一天，现在气不顺，两天了也没烧一次火，三个儿子全在外地打工，儿媳妇们谁会想到他这个公公？平时能躲就躲，这种时候更不会想到他的吃喝了。这两天，杨明烈心生凄凉，更感到孤单，他很想跟儿子说说话，有亲人的开导，他肯定不会太郁闷。他想给大儿子打个电话，一想上次为三圈要运输费的事，他受过大儿子难听的话，不想再去触这个霉头。另两个儿子在外打工也没电话，平时都是他们打电话回来，这时根本联系不上。

夜晚，村子里一片寂静，连声狗吠声都没有。杨明烈一人坐在冷炕上，没有开灯，窗子外面是浓得化不开的夜色，他的心也像这夜色一样，看不到一点光亮。他心里突然很难受，问自己这是干啥呢？一辈子清清白白，快入土的人了，却被关了一回派出所，真把人活到这种地步了？又一想，他是为乡亲们去要补助款，受这点侮辱不算啥。杨明烈这样安慰自己，可他的心里到底还是不能畅畅快快起来，那一份堵依然叫他愤恨悲伤，许久，他感觉脸上热乎乎的，用手一摸，竟是一把泪水。

人越老心越小，这话是真的，杨言传回到家越想越不是滋味，认为事情是自己搞砸的，如果不是他非要跟着去，如果不是他拿锨把扫掉茶杯，如果不是自己腿软跑不动，他们就不会被抓进派出所的。还牵连杨明烈受这么大冤屈，他心里的愧疚能把他压死。他知道杨明烈性子强，肯定咽不下这口气，过了两天就来找杨明烈，要他一起再去市里，非得讨回公道不可。经过这两天的冷却，杨明烈的心里本来开始淡了，他的委屈是为村里受的，村里人是不会笑话他的，可叫杨言传一煽火，压下去的愤怒和屈辱又噌噌地蹿起来，在家待不住，又去村小学找岁巧咨询。岁巧说，具体情况她也说不大对，可派出所不问青红皂白，把人关押起来一天一夜，肯定是不对的，这要放在外国，就是犯法的。杨明烈说，还是说中国吧，外国人长得跟咱都不一样，法律肯定也不一样。岁巧劝他，如果真想要讨个公道，得去找公安局，把关押他们的事弄清白，得让派出所的人道歉。杨明烈觉得岁巧说得有理，叫她再写一份龙泉原的情况，便与杨言传去市里，先到公安局讨说法，然后再去市委，把龙泉原的情况反映上去。这次，他们不敢直接去市委，怕那群保安认出来再把他们扭送到派出所。

杨言传也顾不上他的腰疼病，竟然撑得住，跟着杨明烈去市公安局告那个派出所。公安局压根儿没人理他们，大门都不让进。他们就坐在门外面等，想等局长出来，直接给局长说。等了一天，没吃没喝，也没等着。天黑后，他们转了好几家旅店，住宿费太贵，住不起，两人买了几个馒头，到汽车站候车室蹲了一夜。天亮后，继续去等公安局长。等不来公安局长，他们找过路的人打听，怎样才能告倒派出所。路人是个慈祥的老头，听了他们的事，头摇得像拨浪鼓，说你们告不赢的，还是回去吧。杨明烈傻眼了，杨言传哭丧着脸，对那路人说："难道我们只能把这口气咽了？"

老头说："那你还想咋？别说你们这些农民了，就是本市的市民，也拿人家没法子。"

杨言传说："要你这样说，我们今后当了城里人，也没啥好处么？"

老头说："没有钱，当什么人都一样，啥东西还不都花钱买？不过，还是当城里人好点，首先不交这税那税，挣的钱一分是一分。不过，城里也有城里人的烦恼，消费高，住房紧……嗨，跟你们说这些做啥。"

杨言传听得迷惑："老哥，那你说，我还要不要当城里人了？"

老头慈祥地笑了："你这老汉真逗，我咋给你说这事呢。唉，国家要发展农村，加快农村城市化步伐，目的是想让农民都过上好日子，可到咱们下面咋就这么急功近利乱规划呢，你们村离市里这么远，就算是城镇化，也首先得有条件地一步一步来嘛，一下子要扩大到那么远，你们那又没啥资源优势，沾不上边么，弄成这样，还害你们受这么多气。"

一说到受气，杨明烈脸色变白，心像擂鼓一样，他咬牙说起气话："我就不信，还没有公道了。"

慈祥老头说："公道还是有的，要是没了，这世道还不乱了套呀！要不这样吧，你们去法院试试，或许他们会受理这种案子。"

杨言传问："我们只想讨回个公道，咋成案子了？"

慈祥老头说："告状要立案，到那儿就知道了。"

两人找到法院，大门照样不让进，看大门的说得等明天早上排号才能进。

杨明烈问："你说啥，进个门还要排号，这是医院呀，得挂号？"

看大门的白了他们一眼，不再理睬。他们见看大门的也没穿制服，不像市委门口的保安，便壮了胆硬要往里进，看大门的生气了，把他们赶鸭子一样从门里往外轰。正不知咋办，过来一个秃顶中年人，问他们咋回事。

杨明烈见这个中年男人面善，就把情况给他讲了。他说你们得有起诉状才行，没有诉状就是到了法院都不知找谁。

他们哪有啥起诉状。

中年男人说："这个简单，我可以给你们代理。"说着掏出一个小本本，又说，"我是律师，有这个义务。"

杨言传心想终于碰到好人，高兴地说："太好了，一看你就是个大善人，你一定会多福多子，官运亨通的。"

中年男人笑了："城里计划生育抓得这么紧，我哪敢多子。至于官运，我们干律师这行，就不可能当官。咱不多说了，你们跟我走吧，从现在开始你们就是我的当事人。"

杨言传还要问当啥事，被杨明烈打断了，他问："我想问一下，你为啥帮我们？"

中年男人说："我是律师呀，就是干这个的。"

"我是说——你是白帮呀？"杨明烈说。

中年男人站下，认真地说："这怎么可能，我帮你们打官司，你们当然是要付报酬的。"

"啥——报酬？"

"就是律师服务费，就你们这个状，我给你们算便宜点，给两千律师服务费吧。"

"要两千块钱？"杨明烈和杨言传异口同声地叫起来。

"怎么？还嫌贵呀？我看你们是农民不容易，打了八折呢，不然，更多。"

杨言传还要理论，杨明烈拉上他就走。待那个秃头男人气恨恨地走了，他们又回到法院门前，坐下等院长出来。

等了一天，也没等到院长。看门的见他们一副执着样子，也不愿跟他们争执，就说院长不在，你们等也白等。问去哪儿了，人家不告诉，说院长做啥去，还得给你们这些老农民汇报呀。

7

家乡要划归城市，其实，妙妙比谁都高兴，在省城发廊当了三年洗头妹，看够了城里人的白眼，受够了城里人的歧视。不管怎么说，在她认识的男人中，王家英算是有情有义的男人，他与妙妙日久生情，一心想帮妙妙摆脱困境，可他能力有限，只是省里城市规划办的一名驾驶员，除那辆车的方向盘由他掌控之外，没别的权力。正苦恼呢，有了新政策，要加大城市区域规划的力度，加快农村城镇化步伐。王家英没能力把妙妙办成省城户口，他能利用工作之便，想把妙妙的家乡规划进所在的地级市，使她和她的乡亲成为小城市户口，彻底脱离农村身份。妙妙听了王家英的设想，差点晕过去，抱住王家英像抱住再生父亲，给他发誓，如果他真能把她们村变成小城的一部分，她代表她家乡父老乡亲，一定得好好谢他，要家乡人给他立个碑塑个像，就树在村头——不，那时应该是街头。王家英喜滋滋地摸着自己过早谢顶的头说，别折我的阳寿了，如果真能弄成，我只要你离开发廊就行。妙妙当即答应，到时她一定离开发廊，以后只供他一人使用，不要他一分钱，也不会纠缠他离婚娶她。

老家这面刚进驻工程队，妙妙就离开了发廊，用积蓄在城郊租了一间民房，一来等家里统一办理城市户口后再理直气壮地去找工作，二来为王家英提供方便。人家拯救了她，为她还有她的父老乡亲出了那么大力，她不能不讲良心。

妙妙开始了一种崭新的生活，她打算把昔日的一切抛到九霄云外，重新做人。她一改往日仇视这个世界的心态，开始与外面的人接触交往。她每天打扫完自己房子的卫生，还会把民房的院子院外扫得干干净净，然后主动和房东，还有同租住的房友搭话，说些充满人间烟火味的家长里短。王家英一来，妙妙的脸在初冬的凉爽空气里，会泛起激动的红晕，她一边抚摸着王家英的秃头，一边尽情展示自己的才能，使王家英飘飘若仙，每次都不忍离去。他们像新婚夫妻似的，恩恩爱爱，成为周围人心目中的夫妻楷模。

就在妙妙沉浸在美梦里，有天给家里打电话时，得知他爹去告状了，待弄清事情原委，妙妙的头就大了。她给王家英匆匆打电话，说有急事要回趟老家，当即从省城直接赶到西康市，在汽车站候车室里找到她爹和杨明烈。这两个人已经蓬头垢面，活脱脱一对叫花子，气得妙妙当场骂她爹丢人，把杨家的脸面，不，是整个龙泉原的脸全丢尽了，快是城里人了，咋不知道羞耻，今后咋见人呢。

经过这么多天的遭遇，杨明烈和杨言传已不记得脸面是啥，经妙妙一说，才觉得确实很丢脸，在城里没钱买吃的，早饿得撑不住了，乖乖跟着妙妙回家。

回到龙泉原，看见乱七八糟的大工地，像小孩子信手涂鸦的画，叫人看不出一点前景来。杨明烈的眼睛被这些场面刺得看不清东西，胸口像塞了团破棉絮，堵得他喘不过气。城市，原来就是这些水泥石头啊！他想起这一片土地昔日的葱茏，那样的富有生机，他想城市为什么就容不下土地呢？他也希望龙泉原的村民能做趾高气扬的城市人，毕竟他体验了一辈子做农民的辛苦与辛酸。土地有什么好？那么多的年轻人背井离乡去城市宁愿遭受白眼，也不愿守候在土地上。这段时间，他和杨言传去市里反映情况遭遇的冷遇和侮辱，使他有种强烈地想换一种身份的愿望。可换一种身份，就非得用吃不饱肚子为代价吗？

想不通的还有杨言传，他和杨明烈去城里什么事都没搞成，又这么窝窝囊囊地回到龙泉原。他咽不下这口气。

等妙妙返回省城，她前脚走，杨言传后脚出门，又来找杨明烈。

杨明烈一个人在家正闹心呢，杨言传来煽动几句，他透过院门，看到外面七零八落的石头水泥，告状的欲望又在胸中燃烧起来。杨言传趁机煽乎道：“明烈哥，前阵子我们去市里告状，连我这腰都不疼得那么厉害了，回来这几天，又不行了，跟断了似的。”

他们又去了市里。

这次，他们不去法院，也没去公安局，绕过市委，直接去了市政府。

刚好，这天是市长接待日，他们有幸见到了市长。市长很年轻，也很热情，耐心地听他们讲了龙泉原前前后后发生的情况，当即表态，这事他要深入调查，一定会认真答复的。然后，市长还和他们一一握手，叫他们回去等消息。

杨言传有点不信，问市长要是等不来消息呢？市长一时没话说，过了阵，才咬着牙说："我要诳了你们，天打五雷轰，不得好死！"

再怎么说人家是市长，把话说到这份上，再怀疑就没啥意思了。杨明烈给市长鞠了个躬，拉上杨言传回来等消息。

8

市长果然言而有信，没几天，就有消息了。不过，这消息不是市长告诉杨明烈的，而是他的大儿子杨大虎。

杨大虎是以村支书兼主任的身份出现的。

杨明烈猛然看到儿子回家，惊奇地问："你咋回来了？"

杨大虎把夹在胳肢窝下的手机包往父亲面前一扔，没好气地说："我不回来行吗？我爹告状都快告到国务院去了，我这个当支书兼主任的能不回来吗！"

杨明烈听着不对味，生气了："你说这话啥意思，我告状关你啥事了？"

杨大虎吼道："我还没被免职么，龙泉原的事乡里、县里不找我，找谁呀？实话给你说吧，你要不是我爹，他杨言传要不是我叔，我非得狠狠地扇你们两耳光不可！"

"你——杨——大——虎——"杨明烈指着儿子，全身颤抖。

杨大虎依然吼叫道："我咋了，嫌我不恭敬了？告诉你吧，你们俩把大事干下哩，把龙泉原上千口人的念想给断了，你知道吗，啊！"

"你——你说清楚——"

"我肯定得说清楚，不然你咋会死心。市长要取消咱龙泉原的城市规划！说是龙泉原现在还不具备城市规划的条件，划入西康市不符合实际，属于硬性开发，不但破坏了土地，还给当地农民带来巨大损失，基本生活没了保障。市长已经给省里上报情况，虽然还没批复，但事情明摆着的，咱们龙泉原的上千口人与城市已经没啥瓜葛了！我给你的零用钱，你当车费，把龙泉原给害死了！"说到这里，杨大虎像个狼似的，号啕大哭起来。

"老天爷——"杨明烈大叫一声，一口鲜血喷涌而出，他撑持不住自己，瘫倒在地。

杨大虎大惊，哭声戛然而止。

消息传得很快，龙泉原像遭到灭顶之灾，在外打工的男人女人姑娘媳妇，一夜之间几乎全赶回家。多少年了，龙泉原的人还没这么齐整过，就是过年，有些人为省路费还不回来呢。却为即将到手的城市户口要飞走了，大家不惜一切地赶了回来。

妙妙也回来了。她急得上蹿下跳，不敢给王家英打电话说这事，怕他生气。她快急疯了，回家后恨不得把她爹杀了，连哭带骂，差点咬她爹几口。闯下这么大的祸，杨言传不敢吭声，像个儿子似的，任闺女谩骂。杨言传做梦也没想到事情会弄到这么糟，当初因为土地被破坏，庄稼没了，而补助款一直下不来，村里人着急，他不安，想这事是自己女儿闹出来的，补助款下不来，女儿有责任。女儿的责任就是父亲的责任，所以他才拖着病体参与到这事上来，可谁会料到是这种结果呢？被女儿骂闹一番，憋着不敢还嘴，急火攻心，腰疼病更严重，疼得龇牙咧嘴，躺在炕上，脑子里还在想着这么多天来的前因后果，爬起来流着泪涎着脸求妙妙想办法，说当初的规划是妙妙办的，现在肯定还有办法扭转回来。

能有什么办法可想？妙妙又不是省长的秘书。她跟父亲说不清，气得又跺着脚把她爹大骂一顿。

村民们弄清事情真相后，不约而同汇聚到杨明烈家门前，找他商量法子，看有没有挽回的余地。

三圈在人堆里钻来钻去，话说得不太明，却极有煽动性。他说国家决定的事哪能好端端地说变就变了呢？市长哪知道咱龙泉原有没有城市化的条件，他不一定知道龙泉原离西康市有多远呢，这事儿，细想一下，还是有其他原因的。大家一想，对呀，如果不是杨明烈带着杨言传，一次又一次去市里告状，替他们自己讨公道，这事怎么会突然起变故呢？

满满他爹听三圈说的有道理，趁机转了方向，给众人说："从一开始，咱去找县里时，我就说这么做是错的，公家是为咱好，来给咱龙泉原搞建设，是提高咱们的生活质量呢，为要几个土地补助款，你们跑县上找领导干啥去，啊？那天去的人，谁能回答我这个问题，啊？"

一连问了三遍，见没人回答，满满他爹来劲了，跳到一个石碌上，大讲特讲起来。他的话基本上是冲杨明烈来的，连杨明烈被关进派出所放回来，大家送的鸡、蛋、烟，都说了出来。但没说他送的那袋白糖。他说："这是弄啥呢，明知道有人去市里坏咱的事，有些人还来看望他，带着慰问品呢，这算啥事么，啊？谁能回答我这个问题，啊？"

三圈不高兴了："老满叔，你问谁呢？咋不问一下自己，你还送了一袋白糖呢，到现在还欠着我商店的钱呢。"

没有人笑，满满他爹也不解释，他从石碌上跳下来，举起手说："走，咱们问他杨明烈，找他算账去！"

大家一窝风向杨明烈家冲去。

这时，杨大虎从屋里出来，大家哄地一声站住不动了。

杨大虎手里端着一杆民兵训练用的步枪。

三圈在人堆里喊："他吓人呢，枪里没子弹……"

"砰"一声脆响，房檐的瓦碎了，掉下来的碎片落在杨大虎头上、身上。他一动不动，手里的枪管冒出一股青烟。

杨大虎说："谁还不信，站出来试试！谁？三圈，我叫你哩，你往哪儿溜，啊？"

满满他爹在人前愣怔了一会，对身后的人说："我就说么，与大虎他爹，也就是我明烈哥没关系么，他也是为大家好呀，地里种不成庄稼，没啥吃了，去找政府要补助，是大家的事么……"

没有人揭穿满满他爹这个墙头草。他独自说了几句，知趣地不再说，怯怯地看着杨大虎手里的步枪，悄悄缩进人群后头。

大家站了一阵，没见杨明烈出来，杨大虎虎视眈眈，人们觉得无趣，慢慢地散开了。

大家并不甘心，找个地方聚一起商量，总得想个法子，这样等下去绝对不是法子。

有人说，不是省里还没收回规划么，要不，咱们集体找县长书记去，叫他们再给咱争取争取？都已经规划成这样，地也种不成了，今后吃啥还不知道呢，再不盼个城里身份还盼啥呀？

县长管屁用，是市长要撤咱龙泉原的规划，不叫咱当城里人呢。

那就找市长去！

你以为去了就能找得到？

那咋办？总不能这么干等着呀。

"咱得想法制造点动静，引起市长注意，知道咱龙泉原的人不是好惹的，叫他撤回给说过的话，不然，他还以为咱们好欺负呢。"这话是三圈说的。

咋样才能引起市长注意呢？

咱去集体上访？

管屁用！连市政府门口都到不了，警察就把你轰回来了。

三圈这时又说："我倒有个主意，不知大家能不能听我的？"

说吧。

快说。

有道理我们就听。

三圈说："去市里肯定不行，要我说呀，咱就在那条通往市里的公路上做点动静，肯定能引起市长的注意。"

咋做？

三圈说："我正要说呢，被你打断了。咱把路挖断，口子挖大一点，不让给市里送的货进去，也不让他们的车出来，到时，不惊动市长才怪呢。我都想好了，事不宜迟，今晚就行动，明天早上就有好戏看了。"

大家觉得三圈说的有道理，都很赞同。

有人说："公路离咱这么远，走到那儿，天就亮了，还挖啥呀？"

三圈说："我话还没说完呢。吃过晚饭后，每家出一个壮劳力，打工的基本都回来了，现在不缺劳力，就在这集合，我叫来全村的拖拉机拉大家去，干大事呢，还走啥路，把劲别浪费在路上。"

满满他参说："坐你们的拖拉机去，来回谁掏运输费呀，上次的，你把你明烈伯追得那么紧。"

三圈说："上次是上次，这次，谁都不用掏钱，我们免费，为了龙泉原，为咱们父老乡亲能改变身份，这个贡献我们做定了！"

9

三圈带人去挖公路的当天晚上，杨明烈死了。天亮发现后，他的身体已经僵硬。事后，据说是心肌梗死。

杨大虎弟兄三人为他爹的突然去世乱了手脚。村民们对杨明烈心里有气，而杨大虎这个村支书在这场利益纷争里也没起啥作用，加上杨大虎又拿步枪吓唬大家，都不去他家帮忙办丧事。叫谁帮忙，谁推托。只有杨明烈的亲密弟兄杨言传弓着豆腐腰，挂着镢把颤巍巍地来给杨明烈整容。这事多亏有杨言传，不然，别人都不愿干。

在怎样安葬老爹的事上，因为摊派的花销、粮食、油盐等具体事上发生重大分歧，杨家三兄弟心里都有气。弟兄三个没在面子上吵，但一个看一个的眼神像狼似的，三个媳妇不分场合，动不动就吵骂，当着死人的面，吵得一塌糊涂。

给杨明烈刮胡子整容的杨言传手抖得厉害，根本刮不成胡子，他又不好阻止杨家三个媳妇的吵闹，只好唉声叹气地给杨明烈刮胡子。刮着刮着，他突然扔下刀片，在杨明烈脸上狠劲拍打了两下，高声骂道："他妈的杨明烈，你只比我大几天，我就叫了你一辈子哥，可没见你就比我过得好呀。我眼看要死了却赖着不死，你身体比我好，却死在了我前面，你是故意死给我杨言传看的么，死我前头，就是为叫我听这噪音么，啊？你回答我，啊，你现在回答不了，那谁能帮你回答我，啊？大虎，你能回答吗？啊，你们弟兄三个羞死你先人咧！你们三个媳妇吵你娘的×呢！啊，你们六个说是呀不？呵，呵！"

杨言传老牛一样大哭起来，边哭边数说道："明烈哥，你心瞎了，咋不带上我呢，咱弟兄俩啥关系，你把兄弟留下做啥呀，啊？留下埋葬你呀，你没儿吗？你好像生过三个呀，我记得没叫狼吃了呀，都活下来了吧。那你还作践我这个没用的老东西做啥呀？你是不是叫我给你当儿呀，啊？你要想，我就把你埋了，我给你披麻戴孝！"

杨言传的哭骂声镇住了杨明烈的三个儿子和媳妇。

10

埋葬杨明烈那天，一大早，龙泉原来了好几辆警车，逮走了三圈和十几个挖公路的壮劳力。听说，他们以破坏公路罪，已被交通局起诉法院。三圈他们几个人的身份，今后就是犯人了。

警车走后，村里人陆陆续续来帮杨大虎，把杨明烈的棺材抬到墓地。

这都是杨言传拄着镢把，在村口又哭又骂的结果。他骂村里人死光了，连个能走动的人都没了，他还叫杨大虎三兄弟准备好，再加上他，就是一步一步地挪，也要把杨明烈挪到墓地埋葬。村人一听，再不帮忙，就和死人差不多了。

埋葬完杨明烈，帮忙的人走后，杨大虎三兄弟还跪在坟墓前尽孝道，哭着数说父亲生前的种种好处。

杨言传拄着镢把弓着腰走出去了一段路，见这三兄弟还不起来，停下回头喊道："停下吧，你爹听不见了，他耳朵本来就背，这会儿更听不清。大虎，说你呢，耳朵不好使呀？起来吧，如果有这心，记住给你爹糊个东西烧了，你爹心里可能还会踏实些。"

杨大虎站起来，问糊啥东西。

杨言传说："糊个城市人的户口本吧，他活着当了一辈子农民，最终没变成城里人，叫他去那边能有个城市人身份！"

蚊帐

　　阿盲将洗净的绷带抱到院子，拽出个头，往那根已经绷不直的铁丝上缠挂。绷带像松懈了的白色弹簧，松松垮垮地绕出一个一个的圈向前伸延，直到铁丝的另一端。铁丝分别缠在两棵碗口粗的槐树上，有些年头了，铁丝勒进树身里，看不见，留下一道深深的缝隙。树像戴上了刑具，被一把不利索的手术刀拉开粗糙的口子，似两瓣肥嘟嘟的嘴唇大张着口，要是有人愿意倾听，便要诉说它的痛苦。好多次，阿盲都想将铁丝解开，给槐树松松绑，他甚至都寻了老虎钳来，下手要剪时却终没敢动手。他只不过是卫生院的一个可有可无的帮手，卫生院里的一切，其实跟他没有实际关系。卫生院真正的主人是麦医生，麦医生不开口，阿盲有什么权利？再说，剪断这根铁丝，到哪儿晾晒绷带？这个院子像谢顶的秃子，能拴铁丝的就这两棵槐树，它们逃不脱这个命运。

　　随它去吧。

　　这是个多雨的季节，刚刚过去的一场暴雨，将燥热的天空清洗得一尘不染，天蓝得像画片上的一样美丽，看上去遥远又空旷，缺乏了真实感。雨后的阳光清澈透亮，似金色的瀑布从天而降，喷溅到有些发黄的绷带上，晃得眼目酸胀。每次，阿盲晾晒完绷带，都会在槐树下发呆，槐树是静默的，在阳光下闪着墨绿的光泽。但爬在枝头鸣叫的知了，却是不甘寂寞，跟谁叫板似的拼上了老命，那撕心裂肺的叫声吵得人也绷不住要撕心裂肺了。阿盲把知了声抛在脑后，抚摸着被铁丝勒得变形的树身，觉得这道铁丝并没影响树的正常生长，它依然枝繁叶茂，阴凉满地，只是偶有轻风过往时，从枝叶缝隙掉落的细碎阳光，会摇晃一下，斑驳闪烁。他的心里便也能做到像树荫外的阳光一样坦然。

卫生院不是经常有绷带洗的，没断胳膊断腿的病人，就用不着绷带。阿盲中学没毕业，身体单薄干不动农活，寡居的母亲费了很大劲，不知通过什么关系把他弄进卫生院，给麦医生当帮手。平时，阿盲清闲的时候比较多，有病人时，麦医生也很少叫他帮忙。在空荡荡的说一句话都会听到回声的卫生院里，阿盲更像游手好闲的浪荡子。可是，只要阿盲坐在回廊的长椅上翻看《医药手册》，麦医生准会瞅到，立马喊他去关紧滴水的龙头，或者叫他去赶走垃圾堆里翻找吃食的游狗。水龙头在回廊的另一头，里边的皮垫磨损久了，滴滴答答漏水，不用劲拧，就关不紧，只要是阿盲用过，都会使劲拧紧。往往是麦医生每看过一个病人、取过一片药，或者摸过医疗器材，他都得洗一遍手，可是，他总是忘记水龙头漏水这一着。如果不是阿盲看医书，就算水漏得都要成线状，麦医生也不会提醒阿盲去关紧，更不管游狗从垃圾堆里叼出带血的棉纱。麦医生原是县医院外科的主治大夫，传说县长的老婆下楼时一脚踩空，把股骨摔裂了，找麦医生治疗。县长嫌他摸了自己老婆的屁股，找碴把他下放到小镇卫生院。麦医生的性格稀奇古怪，从没说过阿盲是他的帮手，也没传授医术的打算，平时像半个哑巴，话非常少，连叫阿盲的名字，也只叫一个"阿"字。不到万不得已，他从不多说一个字，对病人也是能省就省，听完病人的陈述就搭脉观舌，很少主动提问，除非是哪个病人实在表述不清自己的症状。对于住院的病人，就更不用说啦，麦医生全用眼神和动作与病人交流，碰到病人提问，不得不答时，也只回答简短的几个字词，言语吝啬得不像医生，倒像政府里的机要员，严谨得每时每刻都怕泄密似的。

阿盲算是看清楚了，麦医生根本无心传授他一点医术。所谓帮手，不过是他的一种自我感觉罢了。可是，为了母亲，阿盲只能待在卫生院忍受。

夏末了，阳光还和盛夏一样，没有章法，刚晾上去不久的绷带转眼间蒸腾起一片雾汽，瞬间就干了，阿盲从回廊长椅上爬起，头顶着热辣辣的太阳，顺着铁丝从这头摸到那头，绷带在他手下像飞动的鸽子，扑棱棱飞起又落下。绷带洗得次数多了，晒干了就变得粗粝，不似在水里那般温软细腻。但阿盲还是喜欢干透的绷带，洁净，没有病菌，在阳光下晒过，散发出清新的阳光味道，一点也没有沾过血迹或浸过药的味儿。

除了洗绷带，望着槐树发呆，阿盲的这一天就没多少事做了。在知了的吵闹声中，他很无聊。一般情况，下午病人会多些，上午凉快，很多人便把这相对较凉快的时光留给在田里干农活，下午闷热时，他们才顾得上病疼。可这个下午没一个病人来，卫生院冷清得像深山里的寺庙。麦医生躲在药房里，半个下午都没出来，阿盲不知道他在那间狭小的药房里干什么，又不敢随便进去，便寻了几块不大不小的石子，朝槐树的顶冠上扔，听到一两只知了歇息下来，不一会儿，发现没危险了，它们又拼命嘶叫起来。阿盲无聊得很，从阳光下又回到长椅上躺下发呆。长椅已被沾满泥土的各种屁股磨得没了漆皮，分不清是蓝是绿，木条上的纹路被污秽描绘得清晰可辨。阿盲头枕在这样的木条上，感觉比躺在床上凉爽，回廊偶尔会刮些穿堂风。整个夏天的午后，阿盲大多躺在这张长椅上打盹，如果不是晚上蚊子多，他晚上都愿意睡在这儿。没办法，卫生院后边是条不大的河流，叫叶儿河，名字好听，却是条排污河，水肥草厚，是蚊子最好的藏身处，全是些长腿大个的花肚蚊子，一个赛一个的彪悍能干。

有天傍晚，给供销社食堂做饭的陈老伯来卫生院拿几片感冒药，取药拿药几分钟时间，被蚊子咬得急了，顺手拍死一只凑到灯下照看，惊叫这蚊子够大的，三只准能炒盘菜。

好久没吃肉的阿盲兴奋了，这容易，不用凭票供应，我这去抓几只蚊子回来，陈伯给咱炒盘肉菜解馋。

卫生院太小没自己的食堂，与供销社搭伙，做饭的陈老伯再有能耐，没肉票，也炒不出肉味道的菜来。阿盲经常催问肉票什么时候发下来，他快忘记肉是什么味儿了。

陈老伯看眼在昏黄灯光下一言不发只管分药的麦医生，拍了一把阿盲的头说，话是这么说，蚊子怎么能吃，太脏啦。

阿盲呆头呆脑地说，蚊子怎么脏了，它吸的是人血，吃它等于把自己的血收回……

这时，麦医生突然抬起头，指着外面院子晾绷带的铁丝说，阿——去——收！

阿盲没动，他本想说，他听过天气预报，今晚天晴，不会有雨，收不收都没关系。这时，陈老伯取过药，谢过麦医生，拉了阿盲一把。阿盲跟着陈老伯一起出来。

到院子里，陈老伯趴在阿盲耳边神秘地说，过两天我让你吃狗肉。没等阿盲反应过来，陈老伯已颠着步走了。

夏末秋初的夜晚，天空清澄高远，没有银盘似的月亮，却满天的星斗，闪耀着洁净明亮的光芒。阿盲望着天空，星星在冲他眨巴着眼，似在提醒他不要与麦医生犟，收晾绷带应该是他这个帮手料理的事情,何况绷带他本该下午就收起的,干透的绷带晚上不收,不光会浸了露水,还会有一些小虫子在上面落脚、产卵。以往晾晒绷带,阿盲都会及时收起,今儿个下午在长椅上睡得过了头,犯迷糊了。

他默默地一圈一圈往怀里扯绷带,从屋里射出的灯光里,他看到无数蚊虫在灯光中翻飞,发出嗡嗡吟吟一片吼叫声。阿盲真想把怀里的绷带做成一面网,像小时候网鱼一样把蚊虫网到里面,然后把它们送到陈老伯那儿,让他做顿蚊虫宴,偏要叫麦医生看看,卫生院的蚊子有多大。收完绷带,阿盲抱着绷带冲进灯光的蚊群中,把这场蚊虫盛会冲散。可这没用,不一会,阿盲回头看,门口的灯影里,它们又在群魔乱舞。

对阿盲来说,每晚睡觉就像吃不到肉一样痛苦。蚊虫太多,别说咬人吸血了,单那裹在一起的嗡嗡声,就能把人搅得烦躁不安。每晚天快黑时,阿盲到叶儿河边拔来艾蒿,给自己住的屋子点堆火,用艾蒿熏蚊子。这招是当地人惯用的方法,自然灵验。麦医生坚决不用艾蒿熏蚊子,他不是本地人,闻不惯艾蒿的臭味,他只撑自己带来的那顶厚纱蚊帐。在桑那镇这种偏僻的小地方,蚊帐是个稀罕物,供销社的货架上从不摆这种奢侈品。当然,摆着也没人买,没那闲钱。蚊帐的确是个好东西,搭挂在四根细竹竿上,就能撑起一个小空间,蚊子被隔离在外,除了在蚊帐外面哼叫几声,嘴长莫及。以前,麦医生在他的蚊帐里能安稳地一觉睡到天大亮。不像艾蒿熏过的屋子,只能上半夜睡个安稳觉,下半夜艾蒿的味道慢慢淡了,散失后,灵敏的蚊子便伺机从门窗缝隙钻进来,终于找到报仇机会似的,把人咬醒。所以,阿盲每天被蚊子逼得早起,将病房、回廊、院子打扫一遍,天还没大亮,他就在清凉的晨曦中去镇街上跑几圈,消耗身上多余的力气。要不，他实在想不出还有什么办法，能使他熬过清晨的这段时光。

在这个蚊子猖獗的夏天，阿盲却再没见到麦医生撑起蚊帐。刚开春那阵，有个农妇逆产，眼看婴儿的一条腿都伸出来了，找来的接生婆费尽力气也没把婴儿拽出来，反而致使产妇大出血，怎么也止不住，大人孩子的命眼看都难保住，接生婆这下才害怕了，催促产妇的家人赶紧往卫生院送。男女老少一大帮，呼啦啦跑了十几里山路，将产妇抬到卫生院。麦医生把产妇家人轰出病房，他们对这个男医生独自接生不大愿意，挤在门窗口，瞪大眼要看医生怎么操作。卫生院条件简陋，门窗连个帘子都没有，众目睽睽之下，没法给产妇接生。麦医生不想费口舌耗时间，情急之下喊阿盲拿来他的蚊帐给产妇撑在床上，隔开众人的目光，他一人钻进蚊帐，打开裹着产妇的被子，发现产妇早已咽气，婴儿伸出的那条腿，像产妇的尾巴，往下滴着血水。麦医生闭上眼睛给产妇重新盖上被子，钻出蚊帐，轻轻向那些瞪圆的眼睛，无奈地摇了摇头，自始至终没说一句话。在一片嚎哭声中，麦医生默默走出病房，去叶儿河边一人闷头坐到了天黑。

产妇的尸体被拉走后，阿盲从病床上取下麦医生的蚊帐去洗，被麦医生强硬地喝住。阿盲不管，依然抱起蚊帐去回廊尽头的水龙头下，刚拧开水，麦医生在身后断喝一声，放下！冲过来指着阿盲怀里的蚊帐，很粗暴地又叫道，叫你放下！

阿盲看惯了麦医生的冷漠，却是第一次见他如此粗鲁，心里很不高兴："又不是我的蚊帐，真是好心没好报！"他犹豫一下，看着麦医生僵在脸上的烦躁和厌恶，果断地将蚊帐狠狠扔在脚下，也不看麦医生，转身走了。后来，也不知麦医生洗没洗蚊帐，反正，夏天来临后，蚊子猖獗，却没见麦医生挂那顶蚊帐，也没见他到河边拔艾蒿熏蚊子，真不知他这个夏天是怎么熬的，他不说，阿盲绝不去问。

反正，蚊帐的用途自那次之后，被彻底改变了。

卫生院原来有条黄狗，是麦医生从镇街边捡回来的流浪狗，当时有三四个月大，背上有一道被铁锹之类的利器砍下的伤口，因为感染化脓，隔好几步远就能闻到狗身上的臭味。麦医生费很大劲才把这条小狗逮住抱回卫生院，给它的伤口清洗、消炎、上药，还打了几针。被治好的小狗不愿离开麦医生，从此就留在了卫生院。可这只慢慢长大的小黄狗很奇怪，能分辨来卫生院的人，哪些是病人，哪些不是病人。对真正来看病的人，它从不吠叫，还像个保镖似的，跟在病人后面到麦医生的诊疗室。但对陪同病人一起来的亲属，就冲着他们一顿狂吠，跟前世有仇似的，疯狂得有时候连麦医生都喝不住。这样，病人都有意见，说卫生院是看病的地方，又不是银行怕人抢劫，养条狗算什么事。麦医生经不住人们的闲话，把黄狗送了人，可是黄狗不愿易主，三番五次从新主人那儿跑回卫生院，每次都叫麦医生给赶走。那条黄狗可能知道麦医生真的不愿留它，以后不再进卫生院，只是有时蹲在叶儿河对面，远远地看着卫生院，见麦医生出来，便呜咽几声。麦医生置之不理，它便耷拉下尾巴，失望而去。慢慢地，再没人见过黄狗在卫生院附近转悠了。

陈老伯盯上了这条黄狗，他在镇街上发现这条黄狗时常卧在路边，冲一个方向痴痴地望着，有人走近，瞬间跑得不见影儿。阿盲听陈老伯一说，心动了，莫非这条黄狗是在等麦医生？麦医生是在镇街上把它给捡回来的，它大概是等他再次把它捡回来吧。这么一想，阿盲心里有些犹豫，这么痴情的狗，能打了它吃吗？陈老伯拍拍阿盲的脑袋说，看这孩子，心底倒善，可如今人都顾不上啦，哪还顾得了狗？咱不去打它，迟早会叫别人下手的。你看看，现在镇街上很少见到狗影子，还不是被别人打死吃啦。

阿盲一想也是，肉要凭票买，就算是攥着肉票，也不一定买得上，没见供销社肉铺的那扇门，都被蜘蛛网罩严实了。可是，这条黄狗跟麦医生有瓜葛，阿盲不敢轻易下手，想趁陈老伯再来卫生院时，与他一起去问麦医生。

麦医生不让打这条狗。

好久没闻到肉腥味儿了。有陈老伯撑腰，阿盲鼓足勇气辩了一句。

狗身上携带有病菌，尤其是野外游狗。麦医生淡淡地说，你要是吃了狗肉，以后就不要再踏进卫生院的门！

阿盲像撒了气的车胎，瞬间瘪了。陈老伯是个胆小的人，他二话不说，扯起阿盲到院子的槐树下，眯了眼往高处的天空看。天空白得晃眼，倒是槐树叶子，簇在一起浓绿着，没心没肺的样子，只是细了眼神再看，发现在白晃晃的阳光下，那片绿没了神气，蔫不拉叽，不如以前绿得那般彻底，很多叶片泛了黄，浅浅淡淡，是绿色遮都遮不住的。没变的倒是那块树荫，只要太阳在天上晃动，它们就在槐树周围变幻着位置。

没说任何话，陈老伯只是很长辈地拍拍阿盲的肩膀，叹口气，走了。

又是一个寂寞的午后。

夏末的暴雨一场接一场，雷电非常厉害，有次击中了一个壮年男子，烧得像截黑炭，被人们抬到卫生院时，他还有知觉，疼得大喊大叫。麦医生可能没见过这么惨的病人，往他的嘴里塞进去几粒止痛片，又打了镇定针，却不知怎么下手治疗。卫生院也没有治疗烧伤的药，阿盲抱来一大堆洗得干干净净的绷带，随时准备往那截黑炭上缠绕。麦医生看上去有些束手无策，在大家七嘴八舌的建议下，勉强同意他们采些马齿苋，捣烂给伤者涂上疗伤。

地头坡坎上到处都是马齿苋，大家分头去采。阿盲首当其冲，正要往河边跑时，却被麦医生叫住了，阿，你——别去啦。

阿盲站住，回身望着麦医生，他没问为什么，也不需要问。麦医生不说，问也白问。阿盲来卫生院这么久，已经摸清他的德性，只要他开口，没有为什么，照做就行。

阿盲按照麦医生的吩咐，将冷落在病房角落的那顶蚊帐，用四根竹竿撑挂在烧伤的病人床上。这样做时，阿盲心里很温暖，有伤的病人怕蚊蝇飞虫之类落到伤处引起痒痛，痛还能忍，痒就无法忍受了。甭看麦医生外表冷漠，对待病人还是想得很细致的。

可是，谁也没想到，等大伙采来马齿苋，用石窝捣烂，还没将黑炭似的男人用马齿苋涂成绿色，病人就咽气了。麦医生从蚊帐里钻出来，脸阴得要下雨似的，看都不看蚊帐外眼巴巴瞅着他的那些人。阿盲一屁股坐到地上，望着那顶四四方方的蚊帐心里发颤。看来，麦医生早就预料到这个结果，他的束手无策，就是知道用什么方法也救不下这条命了。

又是在蚊帐里送走了一个生命。在阿盲眼里，这顶蚊帐成为不祥之兆，他本想将它偷偷抱到叶儿河边点把火烧掉，又怕麦医生怪罪，便趁他不注意时，将它塞进堆杂物的屋子角落，不想叫它再见天日。

麦医生却没忘记他的那顶蚊帐，而且似乎也默认蚊帐的不祥之意，只要有人病危，他准能把它翻找出来，像举行临终仪式似的，给即将离世的人罩在床上。

只要见到麦医生往病床上罩蚊帐，阿盲心里就很恐惧，他恨死了这顶蚊帐，它不再是抵挡蚊虫叮咬的工具，而是一道生命与人世的屏障。阿盲不希望有人被罩进蚊帐里，但他又不敢私自把它烧毁，只好东藏西放，想法把它扔到麦医生找不到的地方。可是，麦医生像条嗅觉灵敏的猎犬，每次需要时，准能找寻得到。

　　蚊帐本来已经很旧了，在阿盲塞来藏去的过程中，变得越发肮脏不堪，但阿盲早没了洗净它的想法。麦医生似乎看不到蚊帐的脏，或者，脏就脏了，既是极其无奈地送走一个生命，不是多么喜庆的事，用不着洗净。麦医生不说，阿盲绝不主动去洗，这个与死亡紧紧联系在一起的不祥之物，阿盲想躲得越远越好。

　　麦医生顶这蚊帐的用途，没多久就传开了。小镇之小，就像井底之蛙眼里的那块天，再大也不过巴掌一般。一顶蚊帐的说法，一阵风足以传遍全镇。

　　立秋后不久，上河湾阿西家的喝农药寻死，因为她一直生不出男娃，生下四个丫头，每生一个丫头，就得挨男人的一顿毒打。阿西家的这次生出的第五个又是丫头，她挨打后看不到一丝希望，便喝农药自尽。家人发现后看还有救，便背到卫生院抢救。麦医生当即给阿西家的灌肠洗胃，折腾了一夜，总算把她救下。可是，人救活了，她却不肯睁眼，怕是一睁眼再看到的还是她的末日吧。麦医生也不多说，把阿西家人赶到病房外边，说是要再观察观察。没多会儿，麦医生阴着脸，大声唤阿盲去拿蚊帐。

　　这次，阿盲出乎意料地没听麦医生的话，说声"我不拿"，拒绝去拿那个不祥之物。麦医生看了阿盲一眼，没责怪他，自己寻来蚊帐，往阿西家的病床上撑。阿盲冲上去紧紧抓住蚊帐说，你不能这么做，她还有救！

　　麦医生瞪圆眼睛示意阿盲放手。

这次，阿盲犟到底了，坚决不放手。

麦医生大吼一声，放手！从阿盲手中抽出蚊帐，像撒渔网似的，将蚊帐罩在阿西家的头顶。阿盲再也不管自己是不是帮手，麦医生要是不叫他在卫生院干，他就不干了，反正，这个地方再待下去也没意义，一点医术也学不会。他呼哧呼哧喘着粗气，冲上去要把蚊帐扯下来，一副拼命的架势。

麦医生像是看透了阿盲，也不拦他，把手搭在阿盲肩上，被他轻易甩开了。麦医生苦笑一下，却没恼怒，把阿盲扯落的蚊帐一角重新挂好，然后粗暴地推开阿盲。没容阿盲反应过来，麦医生已将外面的阿西家人喊进来，让他们自己看。

一见老婆头顶撑起的蚊帐，阿西当场腿就软了，哆嗦道，不是刚……还有口气吗……

麦医生这时的话比平时多了。他说，那是刚才。病人没有求生的愿望，一口气能撑多久？何况，她连眼睛都没睁开，现在，你自己去看吧！

阿西不敢看。他父母大着胆子，惊恐地上前想掀开蚊帐看个究竟，被麦医生严厉地拦住，他说还是先别急，保护好现场，等公安来取过证后你们才能动，谁要乱动破坏了现场，谁负责任！

麦医生明显是在胡诌，人都送到医院，哪里还有什么现场？可阿西的父母不懂这些，听麦医生说得这么严重，吓得不敢动蚊帐。麦医生又要阿盲去派出所喊人。阿西的父母扑通一声跪在麦医生面前，哭成一团，边哭边诉说，人命关天，千万不能说是阿西逼得媳妇自杀，他们就阿西一根独苗，要是阿西被抓走，他们可怎么活啊……

麦医生说，这可不是你们说了算，怪只怪你们平时把阿西家的不当人看。

阿西的母亲哭道，麦医生求求你，救救她吧，只要能把人救活，我们保证以后好好待她。

麦医生不说话，只望着一旁的阿西。阿西赶紧叩起头来，麦医生你行行好，只要能救活人，我不要儿子，不要啦，以后再不打她啦……

一旁的阿盲这才明白麦医生的心机，怨气顿时消散了。

中秋过后，日子慢慢变得短了，过得也快了。转眼就到了深秋，树叶飘落，剩下两棵光秃秃的树干，苍凉地立在卫生院里边。卫生院像是被人遗忘似的，好几天没来一个病人。这种季节气候很凉爽，蚊子的疯狂劲已过，很少见到它们的影子了。没有蚊虫的侵扰，阿盲不起那么早了，起了床，能干什么呢。

麦医生在这种清闲的日子里也没显出几分清闲来，他整天都待在药房里，阿盲不明白在那间充满浓浓药味的小屋子里，能有什么事可做。他懒得去想，实在闲得无聊，就把那些旧绷带翻出来搓洗，照他这种洗法，再洗几次，就烂了。麦医生还是很少说话，也不管他，他有时候抱着医药书看，麦医生看见了，也不叫他去关水龙头或驱赶野狗了，阿盲知道，那是因为他把水龙头修好了，那些野狗也不见影子儿。日子越来越寡淡了。

一场秋雨过后，天气由凉爽变得寒冷。再过几天就是立冬，也该冷了。

一天凌晨，阿盲被一阵杂乱的跑步声吵醒。他竖起耳朵听外面的动静，脚步很急促，绝不是麦医生制造出的跑步声。一大早跑得这么慌乱，一定来了急诊。阿盲不敢赖被窝，爬起来穿好衣服，听到病房那边有了动静。看来麦医生已经到了病房，他得去病房帮忙。

推开门，看到麦医生和一个满脸胡子的人手忙脚乱地往病床上撑蚊帐。阿盲的头嗡地一声大了，又是谁不行了，刚送来就罩蚊帐？从半撑起的蚊帐空隙里，阿盲看到病床上根本没人，他惊愕地问，又有人……

麦医生手上没停，侧过头说，阿，没你的事，回去睡觉！

阿盲愣怔在那儿，疑惑地看了满脸胡子的人一眼，慢慢退出病房。回到自己屋里钻进被窝，还在想到底是怎么回事，病人还没来就撑起蚊帐？阿盲越来越揣摸不透麦医生了。正揣测着，又听到一阵急促的脚步声冲进卫生院。这次有一伙人，他们又喊又叫，很粗暴，不是踢门，就是拍窗，好像在找什么人。阿盲侧耳听到麦医生的声音，说叫他们随便搜，就这么大地方，除过两个活的，还有一个患传染病的尸体……

咚地一声，阿盲的门被踢开，进来一个扎腰带的小伙，连瞎子都能看出阿盲狭窄的床上只躺着他一人，小伙子还是把被子掀到地下，在屋子里搜索。屋子摆设很简单，靠床摆着一张旧桌子，上面摆着两三本翘角的医药书，连个椅子都没有，除过这被窝，实在找不出能藏人的地方。小伙把桌上的书拂到地下，好像那书里能夹住他需要的东西似的。见阿盲茫然地看着他，厉声喝道，看到马宏文没有？

马宏文是谁？阿盲怎么知道。他胆怯地摇摇头。那个小伙子骂骂咧咧地出去了。

阿盲从地下扯回被子，他的心咚咚跳着，心想千万别出啥事。他感觉身上发冷，把自己裹紧，偎在床上不敢动弹。

过不多久，那帮人吵闹着走了，声音越来越小，最后没音了。因为刚才的吵嚷，卫生院这会儿显得更加空荡寂静。阿盲这才壮着胆子跳下床，没穿鞋，奔过去咣一声关上敞开的屋门，再回到被窝把自己裹紧。

几天后的一个黄昏，红彤彤的夕阳把卫生院染得异常鲜红，温暖得也不像初冬了。阿盲站在院子的槐树下面，看着头顶光秃秃的树枝上，几只麻雀跳来跳去地吵闹，稍有点动静，它们便一哄而散，飞得没了踪影。阿盲回头望着被染红的西天，莫名地被冬天少有的温暖所打动。麦医生从药房出来，冲阿盲挥挥手里的碗，示意他该去供销社吃晚饭了。阿盲返身回屋，把自己的碗拿上，跟在麦医生身后。

这时，一帮年轻人突然喊叫着冲过来，不由分说，将麦医生和阿盲两人的胳膊拧到背后。两个被打掉的碗落到地上碎了，阿盲从这伙人推搡的声音中又听到"马宏文"这三个字，在他们的拳脚正要落下时，麦医生高声喊叫道，别打他，马宏文是我一人藏的，与阿盲无关，他根本不知道！

第一次，麦医生把阿盲的名字叫全了。

抓着麦医生的年轻人啪地抽了他一个响亮的嘴巴，血立马从嘴角流出来，比夕阳的颜色还要艳丽。

麦医生歇斯底里地叫道，打我吧，来，是我一人干的，确实不关这孩子的事！

又是叭地一声脆响。

阿盲哆嗦了。扭他胳膊的人，举起拳头吓唬道，你真的不知道？马宏文是他一人藏的？

阿盲不知自己摇头，还是点头了，他的脑子完全懵了。他被推倒在地，眼睁睁看着一伙人将麦医生连打带踢地押走了。阿盲惊恐得一夜没睡，睁眼闭眼全是落在麦医生身上的拳头和他嘴角流出来的血，恐惧占据着他的心头，使他彻夜难眠。

第二天早晨，麦医生被人用平板车送回来，倒在回廊前的地上。他的衣服被撕烂了，缩在地上冻得瑟瑟发抖，他的腿被踢折，嘴角裂了，一只眼睛肿得只剩条缝，另一只眼血红，看上去有气无力，已经爬不起来。煎熬了一夜的阿盲扶起麦医生，不知该说什么，想着还是把他扶回屋子。麦医生却不愿回屋，拖着伤残的身体叫阿盲扶他到病房。

病房一片狼藉，一张病床被掀翻，另一张砸断了一条腿，铺盖斜扔在地。那张撑挂着蚊帐的病床倒是完好无损，可蚊帐被撕成碎条，像撕碎了另一个世界。寒冷的西北风从关不严实的窗户钻进来，将肮脏的蚊帐布条吹起，经幡似的飘来荡去。

麦医生慢慢地挪到这张床前，示意阿盲将他扶进蚊帐里。阿盲迟疑着没动手，麦医生急了，气喘得很粗，阿盲怕他一口气上不来，便扶他上床，小心翼翼地将他放平躺下。

这下，麦医生像有了依靠似的，长长地吐出一口气，然后闭上眼睛。阿盲不知道接下来该做什么，看着麦医生死人一样，他鼻子酸酸地走出病房，想着去供销社找陈老伯弄些吃的来，眼下的麦医生这么虚弱，得想办法弄点有营养的吃食，不然，他很难撑持得住。

突然，一道黄色的影子箭一般射来，擦着阿盲腿边，冲进病房。

阿盲返身回到病房，见是麦医生以前救过的那条黄狗，它逃过不少劫数，毛肮脏不堪，背上还带着一道道未愈合的伤口，散发出叶尔羌河水一样的恶臭味。它警惕地望了阿盲一眼，敏捷地跳上床钻进蚊帐，倚在麦医生脚边。

麦医生闭着的眼睛忽然睁开，费劲地抬头望着黄狗。阿盲看到，麦医生咧着受伤的嘴角，冲着黄狗竟然笑了。

他的笑看上去清澈透明，像夏天雨后的天空。

回门礼

结婚第三天，母亲带着小婶子、姑、姨几个女长辈来看望艾娅。女儿出嫁时，一般都是男长辈送亲，女长辈只能等三天后看望。三天后，来看望时就不再是自家那个单纯的小闺女，就已变成人家的媳妇了，心里千头万绪，总得有个表达的方式，像离别了许久，抱在一起哭哭啼啼是免不了的。哭罢，艾娅把嘴贴在母亲耳根小声说："妈，你带我走吧，我要回咱家！"

二十八年前，母亲刚出嫁时也说过这话，但那是她跟自个母亲撒娇，其实心里不是这样想的。母亲嗔了女儿一眼，没把女儿的话当回事。她是过来人。

艾娅的头上依然别着粉红色的假花，穿着结婚那天的红袄。红袄颜色鲜亮，质地细腻，跟艾娅粉红白嫩的脸色十分相衬。小婶子端详着侄女，啧啧道："看我家艾娅，镇街上今年结婚的新娘子当中，没人比得过你吧。"艾娅抿着嘴笑笑，迅速看了一眼男人雷吉尔。

雷吉尔的眼神一刻也没离开过艾娅，听到小婶子的话，他脸上的笑意越发浓厚。艾娅没接小婶子的话，双手端碗糖水递给小婶子，眼睛却扫了下笑意融融的母亲。

把艾娅嫁到镇街，是母亲的最大心愿，现在如愿以偿，母亲没有因此而松懈，她在打量女儿新房里的摆设，目光里有一丝挑剔，却面带微笑，眉眼间的皱纹喜悦得挤成一堆。新房里的物品都是按母亲的意思摆放的，女儿结婚前，母亲不知验收过多少次，可她还是看出了一些微小的变化：蒙在被垛上的大红纱巾叠起来扔在枕头边，桌上的台灯移到了床头柜上。在婶子、姑姨们面前，母亲只是拿眼轻挑了女儿一下，没有责怪，装作无意地把台灯放回桌上，将大红纱巾展开蒙在被垛上，像拈掉衣服上的一根头发一样随意。

艾娅把这一切看在眼里，给母亲递糖水时，母亲瞪了她一眼，她对母亲的挑剔不以为然，刚叫了声妈，就被母亲打断了："你婶子、你姑、你姨都走累啦，还不快请她们上炕歇歇。炕烧热乎了吧。"说着，伸手在被窝里试试，顺手抚平被角上的一丝皱褶。

新女婿雷吉尔很有眼色，女人们上炕要说话了，他杵在那里实属多余，就说去饭店看看昨天订的饭菜，抽身走了。

小婶子瞅瞅门口，这才问艾娅："做了三天新娘子，有啥感受？你男人欺负你没？他要是不讲道理，你可告诉婶子，看婶子不收拾他！"

艾娅的脸红到了耳根，低头绞着手指不说话。小婶子不依不饶："瞧瞧，瞧瞧，这就害羞啦，还是不敢说？艾娅可是咱家的宝贝呢，要是受了委屈，我和你妈、你姑、你姨就是来给自家闺女出气的，你现在不说，过了今儿，要受了男人的气，我们可就不好说啦。"

小婶子说完，折回头冲艾娅的姑、姨眨眨眼。姑、姨几个脸上漾着笑意，却不说话。

这本是句客套话，是看望过门闺女的取笑话，也是长辈与晚辈间的亲昵和融洽，一般新娘都羞于这个话题，闭口不语，或含羞闪过。可艾娅的眼圈却红了，突然间抬起头，对小婶子说："婶子，你真的能为我出口气啊？"

"艾娅！"母亲及时地喊了一声，打断女儿说道："我们走了半天的路，肚子早饿啦。"

艾娅说："雷吉尔不是去饭店看了嘛，那边准备好了他会来叫我们的。"

母亲哧溜下炕，趿上鞋，拉上女儿往外走："是哪个饭店，你带我去看看，顺便呢，有不对口味的菜再换换。要是好了，就早点吃，看这天阴的，说不定午后会下雪呢。"

小婶子等人随着母亲的话，凑到窗口往外看。天确实有些阴沉，风寒寒地从枝头上刮过，光秃秃的树枝随风摇动。姨和姑都附和道："就是，看这天，来的时候还恁大的太阳，咋说变就变了呢。"

到了屋外，母亲还没责怪艾娅不懂事，艾娅倒抢先道："妈，我要跟你回去！"

母亲眉眼间的皱纹立马竖起，紧张地看了看前后左右，压低嗓门说："有个意思就行啦，你还当真啊？"

艾娅的腔调变了，带着哭音道："我是当真的，你看看，雷家穷得叮当响，要啥没啥，过了年，雷吉尔又得去外地打工，那时剩下我一人，在这个要啥没啥的镇街住着有啥意思！"

没结婚前，艾娅一直听母亲唠叨，嫁到镇街，比乡下风光，镇街那可是街啊，人来车往，小日子可不老美了。艾娅也是这个心理，在乡下呆久了，走过来走过去，一年四季就那么几种样子，庄稼绿了，黄了，收了，秃了，地里什么都没了，来年开春，从头又来一遍。那条通往村外的土路偶尔过个车子，腾起满天尘土，呛得人半天缓不过气来，没法和镇街的水泥马路比。嫁到镇街就不一样了，整天热热闹闹，有看不够的人，听不完的吵闹，生活特别方便，菜炒在锅里要是没了盐，立马出门去买，也耽搁不了炒菜。可是，镇街再好，也就十字交叉那么两条短街，再多的人来来回回也就那么些人，靠着这两条街，能活得自自在在、衣食无忧的，能有几人？很多人照样得出去打工养家。生活得靠钱支撑，没钱只能眼睁睁地看别人过好日子。

母亲揽住女儿的一条胳膊，轻轻拍打着道："你给我听着，不准瞎说，也不准胡来，你刚结婚，日子还长着呢。要知道，你在镇街上住着，就高别人一等。人活着图啥，吃喝呀在哪不都一样？为啥还要往热闹地方钻？不就图个跟人不一样嘛。穷有啥大不了的，我和你爸又没死！今儿这顿饭是我叫你们在饭店订的，算我的，给你二百块钱，够了吧。"

艾娅嘟着嘴，还想说啥，母亲一挥手："行啦，啥都甭说，是哪个饭店？你快过去看看，我去把你婶子她们叫来，早点吃早完事。"

吃过午饭，小婶子想在镇街上逛逛，艾娅本想介绍一下年前这阵子服装市场的情况，见母亲板着脸，没敢开口。母亲用天阴会下雪为由，硬拉着小婶子她们早早地回去了。

快过年了，镇街上喜气洋洋，红对联、红被面、红床单搭挂得满街都是，商家为招揽顾客，扩音器开到最大，不是放流行歌曲，就是声嘶力竭地兜售商品，把自家的货物标为全镇街最便宜的，给人感觉要过年了，东西都不要钱似的。其实大家都知道，这时节正是商品最贵的，说便宜，不过是一种心理战术罢了，谁不希望自己买的东西又好又便宜呢。这个时候，镇街就像个容器，被采购年货的人填得满满当当，大家在喧腾的街道上挑选各自需要的东西，挤来挤去，看上去，每个人都很享受这种拥挤和喧嚣似的。这就是镇街的生活，真实，热闹，其乐融融。

婚后第一个新年回娘家叫回门，礼物必不可少。礼物一般是当地产的好酒两瓶，当地最好的烟两条，这是孝敬老丈人的；给丈母娘得买双鞋，外带一只大肥羊，足够她老人家操办全家人过年的吃食。镇街上的人会精打细算，雷吉尔早早地去每个批发部问过价钱，计算哪家最便宜，得花多少钱，他再把每个批发部或者市场的差价告诉艾娅，要她拿主意。回门是新媳妇的大事，拿什么礼撑什么门面，雷吉尔轻易不做这个主。

艾娅对雷吉尔算计的详细价格无动于衷。

雷吉尔急了，眼看再有几天就过年了，礼物还没备下，烟酒好办，大年初一也能买到。可肥羊就不好办了，交易市场过年停开，总不能上养羊的人家里去买吧，就算能买到，大过年的上哪儿找屠夫宰杀？

这晚，雷吉尔催促得急了，艾娅却一点都不急，心平气和地说："你只管把钱准备好，回门的礼物我还真没考虑好呢。"

"这有啥考虑的，"雷吉尔说，"我们又不傻，谁不知道第一次回门该带啥礼物啊。"

艾娅静静地望着丈夫，过了半晌，扑哧一声笑了："我看你就傻哩。不跟你说了，告诉我，你到底能借到多少钱？"

提到钱，雷吉尔叹口气，挠起了头，挠了两肩头皮屑，才缓缓地说："你放心，我已把置办礼物的钱备够啦，连带过年的，总不能你刚过门，叫你没法过年吧。"

艾娅平静地说："是吧，那我现在就告诉你，我要办的礼跟以往人家的都不一样！粗略算了一下，最少得五千块才能办下这份回门礼……"

"五千?"雷吉尔惊叫道,"我上哪儿去借五千块钱呀?办婚礼借了不少,现在找谁去?谁家不得过年啊!再说,不就回个门吗,有必要花那么多?跟别人家一样又咋啦,也不是啥了不得的事。咱家的情况你不是不知道,摆那个谱能当吃当喝?"

艾娅淡定地一笑,说道:"我有我的打算,你按我说的去找钱就是了。"

五千块钱办回门礼,以后还要不要过日子?这女人不要命了。雷吉尔气得呼哧呼哧地,没好气地说:"我没地方去找了,有本事你自己去!"

艾娅望着男人好久,慢悠悠地说道:"你个大男人,我没嫌你没本事挣钱,倒连借钱的本事都没了?"

雷吉尔苦着脸说:"都借得差不多了,镇街就这么大,亲戚就那么多,谁家窝着大把的钱借给你呀!"

艾娅懒得听雷吉尔诉苦,抱起一床被子扔到沙发上,说:"找不到钱,你就睡沙发吧,我的炕上不要你!"

雷吉尔在沙发上睡不着,扛不住冷,也扛不住身体里的欲望,几次涎着脸要回炕上,半个身子刚挨上热炕,就被艾娅推了下去。第二天,雷吉尔四处去借钱了。结婚时,把能借的亲戚友人都借过了,现在再去借,实在不好开口。也不知雷吉尔找的谁,他在沙发上又煎熬了一夜,第三天傍晚把五千块钱交到了艾娅手里。艾娅捏着一沓钱,眼里没一丝欣喜的亮光,回过身搂住丈夫的腰,头埋进他怀里哽咽道:"真难为你了,别心疼钱,其实,这都是为了你,也为了咱们今后的日子。"

雷吉尔想说什么,可看到艾娅泪汪汪的模样,话到嘴边又咽了回去,抱起她扔到炕上。艾娅被摔疼了,拧了男人一把:"死鬼，天还没黑透呢。"雷吉尔哪听得进去，掩上门跳上炕忙乎起来。艾娅也很配合，边脱衣服边说，"你就不能省着点，有了今天，明天不过啦？"

雷吉尔边喘边说："再有几天就过年了，过完年我去了外地，还不得干熬，你偏要浪费咱们在一起的这几天。"

艾娅知道，雷吉尔是在怨恨睡了两天沙发，少了两天夫妻间的乐趣呢。她心里热腾腾的，身子也柔软得像水，都要漾荡起来了。她偎进男人怀里，脸贴在他的胸口，轻声说："我不要你去外地打工，要你在家里守着我！"

雷吉尔已听不清艾娅的话了，或者听到了，也顾不上回答，他抓紧时间忙自己的，别的，在这个时候都不重要。

艾娅揣上五千块钱，不去镇街的任何商铺，而是去了趟县城，买回两瓶"茅台"酒、两条"中华"烟。镇街的批发部里没有这两样东西，有也卖不出去。然后，艾娅在镇街的服装市场转了几个来回，花了二百八十块钱，给父亲买了件"鸭鸭"羽绒服，这牌子、款式她在县城问过，得三百五十块钱，足足省下了七十块。嫁过来才几天，艾娅就像镇街上的人一样精明了。在西街的银匠铺打算给母亲买手镯时，艾娅迟迟拿不定主意，想回去听听男人的意见，想想这几天他有点阴阳怪气，找他等于触霉头，还是算了吧，反正主意是她出的，钱是她让借的，礼物也得她划算着买，就索性一人担当到底。艾娅比划来比划去，选中了一副比小婶子腕上戴的要宽要厚的银手镯，价钱也高出两百多块钱。往出掏钱时，艾娅的心跟虫子咬了一口似的，疼得抽搐了一下，但很快就妥帖起来，好像被挠了一下痒痒，不过是开头挠得重了些，快了些。母亲早就念叨小婶子有副银手镯，总怕人不知道，喜欢撸袖子不说，动不动还跟人抱怨戴镯子碍手碍脚的，真不知当时怎么就鬼迷心窍，买下这多余的物什。其实，小婶子是在炫耀呢。母亲从没说要买，说这话时脸上的表情也是对小婶子炫耀的不屑。可艾娅把母亲的念叨放在了心里，趁这次回门，得圆母亲的梦想。买下银手镯，路过一家时装店时，经不住诱惑，艾娅进去揣摸了半天，给还在上学的妹妹买了一双红色的高腰皮靴，一件低腰牛仔裤，韩版的，都是妹妹梦寐以求的东西。临了，她在心里掂量了好久，给自己男人买了一条"雪莲"烟，是当地最好的，回家交给男人说："这是给你的，男人嘛，身上有股烟味才像个男人。"

雷吉尔随手把烟扔到炕上，望着一大堆红红绿绿的礼物，没好气地说："可相亲时你说过，你不喜欢抽烟的男人，说身上臭烘烘的。"

艾娅推了男人一把："可我现在觉得，男人身上有烟味，才有味道。"

雷吉尔望着别处说："可我已经戒烟啦，不抽了！"

艾娅装作没看出男人的情绪，在他怪里怪气的眼神里，捏着剩下的两千块钱，叫男人和她一起去北街的摩托车市场。

雷吉尔心说女人到底是没当过家的，一点也不懂得持家之道，手里那几个钱可都是借来的，哪由得了性子这样胡花。当即拉长脸说："我不去，我可没闲钱买摩托车骑！"

"谁说要给你买摩托车啦？"艾娅笑道，"是给我爸买，叫你帮着推回来，我一个女人家推不动。"

雷吉尔脸色更不好看，耷拉着眼皮说："……我约好了待会儿去拿羊肉，你还是自己去吧。"

艾娅去摸男人的头，被他一拧身闪开了。艾娅依然笑着，不再勉强，一个人去了。

年前的摩托车市场比较冷清，人们都在忙着办年货，没时间闲逛，摩托车不是过年必备用品，什么时候买都行，比不得那些年货，都是眼跟前的东西。艾娅在一排排锃亮的摩托车前走来转去，见她只身一人，卖车的以为她要买女式的，卖力地介绍各种牌子的轻骑。艾娅对轻骑不看一眼，专盯着高大结实的摩托车，看到喜欢的，上前摸两把，然后又盯上别的。甭看卖车的小伙年轻，但脑子灵活，有眼色，不再多费唾沫给艾娅陈述那些摩托车的功能了。他问清艾娅的意图，把她带到后面的小院子。

看到一排小摩托卡，艾娅的眼睛亮了。父亲是个骟匠，祖传下来的独门手艺，发不了大财，却能养家糊口。只是父亲常年骑辆老掉牙的自行车跑村串乡，落下一双罗圈腿，走起路来裆里能夹住大西瓜。随着父亲年龄越来越大，骑自行车已有些吃力，要是骑上三轮摩托卡，稳当，后面车厢又能装他的那些家什，再好不过。一问价格，要两千八百块，艾娅的心凉了，但她没放弃争取的机会。围着一辆红色的摩托卡，这儿摸摸那儿拍拍，她不是嫌车厢太高，就是嫌轮胎太低，挑剔来挑剔去，却不还价。小伙子急眼了，问她到底能出多少。艾娅笑笑，摇摇头，走了。小伙在后面追着把价压到两千五，又压到两千三、两千二，说不能再低了。艾娅还是只管走，什么也不说。她心想着还不到时候，知道还有往下压价的余地，但这个余地得自己来说，如果顺着人家的话茬还价，那价肯定还高高在上。小伙子好几天没做成一桩生意了，不想放过这个买主，问艾娅到底能出到多少，说出来，看他能不能接受。

艾娅这才站住，坚定地说道："一千八！"

小伙把头摇得像钟摆，连说赔大了赔大了。艾娅笑了一下，继续走，走得也很坚定。小伙撑不住了，牙疼似的叫道："妹子，别折磨我啦，看在你为父亲尽孝的分上，你推走吧。"

大年初一，祭天祭地。初二，晚辈开始给长辈拜年。

初二一大早，雷吉尔骑着三轮摩托卡，艾娅坐在装满礼物的车厢里，小两口体体面面地回门来了。

村里村外，吸引了一大堆看新媳妇回门的人。小婶子站在人堆后面，远远地望着艾娅娘家门口，不停地撇嘴。

女儿第一次回门是大事，早饭也在娘家吃，父母准备妥饭菜，早早在门外眺望，远远地见一辆摩托卡骑过来，以为是过路的，伸长脖子仍往后面望。摩托卡在他们跟前停住，看到骑在上面的女婿，还有坐在花花绿绿礼物堆里的女儿，父亲脸上还算平静，母亲却大张着嘴，半天说不出话来。

艾娅跳下车，面带微笑，礼貌地一一叫过人堆里的叔伯、婶嫂。艾娅装作看不懂小婶子脸上的不屑，上去拉住她的手，要她一起进家门。父亲母亲也喊这个叫那个，礼让了一番，但没一人跟来。一家人推着摩托卡进到院子，一件件往下搬礼物时，当着女婿的面，母亲已忍不住，把女儿拉进厨房，悄悄地问怎么回事，这是回门，不是搬家。刚结婚，手头紧，摆这么排场干什么？

艾娅微笑着，不正面回答，掏出一个纸袋塞进母亲手里："妈，放心吧，我是回门，不会长住不走的。"

母亲打开纸袋一看，叫了声"天啦"，见女儿没回应，又叫了声："天啦，你这是干啥，败家啊？"

艾娅说："妈，这是我和你女婿的一点孝心，你戴上试试，这副银手镯比我小婶子的要宽要厚很多呢。"

母亲疑惑地望着女儿，把手镯重收回纸袋，扭头望了望院子的红色摩托卡，还有正在搬礼物的女婿，心里豁然亮堂了，摇着头对女儿说："这么说，摩托卡是给你爸的了？"

艾娅点头道："我爸该丢掉那辆破自行车啦，都多大年纪了，看他的腿骑得成啥啦。"

母亲点起头来，却缓缓地说道："孩子，你给你爸出难题啦，你女婿姓雷不姓艾！祖宗有规矩，艾家的手艺传儿不传女啊。"

艾娅拉下脸，搂住母亲的肩头，说："小婶子的儿子姓艾，你就眼睁睁看着我爸把手艺传给他？"

小婶子以前老说艾娅父亲的闲话，说什么生不出儿子，是因为他当骗匠得了报应。现在，小婶子的儿子虽然念到了高中，学习成绩却很一般，考虑到儿子今后的出路，一直盘算着等儿子毕业后跟他大伯学艺，靠手艺混口饭吃，这两年才不乱说闲话了。

母亲听女儿这么一说，心里不畅快，脸上写得明明白白。艾娅也不好再说啥，拉着母亲来到正屋。

礼物花花绿绿堆了一炕，妹妹高兴地拿着属于她的靴子、牛仔裤边比划，边辨真伪。父亲看了一眼"茅台"酒和"中华"烟，怕烫似的躲开目光，想点上一支"雪莲"烟，在桌子、炕上却找不到打火机，手微微发抖。母亲看到老头的样子，心里跟明镜似的，把装银手镯的纸袋扔到炕上，奔拉下脸，不说话，也不理女儿女婿。

艾娅不管父母的态度，对自个男人说："还不赶快给咱爸点烟。你也陪爸抽支烟顺口气，我和妹妹去端菜，等会儿你跟爸喝两杯吧。"

雷吉尔掏出打火机，双手给丈人点上火，愣了愣，自己也点上一支烟，慢慢地抽了起来。定婚前戒了烟，这几天恢复得有点突然，雷吉尔抽得很别扭，一口气吸进去半截，呛了，咳嗽起来。

艾娅把饭菜、碗筷摆放好，拿过一瓶"茅台"就拧瓶盖。父亲叫声"别开"，丢掉手里的烟头，跳起来拦，艾娅已经把酒瓶盖"嚓"的一声拧开了。

父亲像被那个开瓶声击中了，叹口气，道："好几百块钱一瓶，喝它糟蹋了。"

艾娅把母亲拉过来坐下，说："看我爸说的，女儿女婿孝敬他的，一辈子没喝过，不喝才糟蹋了呢。"边说边给父亲母亲倒酒。

母亲捂着酒杯说："我不会喝，从来没喝过，别给我倒。"

"这酒得喝，是女儿的回门酒。"艾娅拨开母亲的手，倒了满满一杯，"没喝过不等于不会喝，这是世上最好的酒，喝口尝尝，别活了一辈子，连酒是啥滋味都不知道。"

父亲还算给面子，给母亲扬了扬下巴，自个端起酒杯一饮而尽。母亲这才端起来小小地抿了一口，辣得直吐气，边吐边说："唉呀，早知这么辣，打死也不喝了，酒都是辣的吗？"

父亲脸上的惋惜没了，一脸的平静，好像几百块钱的酒瞬间让他过渡到一种从未有过的状态。这几年，父亲的话越来越少，却喜欢上喝闷酒。他又喝下一杯，才轻轻地说道："对，酒都是辣的，不辣就不是酒了。"

见父亲开口了，艾娅给男人使了个眼色。雷吉尔起身去拿炕上的"中华"烟，这下，被父亲及时拦住了："少造点孽吧，'雪莲'就很好啦，平时也难得抽呢。"

艾娅笑笑，给男人摆摆手，过来给父亲双手递上一支"雪莲"，又给丈夫递了一支，等他们点上火，她给妹妹夹了片肉，却对自个男人说："雷吉尔，你也喝呀，陪爸多喝几杯，咱爸辛苦了大半辈子，跑村串乡，也没养下陪他喝酒的儿子，这下，你这个女婿可派上用场了啊。"

早晨的屋子里寒气比较重，妹妹吃了几口菜，放下筷子跳到炕上暖和去了。不一会，母亲推说脚冻，夹了些饭菜，坐到炕上去吃。艾娅也感觉到冷，她站在桌旁却没离开，看着父亲的脸已微微泛红，叫父亲把菜搬到炕上去喝。父亲不肯："上了炕就想睡觉，人老了，好多事由不得自己，今天是你回门，这种日子，大清早睡着了多不好。"又对艾娅说你去炕上暖暖吧。

　　见父亲不愿上炕，艾娅也不勉强，从礼物堆里拿出"鸭鸭"羽绒服，给父亲披上。羽绒服又轻又暖和，没有老棉衣的厚重，又柔软舒适，只是披在身上，还没穿整齐，那份温暖就像吞进肚里的酒，瞬间散发开来，把父亲有些寒凉的身子烘烤得炙热起来。父亲愣怔了一下，又默默地喝掉一杯酒，也不吃菜。雷吉尔很尽心，老丈人杯子刚刚落下，就给他满上，满上了，父亲端起就喝。

　　母亲捧着碗在炕上吆喝起来："别叫你爸喝啦，醉了可辣心啊。"

　　父亲扯住羽绒服两边把自己裹住，歪过头，大着舌头对母亲说："不懂就别瞎说，酒在胃里，怎么会辣到心？喝你的稀饭吧，今儿个大丫头回门，高兴，你就别吆喝啦。"说完，仰头又喝下一杯。

　　雷吉尔没啥酒量，在艾娅的示意和监视下，硬着头皮陪老丈人一杯一杯地喝着。过了一会儿，他就撑不住了，头歪在桌子上要睡。艾娅把男人扶到炕上躺下。炕上热乎，不一会，雷吉尔打起了呼噜。

　　父亲一人又喝下几杯，手抖得连杯子都捏不住，但他不听劝，一个人默默地喝着。到后来，父亲把头缩进羽绒服里，歪在椅背上睡着了。

半下午时，雷吉尔被艾娅叫醒，喝了些茶，渐渐清醒过来。他们该回去了。母亲觉得女儿女婿这样走掉不好，非要喊醒老头说一声。

父亲被叫醒第一句就说："真是好酒，头一点都不晕，也不疼。"

母亲没好气地回敬道："真没出息，大丫头要回去了，还不起来送送。"

送到门外，见女儿女婿没骑摩托卡，父亲喊他们回来。艾娅说不骑了，就是送给你的。

父亲喊道："还是骑上吧，天快黑了。"

艾娅和雷吉尔站在远处，互相看看都不说话。母亲拉了老头一把，小声说道："孩子们的心思你不明白？"

父亲甩开母亲的手："我又不是瞎子，这不，叫他们骑摩托卡回去，过完初五再骑回来，我老了，骑不稳当，还指望女婿这半个儿，骑着它和我一起走村串乡哩。"

斜眼的吉利

吉利第一次去喀什，是十一岁那年夏天。在那个鲜花盛开的闷热季节，她一下子就喜欢上了这个热闹繁华的城市。也是从这个时候起，喀什就在吉利的心里埋下了种子。至于这颗种子会不会发芽，甚至成长，吉利没想那么多。她当时的年龄还想不了那么远。

吉利的眼睛有点斜视，上课时她分明是目不转睛望着老师认真听讲，黑板上的字一个也没从她眼里溜过，可落在老师眼里，却是她心不在焉，经常瞅着别处的样子。老师很生气，经常批评她不认真听讲，老喜欢看着别处发呆。逢到考试，她明明是在看自己的考卷，可自己的眼神由不得自己，偏像是盯着同桌的试卷，瞄着另一份试卷上的答案，谁与她同桌，都告她抄袭。为此，吉利偷偷哭过好多次，又不能给老师和同学说她的眼睛天生斜视，她的看跟平常人的看不是一个概念，她没有老师和同学眼里的那些恶劣行径。但这些话一旦说了，她知道，同学们肯定会笑话她的。班上曾有个同学就因为大拇指旁多了个小指头，一直受到同学的嘲笑，有些人一下课就喜欢围着多了个指头的同学，趁着人家不注意，使劲捏那个多余的软乎乎的"肉瘤"。他张开的手指比别人手掌面积要大，大家就给那个同学取了个"阴阳掌"的外号，后来，那个同学忍受不了这样的嘲笑，终于退了学。若是叫同学们知道了她眼睛不正常，她的遭遇也只能和那个六指的遭遇一样，谁愿跟一个身体有缺陷的人在一起？谁又愿意放过打趣她的机会？她的外号一准会比"阴阳掌"更难听。不说，就只能把这份苦恼压在心底，默默地承受着老师的批评和同学的责怪。

可这样的负担是日积月累的，女孩子的承受能力又比较脆弱的。吉利再无法忍受老师的责备和同学的蔑视，给父母提出了辍学，理由是她受不了斜视给她带来的冤屈，她的自尊心是很强的，她的忍耐程度是有限的。其实，吉利的眼睛小时候斜视得并不严重，父母对女儿眼睛上的这点小毛病并没往心里去，谁家孩子能囫囵得没有一点缺憾？吉利身体一直很健康，人又长得周正端庄，眼睛又大又亮，像荒野里的水泡子，天气再热再燥也碧波荡漾，瞅着疼死个人呢，那小小的一点斜视，不认真看还瞅不出来，女孩子家家的，脸面上过得去就行了，一点小毛病，没啥。到了上学的年龄，吉利已经明白自己的眼睛有问题，她本来就是个文静羞涩的女孩子，这一来更是不愿意跟太多同学往来，一个人默默的，安静得就像不存在似的，要不是上课和考试时总给人错觉，她还真引不起他人的注意。父母不在意吉利的眼睛，反正怎么看，自家孩子都是最好的，就这么过了多年。可一旦上升到辍学的层次，父母这下才意识到问题的严重性，当回事了，带吉利去镇卫生院治疗。桑那镇是个小地方，卫生院就更小了，几间土平房，医务人员全是本土赤脚医生出身，只能看个头疼脑热，最大的能耐是接生，还得是顺产才行，否则不给弄个大出血才怪呢，他们平时连堕胎这样的小手术都做不了，哪能校正斜视？见都没见过。

他们直接找的是卫生院的院长。那个白发飘飘的老院长把吉利的一双大眼睛看了又看，又把吉利的父母看了又看，才说，没啥问题啊，一点点斜视，不影响视力，也不影响小姑娘的漂亮嘛，瞎折腾啥呀。

吉利撅着嘴摇头，大眼睛里涌出一泡水来，湿了眼眶，看上去惹人怜惜。

院长摸了摸吉利的圆脸，望着她的父母说，孩子心里疼着呢，那就去喀什的大医院看看吧，虽不是啥大毛病。

去喀什大医院肯定得花不少钱，吉利的母亲已经动摇了。吉利不行，不去校正斜视，她就不去上学，她不愿意老师站在她面前，一脸恨铁不成钢的样子，也不愿同桌一到考试就拿胳膊环着自己的试卷，时不时还拿警惕的眼神瞅她，防贼防盗似的。

不上就不上吧，上到头也没啥用，不能顶饭吃，又是个女孩子家，不上学还能帮着做些家务，减轻一下大人的负担呢。吉利的母亲想得通透，女孩子嘛，学多学少最后都得嫁人，嫁人不是看你上了多长时间的学，得看你长得漂不漂亮，还得看你会不会做家务，再就是，凭运气喽。吉利的父亲却不同意老婆的这个意见，以后的事谁说得清，孩子的路还长，不能一时短见误孩子一辈子，学得上，眼得治。

父亲和吉利起了个大早，坐了五个多小时的班车，来到喀什市北大桥边上的人民医院。

对于天生的斜视，人民医院也没有能够校正的有效仪器，简单地查了查斜视的程度和视力，明知不管用，还是给配了副校正眼镜。大医院，总不能一点作为都没有吧，得给病有所交代。

回桑那镇只有第二天早上的班车，这时离天黑还早，父亲决定带吉利在喀什转转，从桑那镇到喀什，好几个小时的车程，不是每个桑那镇的人都有机会到喀什么走一遭的。吉利也是第一次来喀什这个大城市，父亲带着她从北大桥一路打听，沿着解放北路、大十字，来到人民广场，沿途的各色车辆、高大的楼群，都对吉利构不成诱惑；倒是路边洁净的树木、鲜艳的花儿，还有那些表情生动的人流，楼群之中开始闪烁迷离的霓虹灯吸引了她的目光。同样是树，同样是花，同样是人，在桑那镇，花朵和树叶上始终积有一层厚厚的尘土，人也土不拉叽，一点都不鲜亮。

吉利戴着人民医院刚配的校正镜，视力依然是斜的，她站在广场边上的一个冷饮摊前，汗水涔涔地望着花花绿绿的饮料发呆时，父亲忘记了女儿的斜视，以为戴上校正眼镜视力就正常了，赶紧掏钱要买饮料。这次来大城市医院没花多少钱，就把女儿的斜视问题解决了（他认定解决了），完全出乎他的预料，心里当然很畅快，这么热的天，给女儿买瓶饮料不算什么。

吉利抓住父亲的手，把他拉到一边才说，我才不要吃无花果呢，能把人甜得腻死。父亲回头看了看饮料摊旁边那个卖无花果的摊子，一脸的迷茫。吉利指着自己的皮鞋，却看着别处又对父亲说，你看，走半天了，鞋子干干净净，没一点灰尘。

父亲看看吉利来喀什时才新买的皮鞋，再瞅瞅自己脚上，黑色皮鞋亮得能照出人影。他擦把额头的汗，叹息道，这是在城市，哪能像在桑那镇，到处是尘土、纸片，连空气都是变质的。

吉利走近旁边的花圃，蹲下身子去闻一朵红月季，眼睛却望着旁边的狗尾巴草，心想，自己还不如这个狗尾巴，好歹生长在喀什城里的花圃里。吉利说，爸爸，我为啥出生在桑那镇，而不是喀什？

父亲心里咯噔一下，他不是为女儿后面说的这句话，而是她的眼神。看来这个校正镜没起到作用。

为掩饰女儿的问题，父亲提出要去人民医院调换校正镜。吉利却说，不用换了，就这样吧，我的斜视能不能校正过来，还得等等看，关键是我的心已经校正过来了。

　　这哪是十一岁的孩子说的话，简直像个大人。从那一刻起，吉利认为自己长大了，也懂事了。回到桑那镇，吉利眼睛望着自己的出生地桑那镇，其实是望着喀什，虽然距离太遥远，斜眼的吉利望不到，但她心里能望到，这就够了。

　　回到桑那镇，吉利戴着校正镜去上学，她其实是带着一丝幻想的，说不定视力会校正过来呢。这一来，她戴上眼镜，明显是要向大家表明，她的眼睛真的有问题，可是她不在乎。同学们知道详情后，没放过这个机会，立马给吉利起了个外号，背地里叫她"斜眼"。刚开始，吉利听到这个外号后觉得刺耳，她很生气，慢慢地，她就不在乎了，爱叫不叫。吉利把这种鄙视当成了勉励。自从去了趟喀什，见识了外面的世界，她的心胸似乎一下子开阔了许多，已经能容下同学们的这种小儿科了。她也不再提辍学的事，一门心思扑在学习上，她要通过自己的努力，实现自己的梦想。有了目标，又放下了包袱，吉利通过艰苦奋斗，学习成绩一路飙升，到小学毕业时，她的学习成绩排在了全班第二。第一是个油头粉面的男生，他从一年级起，就一直占据着全班的首席位置。吉利把他当成了对手，她的目标是打败他，超越他，取代他的首席位置。

　　到初一下学期，吉利终于打败了那个对手，跃居第一。这时候的吉利没有一点骄傲的自得，而是暗下决心，一定要坚守住这个位置，她对自己有足够的信心。可是，谁也没想到，到初二的下学期，吉利竟然走神了。原因是突然来了一批喀什师范学院即将毕业的学生，他们是来桑那镇中学实习的。其中有个给初二代课的英语师范生，名叫马为民，长得英俊精干，讲课很有激情，英语说得很溜，因为长相顺眼，也有新鲜感，同学们对他动不动就冒出的英汉杂交的上课方式却不大反感。以前，大家最烦英语老师没个前提，讲这种英汉杂交的课了。

好像受到了鼓励，马为民一忽儿汉语，一忽儿英语，讲得神采飞扬，对下面一双双羡慕的眼神正暗自得意时，他眼角的余光捕捉到一个女同学居然望着别处，对他视而不见，这对马为民是个打击，心里极其不悦。当即，这位小马老师停住滔滔不绝的演讲，突然点这个女同学，要她重复他刚讲过的内容。

这个女同学就是吉利，她站起来，依然望着别处，正确无误地复述了小马老师刚讲过的内容，英汉混杂，顺溜得一点坎都没有。

小马老师很惊讶，也是刚实习代课不知道深浅，什么话都敢说，他想都没想就说，这位同学口语表达得不错，可是，你能解释一下，我在讲台看着你一直望着别处，不像是在认真听讲啊？

"哄"的一声，教室被怪笑声震得往下掉灰尘。有人趁机喊道，马老师，她是斜眼，要是上课看着你，才表明她没认真听讲哩。

当即，小马老师面红耳赤，连顺溜的汉语都说不出了，吭哧几声，示意吉利坐下，尴尬道，我不知道情况，不是故意的，实在对不起！

吉利却大大方方地说，没什么，马老师您不必自责。我的学习成绩已经证明，我的斜眼不是个缺陷。

有个调皮的男同学喊道，吉利现在是我们班的老大。

小马老师心里这才踏实下来，嘴里又顺溜了，亲切地问吉利，那你戴这眼镜，是为校正视力？

吉利点点头。

那你觉得校正得怎么样？

吉利想了想，坚定地摇了摇头。

小马老师故作聪明地说，据我所知，戴眼镜是校正不好的，就像近视镜，只能越戴视力越弱。吉利同学，你有一双这么漂亮的大眼睛，都叫这副镜子给掩盖住了。你最好不要再戴，回头等我回喀什打听一下，看哪个医院能治斜视。再说，斜视也不是什么大不了的，你能成为全班第一，说明斜视影响不到你的学习，你何必戴这个累赘呢。

小马老师说到吉利的心坎里了，她当即摘掉了校正镜。戴了两年多校正镜，吉利没觉着斜视有所校正，确实是个累赘，经常压得她鼻梁疼。这下，她不用受这罪了。是小马老师解脱了她。在吉利的心里，讲台上的小马老师不再是英语老师那么简单，他是从喀什来的，就代表着喀什那个城市。

吉利有了心思。那阵子，她每时每刻盼望着上课，每节课都上英语，都能看到，不，是斜视到小马老师。他的一颦一笑，他的英汉杂交的话语，对吉利来说，已将她的心牢牢地攥住，她的心里再容不下别的。

两个月的实习期满，小马老师要走了，他上的最后一课，是告别课。年轻的师范生动了真情，小马老师显然喉头发紧，一句完整的英汉杂交话都说不好。下课时，小马老师哽咽了，为了掩饰，没敢再说告别的话，匆匆出了教室，像逃跑似的。

吉利追了出去，在教室拐角处，追上了小马老师，她望着教室窗口探出的人头，其实是看着令她尊敬的小马老师，她两眼含泪，只叫了声"马老师"，就说不下去了。

小马老师心照不宣地含泪点点头，将右脚蹬在墙上，把教案本架在腿上，重重地写下他的地址，撕下递给吉利。并且，还拍了拍吉利的肩膀，用动作对她进行了鼓励，这才转身走了。

吉利捏着这张教案纸，只扫了一眼，像是望着小马老师离去的背影，其实是看着教案纸，她在心里已牢牢记住了上面的每一个字。但她还是把这张教案纸紧紧攥在手里，生怕不小心丢掉似的。她看到在教案纸上，还有颗洇开的泪迹，不知是自己流的，还是小马老师的。不管是谁的，对吉利来说，这张教案纸是很珍贵的，她要珍藏一生。最关键的，小马老师是吉利在喀什的唯一依靠，因为有小马老师，吉利心里踏实不少。

没有一点悬念，吉利的学习成绩下降很快，几乎成直线。中考的时候，吉利的成绩竟然没够分数线。上不了高中，没有了考取大学的机会，就没了去喀什的希望。吉利傻眼了，心里没了主张，便给小马老师写信，向他讨主意。不久，小马老师给吉利回信，对她的成绩相当惋惜，说了一些不要气馁的话，叫她再复读一年，争取明年考上高中。吉利的母亲不想让她复读，一年过去又会增大一岁，女孩子家，越大心思越多，复读一年未必是好事。吉利向母亲保证，叫她再复读一年，她保证能考上。看到女儿望着别处，一双大眼睛却在自己眼前哗啦啦地流泪，母亲不忍心，放了女儿一马。

吉利起早贪黑，比以前更用功，除过上课，完成作业，她还听从小马老师的教诲，从别的老师那里讨来不少过去的试卷，一道挨着一道地反复做题。不知怎么搞的，原来的这些题一看就会，怎么现在那么陌生呢？慢慢地，试题变成了小马老师的影子，在吉利的脑子里晃来晃去，占据着她的思维。于是，吉利放下手头的题，给小马老师写信，诉说自己的困惑，悲伤，还有无穷无尽的恍惚。几乎每个星期，她都要给小马老师写三封信，平均两天一封，成了她的精神寄托。不知怎么搞的，每当写信时，她的头脑非常清晰，写得有条有理，可是，一旦回到作业学习上，她的脑子里一片空白。这样下去怎么行？有一阵子，吉利有点害怕了，难道是自己对小马老师有那个意思了，可不像啊，她每次对信上写的，全是学习上的事，抑或有一些自己所思所想，都与学习有关呐。

小马老师的回信没那么勤，每个星期一封，对吉利说些鼓励的话，或者告诉一些自己的情况，都是吉利想知道的。比如，他毕业后没有去当教师，被分配到外事单位搞翻译，喀什的外事活动少到几乎没有，所以，他到了无所事事的地步，心里很郁闷。

吉利很想分担小马老师的郁闷，但又不知从何说起，她在脑子里想象小马老师整天坐在办公室里发呆的样子。想着想着，竟然记不起小马教师的模样，努力去想，有些模糊，但总能想起一些。她想对小马老师亲口说说这些感受，可没机会。要是自己早早地考到喀什去上学，就能天天见到他了，到时见了面说什么都行。

一年后的中考成绩出来，吉利离录取分数线居然只有一分之差。这下，吉利被打懵了，她不哭，也不说话，也无心给小马老师写信了，写什么呢？自己的无能，连个高中都考不上，还梦想考到喀什去上大学？是自己满脑子的怪想法在作祟？吉利以前写信时能理得很清的头绪，这下理不清了，她傻了一般，躺在炕上，热得一头大汗，不吃也不喝，呆呆地望着屋顶，其实，她是望着墙角的那几把锄头发呆。

不能用正常人的视角去理解吉利。吉利的父亲对女儿的这一点再熟悉不过，他担心女儿出事，会出毛病，于是，父亲买了两瓶好酒、两条好烟去找高中的校长，看能不能通融一下，让吉利去上高中。学校很严格，差一分没达到录取分数线，得交一万块钱。见吉利的父亲一脸愕然，校长出于好心，给他们提供了一个信息，交一万块钱上高中，还不如拿这钱直接去喀什上技校呢，两年出来后是中专学历，毕业后说不定还能找到工作。

毕业后面的虽然是"说不定"，吉利的父亲却像看到了希望，回来给吉利说了。吉利没有像预想的那么积极，她对上技校的事早有耳闻，半天没吭声。老两口眼看着吉利慢慢地爬起来，下炕拧了把凉毛巾，擦去头上脸上的汗，才缓缓地说道，待我给小马老师写信问一下，看他的意见再定。

对吉利来说，小马老师就代表着喀什，这个时候处于这种境地，她要不要去喀什上技校，想听听小马老师的意见。

父亲看着女儿的脸色说，这事急，写信恐怕会误了报名时间。要不，咱们去邮电所给小马老师挂个电话，咋样？

吉利脸上顿时有了喜色，赞成去打电话。

父女俩兴冲冲地来到镇街西头的邮电所，才想起没有小马老师单位的电话号码，吉利一直与小马老师通信，却没问过电话。打电话是她从未想过的事情。

营业员热情地告诉他们，这个不难，只要拨打到查号台，就能查出电话号码。吉利的父亲要她赶紧把小马老师的单位告诉营业员，吉利望着窗外，其实是望着营业员的脸，吉利突然间改变了主意，说，不用了，我不打电话了。

从邮电所出来，在父亲的一再追问下，吉利望着父亲，其实是望着远处的汽车站，看着那里来来往往的人流，平静地对父亲说，你不用管，我心里已经有了主意。

幸
福
只
要
一
点
点

1

父女俩是奔着黄少松办公桌这面来的。此刻他正闲着，听诊器摆设似的挂在胸前。见父女俩奔自己而来，黄少松脸上的表情已经松动，堆满了微笑。这时，靠窗口的赵波医生丢下正在看的病人，以百米冲刺的速度，一把拽过父女俩，热情地询问道："从外地来的吧，什么症状？"

父女俩被突如其来的问候吓了一跳，怔了怔，老头往前推推胆怯的女儿，操着河南口音，唱歌似的说道："从河南洛阳来的，俺们那儿的医院说俺闺女得了白血病，治疗半年不见效果，俺带闺女到京城大医院来瞧瞧，说是移植啥骨髓，能治愈俺闺女。"

来大鱼了！黄少松看到赵波医生的鼻头瞬间红起来，激动地搓着双手，连谢顶的头皮也泛起耀眼的光亮。黄少松别开脸，收拾桌上的东西，装作上卫生间。他想离开办公室到外面透透气。

屋里的两扇窗子紧闭着，带着病菌的空气拥拥挤挤，着实污浊得很。

赵波却叫住黄少松："黄医生，麻烦你帮我给这个患者开药，他呼吸道感染，发展下去会成支气管炎，开几盒人参含片，再开十二支左克，挂三天吊瓶观察观察再说。"

有了大病人，赵波会不顾普通病人，这是他的一贯作风。不顾就不顾吧，他还不舍。黄少松沉默着，重新坐回桌子跟前把赵波前面的那个病人叫过来。一个普通的呼吸道感染，居然给开十二支左克，黄少松为赵波的大胆吃惊。但又不能说什么，按赵医生说的给开了药，轻声叮嘱病人，感觉一旦好转，吃点药就成，这个针还是少打点好。末了，主治医生一栏还签上赵波的名。这个病人属于赵波医生。

整个下午，黄少松心里都不舒服。望着窗外光秃秃的树枝上，一只麻雀孤零零地蹲伏着，身上的毛被寒风卷起，像团废弃的脏毛线，在枝头飘摇。黄少松替麻雀想，何苦来着，这么冷的天。

天气预报说，有股西伯利亚寒流午后袭击京城，会有五到六级西北风。

下班时，天气果然变了，上午还软软依在薄薄云翳边上的太阳，不知什么时候收起光芒，连身子都隐藏了起来。天空看上去雾蒙蒙一片，其实那不是雾，全是汽车喷出的尾气。寒风像准点的客人，依约而来，卷起各色塑料袋和纸片在街道上狂飞乱舞。黄少松裹紧羽绒服，缩着脖子在公交车站等车。人很多，灰乌乌的天色下，挤满了灰乌乌的脸。好不容易开来一辆公交车，人们蜂拥而上，跟玩儿命似的，好像这趟车过去，再也没下一趟车似的。黄少松被一个白头发老头儿堵在车门外，挤不上去。老头儿堵在门口，自己不上，也不让别人上。他推开一个抱孩子的妇女，卷着舌头破口大骂："你大爷的，不要脸的外地人，跑我们北京来，把京城搞成啥样了，出门塞车，遍地垃圾……就不让你们外地人上车！"

如果不是亲眼所见，黄少松都不敢相信，这么大年龄的人了，竟然这么粗口。黄少松不愿与这种老头儿争车，心里添堵。他退出人堆，放弃了这趟车，沮丧地望着摇摇晃晃远去的公交车。一阵寒风幸灾乐祸地扑来，黄少松感到更冷，似乎整个冬季都扑到他身上了，他浑身颤抖。

一辆白色"宝来"从公交车站开过去，旋起一股风，突然停住，又倒退回来。黄少松扭过头避开风尘，正要往人行道上退，倒回来的车窗玻璃缓缓落下，一个女人一只手把着方向盘，探出头大声喊黄少松的名字。黄少松以为听错了，左右看看，没发现有人应答，知道那个女人是在叫自己，跑过去俯身看车内的女人，觉得有点儿面熟，一时却记不起来是谁。

"不认识我了？我是《中西医学报》的杜米莉呀……"

"噢，杜编辑，看我这脑子，叫寒流给冻僵了。"黄少松刚刚叫那个挤车老头儿给堵住了思维，这才通畅过来，心里有些东西翻涌上来，是惊喜。他和杜米莉打过交道。半年前，他曾写过一篇《中西医必须重新确立诊断路径》的论文，投给《中西医学报》，杜米莉看后认为论点新颖独特，有一定的理论水平，便通知黄少松要发表。他连版面费都送了过去，却叫医院追了回来，说是谬论，绝对不能面世。

杜米莉微笑着从里面推开车门说："上来吧，我带您一段。"

黄少松连连摆手："不不，我去西直门，不一定顺路，你走你的。"

有公交车开来，把喇叭打得山响。杜米莉的车占着公交车位置，刺耳的喇叭声中，她用不容置疑的口气说道："别啰唆了，快上来！"

黄少松看了一眼怒气冲冲的公交车和开始向公交车涌动的人群，赶紧拉开杜米莉的车门上去，坐在副驾驶座上。

给公交车腾出地盘，没走出多远，前面的车堵住走不动了。杜米莉为刚才的态度有点难堪，突然笑了："黄医生可别见怪，我也是急眼了……您家住西直门呀？"

"没，没，是我磨蹭。"黄少松说，"我家在通州的梨园，去西直门转乘地铁。"

"正好，我家离西直门不远，顺路。"前面的车移了一截，杜米莉赶紧踩踩油门，跟紧前面的车屁股，"后来您的那篇论文在别的刊物发表没有？"

黄少松说："没有，我投到哪儿，医院的信函就追到哪儿。后来医院跟我说，我的论文要发表也行，但作者单位不能署我们医院的名，还有，文章一旦发表，他们也就不准备聘用我了！"

"您的观点很新，要打破几千年沿袭下来的常规，墨守成规的医院一般是接受不了的。"杜米莉无奈地又往前移了一下车，"可您的论点没错，是得重新研究诊断路径了，人的观念和思想都随着时代在变化，现在的奇病怪病越来越多，多少年沿袭下来的诊治方法和手段，又怎能适应现代环境下衍生出来的病变状况呢？就说这几年闹的几场疫病吧，不就是用老观念看新问题，结果没能及时诊断出是一种新型病毒。我看这诊断治疗方式方法是得变变了。"

"难啊！"黄少松苦笑一下，说，"沿袭下来的东西是现成的，拿来就用，而新的方法需要花时间去探讨，现在是经济时代，医院又是利益单位，谁愿意摒弃现用的东西，冒险去探索新事物呢？医院认为我在哗众取宠，是标新立异，为博得医学界关注，说白了就是想出名。随他们说去。其实，在这方面也有人略微提过一些论点，只是没引起重视，没形成气候而已。"

好不容易转过白石桥，前面的车松动了些，可以缓慢行驶了。杜米莉打着方向盘，眼睛盯着前方说："您当了这个出头鸟！怎么样，在你们附属医院的日子还好过吧？"

黄少松不置可否地一笑："混呗，我一个聘用医生，又不是主治，想出个风头，还被人家消灭在萌芽状态，前面的路看不清啊。"

一路缓慢移动，天空的黑暗已完全沉降下来，明亮的路灯分割了黑暗。明明暗暗下，拥挤成水流一般的车灯，被猛烈的寒风刮得到处乱晃。万家灯火的北京城，被车的海洋淹没了。

出了动物园前面的深槽路段，车速渐渐快起来。杜米莉这下来了精神，紧跟着前面的车，不让右边那辆一直想插到她前面的奥迪得逞。

"说句难听话，这么冷的天，有哪个医生像您这样站在大街上等公交车的？现在的医生走哪儿不吃香啊，赚钱跟捡似的。谁像您，非得在一棵树上吊死！"杜米莉一边握着方向盘守住自己的车道，一边不停地向右边瞅一眼，快乐地冲着那个无可奈何的奥迪司机笑。

"没办法，得养家糊口，我不在这儿干，又到哪儿去？我又没老资格，走哪儿都唬不住人。再说，我们医院虽说工资不算最高，加上奖金，还算不错。比起那些生活艰难的人，我已经很知足了。"

"知足就好，您心里能平衡，这很难得。医院资本主义，多劳多得。您就不想干点别的，多赚点儿money？"

黄少松顿了顿，说："我还没那么清高。可我不是主治医生，上不了手术台，只能像眼下到处打杂，哪儿需要就派到哪儿顶缺，有病人找上门还会给人截走……"想到被赵波截走的那对父女，他心里有点儿堵。

西直门地铁口到了，杜米莉打右灯要停车，偏偏这个时候奥迪车冲了上来，很牛气地别在旁边，就是不让道。杜米莉气得破口要骂，看了眼旁边的黄少松，忍住了。奥迪车司机看出杜米莉生气了，这才心满意足地一脚油门开溜。

杜米莉把车靠路边停稳说："黄医生，您的手机号变了吧，我打过。把您的新号告诉我，说不定哪天有事找您。"

黄少松拨通杜米莉说的手机号，把自己的号码留在她的电话上。

2

冬季天黑得早，却总是黑得不够实沉，还不待轻飘飘的黑幕落下，路灯就迫不及待地亮了。路灯一亮，感觉就是夜了。白翎并不着急，她要等街头的路灯亮透，把越来越漆黑的夜色完全分割成黑白两道的时候，才把车开出小区。路灯挺在高高的灯杆上，落下来的光变成了昏黄色，昏黄中，升腾着一片片淡淡的烟雾。在这烟雾裹挟的灯光下，白翎把车开到梨园地铁口。说是地铁口，其实是城铁，从四惠站开始，地铁钻出地面，出了四惠东站，就完全变成了城际列车。只因为黄少松习惯说成地铁，白翎也就习惯性地把四惠东到梨园的这一段城铁唤作地铁。白翎把车停在梨园城铁站出站口对面马路边，听着交通台节目等黄少松。这时候的交通台说的多半是哪儿哪儿堵车厉害，告知驾车人选择哪条路线可以避开堵车路段。白翎心不在焉地听着，那些信息对她并不重要，从梨园地铁站到她家小区，属于城乡接合部，没多少车辆，不存在交通堵塞，她也有时间等待，所以，心里一点儿都不急。

只是，白翎有时会替黄少松担心。黄少松所在的附属医院在海淀区，从医院到西直门地铁站，乘坐公交车，要穿过万泉庄、中关村南大街、白石桥，还有动物园。那段路，上下班高峰是塞车的高发区，坐车不如骑自行车快。为节约路上的时间，黄少松曾骑过一阵自行车，在一个半月里，他创下丢掉四辆自行车的纪录。黄少松气坏了，不想再给小偷买自行车，又重新坐公交车，再慢也比走路快，总会到西直门地铁口的。只要上了地铁，五十多分钟就能到梨园。只是乘环线地铁，得在复兴门或者建国门地下转乘一次直线。下班高峰期，地铁里人山人海，好像全北京的人都来坐地铁了。有个笑话，说有个上海人抱怨上海地铁太拥挤，到了什么程度，都把他老婆挤流产了；北京人却说，北京更挤，把他老婆都挤怀孕了。

白翎是正常怀孕。

黄少松和白翎是高中同学，各自大学毕业后共同来北京闯荡。两人结婚后，一直租房子住，没固定住所，也不敢生养孩子。其实，他俩的年龄都不小了，三十岁已向白翎招手，过了这个年，可不就奔三十了，再不怀孕，就过了育龄最佳时期。起初，他们俩谁都没想要孩子的念头，说句实话，在北京生存压力太大，养孩子的费用太高，他们无心将生养孩子纳入今后的发展计划之列。可两家老人不同意，他俩都是独生子女，又不在老人们跟前，有个孙子即使不能绕膝，但心里总算有底，踏实呀！尤其是黄少松的父母，更希望有个孙子续后。后来，夫妻俩有了点积蓄，又通过开发商从银行贷款，按揭买下期房，随着期房的日渐落成，居有定所的踏实感终于使白翎心动，她首先向父母公婆妥协，得到的奖赏颇为丰厚：父母凑钱，给她买辆六万多元的二手车。这下，有了车，又有了房，虽然是小两居室，四十多平方米，可也算安居乐业了。几个月后，房子交付，黄少松的父母寄来所有积蓄，给小夫妻把房子装修完毕。搬进新居，白翎得给老人们有个明确交代。怀孕这种事，女人主动了，男人不好拖后腿，虽然黄少松心里老大不情愿，有房有车都是表面现象，他们夫妻的工作都不稳定，况且还拖着银行的贷款呢，他并不认为这个时候是生养孩子的最佳时机。可事已至此，不愿意都不行，总不能对老人们出尔反尔吧，也不能跟白翎说他不想要孩子。女人都很敏感，谁知道听到这种话心里会怎样猜想。于是，在白翎的严格要求下，按书本里写的，计划内怀孕。

生育后代是大事，刚怀孕那阵，两家父母每天打几个电话过来，嘱咐、询问、警告，弄得白翎心里紧张得不行，担心不留神出意外，连走路都小心翼翼地夹紧腿，生怕不小心流产。车开得更像牛车，经常被自行车超过，几乎每天上班都迟到，她没少挨上司明里暗里的讽刺和批评。那种被不断抢白的日子很难过，白翎一气之下，自己炒自己，回家做起专职太太。反正，房子是月供，黄少松一人的工资虽然不是太丰厚，但他们医院的奖金还算可观，赶上创收好的时候，黄少松拿回家的钱除付房款，还能结余一些足够料理日常生活。房子车子都有了，用旁人的话来说，他们基本进入小康，为最后的大事——后代，白翎就牺牲一回吧，反正，不久要生孩子，养孩子，单位还得拿这说事儿。早走早清静。

回家后不久，白翎才觉出日子的无聊。每天，黄少松天不亮出门，天黑透才回到家。整个白天，她一人待在家里，睡了几天懒觉，就不新鲜了；再说吃饭，少说得做个把小时，烟熏火燎做好饭菜，胃口早就没了；电视更没看头，白翎已经过了上当受骗的年龄，她不会为那些烂剧洒泪、牵挂；家是新家，左邻右舍没一个脸儿熟的。原来上班，与单位的同事都有说有笑的，可现在谁是谁，在哪个门里住着，只有天知道。就算熟悉的吧，人家白天都去上班挣钱，谁有闲工夫陪你聊天？白翎开始还攒着劲到小区门口走走，到附近的超市逛逛，借此打发时间，可连着几天这样，便觉出无聊。没地方可去，不能跟人交流，白翎很郁闷，怕情绪影响到肚里的孩子，便提出每天到地铁口接送黄少松。车放着不动会涩的。白翎用了这样一个理由。黄少松工作忙，没大块时间去学车，有时间也没精力。再说，车是妻子父母买的，他也不好意思开。本来，黄少松不同意妻子接送他，从梨园地铁口到家，也就四五站路，有从小区门口经过的交通车，每半个小时发一趟，有时赶巧，出地铁就能上车。可看妻子闷在家里着实无聊，他每天回家晚，也不能陪她到外面遛弯儿，一个人不出门很容易闷坏的。开车去接他，不管怎样总算有事做，时间也就容易打发。

当初，白翎在朝阳门附近一家网通公司上班，离通州区比较近，梨园的房价便宜，地铁一号线延伸城铁，白翎上班比较方便。买了二手车后，白翎开车上班，黄少松搭车到朝阳门转乘地铁，出西直门地铁口，再转乘公交到医院。黄少松那时从不让妻子开车接送，从东城到西城，路太远，加上高峰时期交通堵塞，白翎也没时间耗在路上。再说了，汽油费每年都在看涨，要是跑那么远接送黄少松上下班，代价太大，这个谱他们还摆不起。辞职后，白翎没了收入，她更得在花钱上精打细算，有时出门跑略远点儿，一般都不开车，她去挤公交。可是，怀孕后就不行了，一切都得为肚里的孩子考虑，健康、生养。孩子今后就是个无底洞，需要吞没大量的钱。白翎不得不考虑钱，而且她也算过了，每天接送黄少松，几站路的距离费不了多少油，所以她才敢提出这个方案。

没等多久，看到惨白而迷蒙的灯光下，地铁口又咕嘟一下吐出一批人来。没有太多的喧闹声，从地铁口出来的人大多都往两头的公交车站奔去。除了老通州人，能在城铁口附近买房子的，大多是外地人。在北京辛苦地挣扎，为能在首都的地盘上拥有属于自己的一席之地，只能把房子买在离市区较远、房价略便宜的郊区。因为通了城铁，通州很快有了城区气息，不会再有人觉得它偏远。一出城铁口，一咕嘟的人散开，像一把撒开的豆子，一粒一粒地滚到各自的角落。

白翎从一群匆匆忙忙的黑影里辨认出黄少松。这是白翎的本事，虽然黑暗被街灯冲淡，可离城铁口有段距离，每个人的脸上还有一层模糊，她却能从这样的模糊里一眼认出丈夫。

白翎心里踏实了，关掉交通台，点火，打开暖气，等黄少松跨过马路，跑过来钻进车，暖风已经把车里烘热了。黄少松心里暖暖的，冬天的寒，实在很需要这样的暖。白翎对丈夫一笑："车上很挤吧？"

白翎坐过好几年公交车，她太清楚乘车高峰期公交车的状况，够吓人的，车内就像一团糨粑，没有一点儿空隙，即使夏天开着窗户，车外的空气想冲进去都很困难。北京的人像初春时节爆绽的绿芽，增长得有些疯狂，公交车少，人只能像压缩的肉罐头往车里塞了。自从有了车，白翎就没在高峰期坐过公交车，现在想起来当年挤车的疯狂劲，心里还犯怵呢，由此，更觉着丈夫的辛苦。

黄少松没有说是《中西医学报》的杜米莉开车送的他，怕白翎多疑。对待女人，有时不能说得太明白，没有啥事，说明白了反而会惹来不必要的麻烦。他避开白翎的话题，却说："给你说过多少次，别为节省几滴油，自己受冻，不值！"

白翎松手刹，起步，眼睛专注地盯着前方，说："车里又不冷，我穿着羽绒服呢，放心吧，不会冻着你儿子的。"

黄少松侧脸看着妻子，脸上被暖风烘出一层幸福，甜蜜地说："你怎么老与我作对，我说是女儿，就是女儿，这种事我说了算，由不得你！"

110

白翎忙里偷闲，右手来抓丈夫的手，因为目视着前方，没抓准。黄少松主动把手送过去，握住妻子的小手说："需要换挡位，我来代劳。"他的手没落到操纵杆，却握紧妻子的手滑向她的腹部，轻轻地抚摸着，突然换了个地方。

白翎一把打开黄少松的手："一点儿正经都没有。"

黄少松握紧拳头，一脸痛苦地叫道："什么时候才能怀完孕啊。"

"快了，还有七个月。怎么，熬不住了？"

黄少松往后一仰，头在靠背上绝望地弹了几下。

3

这个月的创收统计表在医院的局域网上公布了，黄少松打开一看，自己又没完成指标。就是说，他又拿不上全额奖金了。医院规定，处方医生每月得完成一定数量的创收额，然后按创收的多少发放奖金。超额完成的部分，奖金的百分比随之升高。利益当道，医生们自然都愿意多创收。而创收获益最大的，是接待外地来京的患者。北京不光有最大的医院，最好的医生，还有很多进口的医疗设备，外地人觉得在当地治不好的病，到北京就能治愈。于是，患者慕名而来，北京的大小医院一直人满为患。医生都乐于接待外地来的患者，多给开各种高价药或者保健品，增加自己的奖金额。至于能不能看好病，另当别论，与医生无关。看着网上指标完成柱状图上，自己那矮矮的一截，黄少松不由得叹了口气，他就没完成过指标，没拿过全额奖金。不是黄少松不愿完成指标，指标关系他的经济命脉，家里现在只靠他一人工资，他希望拿的工资能厚实些，这样也不至于白翎每天接他的时候，为节省汽油连暖气都舍不得开。只是，黄少松不同于其他医生，他是聘用的，普通门诊值班表上，他的名字永远挂在主治医生后面。也就是说，轮到他出诊时，主治医生把公费患者全推给他。这些持公费医疗证的患者，用药有一定限额，超过三十块钱，就算违规，一点点保健药都不能开。前几天在门诊值班时，来了个骑自行车摔断腿的患者老葛。赵波医生以为出了车祸，那可是条大鱼，热情地迎上去，把老葛搀扶到床上躺下，得知不是车祸，是老葛自个儿骑车摔的，嘴和脸都摔破了。老葛还骂骂咧咧的，也不知骂的是谁。赵波听着烦，没从老葛儿子手里接公费医疗证，便唤黄少松过来处理。黄少松查看一番，老葛的腿伤很严重，粉碎性骨折，肯定得住院做手术治疗。看着老葛疼痛不堪样，黄少松顾不上公费私费，给他做了消毒清理，包扎好后，给老葛开了住院单，叫他儿子去办手续。没想到，过一会儿住院部打来电话，说没床位。病房里明明还空着几张床位，怎么能说没有？黄少松明白是怎么回事，但他又不能把断腿的老葛打发走，只好带老葛的儿子去院务部借来一张钢丝床，与住院部协调，在走廊加床。

老葛老大不高兴，从口音上听出黄少松不是本地人，鼓着半个肿胀的腮帮子，冲黄少松吼叫："我一个七老八十的老人住走廊？亏你们想得出来！我给国家贡献了大半辈子，享受公费医疗，别想糊弄我，把你们领导给我叫来，我倒要听听，他怎么给我解释！"

黄少松对老葛的儿子小葛没好气地说："要叫领导你们自己去叫，我可叫不来！"

小葛还没说话，老葛又叫起来："摆啥谱啊，一个小小医院的领导算个啥，别把老子逼急，咱中南海都有人！"

赵波医生实在看不下去，把听诊器往桌子上一摔："那你住中南海去！小黄，送他出去。这是医院，要骂大街到外面去！"

老葛这才在走廊住下来。不过，他叫儿子去他摔倒的地方查查，是不是那些外地人泼的水结成冰，把他摔成这样的，一旦查清，非治死外地人不可。

小葛在一旁说："得了吧您哪，省一句半句吧，那里可没您要找的外地人，四周无人住，就一个下水道冒溢结的冰，叫您赶上了，自认倒霉吧您哪。"

老葛不依不饶："瞎说，下水道冒溢也是那些外地人搞的，都是他们把北京搞得乱哄哄，臭烘烘……"

黄少松来气了，冲小葛道："能不能叫你爸闭上嘴，他嘴角的伤不轻，再吼叫下去，他的晚年可就成豁唇了。"

这天，黄少松正要从局域网上点击手术室动态，看老葛的手术排到什么日期，他的手机响了。

电话是杜米莉打来的，她约黄少松下班后一起吃饭，说是有要事商量。黄少松没想到是杜米莉的电话，一听有要事，多问了句，能不能透露点儿什么事。杜米莉明显犹豫了一下，却甜甜地说，先不告诉您，等见了面再说吧。她叫他别急着下楼，外面冷，在办公室等她电话，她过来接他。

就这么几句话，半个下午，黄少松心里忐忑不安。不安的原因，不是杜米莉说的那个要事，而是他怎么给白翎说晚上的约会。如果是别的什么人，黄少松都可以如实告诉白翎，晚上和谁一起吃饭。可偏偏是年轻、风韵十足的杜米莉，还有她在电话上的那种说话方式，他就不能实话告诉妻子了。这阵子，黄少松觉得白翎变了，像换了个人，动不动爱猜疑，时不时地还对他旁敲侧击，总想从他嘴里打探点儿婚外情什么的。白翎的疑心越来越重，有时黄少松身体冲动，忍不住说几句煎熬不住的话，她很怜悯。可有时他没说，她却追问，是不是他与医院哪个女护士有染，还是找女病人解决了身体问题？弄得黄少松哭笑不得。还有，白翎在家待着没事干，整天也不知瞎琢磨什么，居然一改往日的粗心大意，学会精打细算。黄少松一个半月丢掉四辆自行车，心里本来就不痛快，白翎却在他跟前长吁短叹，说一辆车就是小二百块钱，一个半月丢掉七百多块，这样的丢法哪吃得消，还埋怨他不小心，没把好锁或没把车锁牢。气得黄少松好几天不理妻子，可看到白翎在寒风中不开暖气，猫在车里等他，他的心又软了。怀孕是女人的非常时期，一个曾经工作得风风火火的女人，一下子失去工作支撑，叫她立马变得安安静静、乐于现状好像不太现实。从一个时期到另一个时期，每个人都会发生变化的，这很正常。黄少松把自己安慰一番，他还想，等妻子肚子到六个月大，不方便出行时，他就买辆折叠式便携自行车，可以带上地铁的那种，能够出地铁两头骑。

　　快下班时，黄少松想好了给白翎发条短信，说明天一大早有手术，他得提前做准备，怕明天来晚了没充足的时间，今天晚点儿回去。这么冷的天，叫她不要去地铁口等了，他出地铁后，坐公交车自己回去。

　　过了好长时间，白翎才回短信。她说要是太晚，就别回来了，在值班室将就一晚，明早手术，还不得赶大早，回到家也睡不上几个小时，时间都花在路上了。

　　妻子的话叫黄少松挺自责，自己明明是赴一个女人的约，却骗她说是做手术。犹豫了一会儿，他回信说，看情况吧，如果不是太晚，他尽量赶回去。把怀孕的白翎一人丢在家，黄少松也不忍心。

　　可是，当杜米莉把黄少松接到饭店，他的想法就变了。他喝了些酒，一身酒气，回家不就穿帮了？趁着还清醒，给白翎发短信告诉她不回家了，别等他，早点儿休息。按说，黄少松不爱沾酒，白翎怀孕后闻不得酒味儿，他更不喝了，可他架不住劝。杜米莉约的不止黄少松一人，还有个中年男人，是中海职工医院的院长范克明。范院长沉稳干练，目光炯炯有神，与黄少松一见如故，推杯换盏，杜米莉又在一旁煽动，容不得黄少松清高。再说了，从范院长这儿，黄少松能讨到自尊，这是他在现在的医院得不到的，甭说是在一个院长面前，就是在普通医生那儿，黄少松所看到的全是不冷不热的态度。范院长的尊重使他心里舒畅极了，几乎没怎么迟疑，连着喝下范院长碰过的前三杯。黄少松不胜酒力，很快就脸红脖子粗了。

杜米莉在一旁并不怎么说话，任范院长和黄少松你来我往，也不在意把她撇在一边晾着。这会儿见黄少松有些醉意，赶紧夹一只螃蟹给他，关切地说："先吃点儿垫垫肚子，别喝得太猛。"

范克明摆摆手："年轻人喝几杯没事。我们都是做医生的，知道酒多了伤身。黄医生只是酒上脸，不上心的。小杜你就放心吧，我不会让小黄多喝的。"

黄少松见杜米莉对他如此关切，还夹螃蟹给他，心里一热，忍不住看了一眼杜米莉。杜米莉也正在看黄少松，冲他一笑，举举手里的蟹爪。黄少松掰开螃蟹，吮着里面的蟹黄，呜呜道："不是说有要事吗，到底是什么事？"

范克明看了一眼杜米莉，才说："还是个急性子，我也就不拐弯抹角了，是这样小黄，你也知道现在各医院竞争厉害，很多医院都有自己的医疗专家或强势的专科，我们职工医院是小医院，又是公费医疗定点单位，虽说对外吧，可附近几家大医院名气一个比一个响亮，那些外地的患者，谁会跑我们医院来看病？也就附近的居民和一些外地民工有个头痛脑热，偶尔会来取个药什么的。没有创收不说，还养了上百退休人员，穷得快揭不开锅了。其实，我们的医疗条件不差，也想叫医院活起来，所以，想和你合作，成为亲密的朋友。"

"这个……范院长是拿我开玩笑吧？"黄少松吐出螃蟹腿。

"你看我像是开玩笑的人吗？"

的确不像，他的眼神看上去极其真诚。

但黄少松没有接范克明的话茬儿。他不能轻易就表态，何况，他没这个能力。

范克明像看透黄少松似的，直视着他，不再多说一个字。

气氛一下子紧张了，包间里静悄悄的，只剩下空调咝咝的送气声。黄少松心里明白，以他在医院的地位，每月完成创收任务的艰难，再不想点儿出路是不行了。别人月月口袋丰盈，唯有他清汤寡水的，再知足的人看多了也会心理不平衡的。尤其现在，妻子辞了工作，一旦孩子出生，方方面面都需要钱，他面临的经济压力可想而知。以前，他也听说过，各家医院都在到处挖重大病人。一个大病人上门，就等于医院张开口袋，等着收钱了。他知道有些医院的医生和外院合作挖病人，然后和外院用不同形式分成，但因为自己在医院不是主要医疗岗位，手里不可能有掌握重要病人的机会，很清楚这种事不会落到自己头上。可事情偏偏降到他头上了。其实，从一开始杜米莉介绍范克明是院长时，黄少松隐隐有些感觉，只是想想自己目前的身份，不太相信罢了。

黄少松还没想好怎么答复范克明院长。范院长一双明亮的眼睛紧盯着他，叫他有些喘不过气来，他担心自己的想法会叫范克明看穿。黄少松假装不经意地朝门口那里看了一眼，果然，范院长也偏过头看门口。门是紧闭的，包厢良好的隔音效果，早已把门外的声音隔得稀薄又遥远。

这使范院长看到了黄少松内心的挣扎，他又紧逼了一步："怎么样，黄医生，有可能没有？"

　　黄少松说不出话来，他不是想有没可能，而是想到哪里去弄病人。

　　杜米莉见黄少松撑着脑袋半晌不说话，忙站起来打圆场："黄医生，看这事，还以为是帮您呢，没想叫您为难成这样。您要觉得不合适，就算了，这种事，本来是互惠互利的，要觉着弊大于利，就不谈了。反正也就吃个饭，大家有缘就是朋友。"

　　黄少松意识到自己的沉默叫杜米莉误会了，不过，能叫她有这样的误会也好，不然，倒显出他多么急迫地想要寻求这样的机会，很容易叫她把自己看扁。可也不能一口推掉，机会降临，他要学会把握才对。黄少松端起杯子喝口茶，缓缓说道："倒不是我有多为难，我主要是替范院长考虑，杜编辑可能告诉你了，我只是招聘的，不是主治医生，手头上没有重大病人，连自己每月的创收指标都完不成……"

　　范克明一直很冷静，这时，他端起酒杯，与黄少松跟前的杯碰了一下，说："就没想着要挖你的病人，能搞创收的病人到不了你那儿，要能到你那儿，估计你也不会看上我的医院。咱们合起来想法吃那些大户的，他们也不在乎少一个病人。"

　　创收与资金挂着钩，病人的档案现在都是秘密，保存在主治医生那里，不像以前摆在值班室，谁都可以翻看。黄少松从哪儿去挖病人？他望着窗外，通亮的室内，根本看不到暗黑的窗外，但从窗玻璃上，可以体会到冬天的寒气。依墙而立的空调里吐出的丝丝暖气，使窗玻璃外面结了厚厚的一层霜，像挤在一起的楼梯，越往上越薄。他端起酒杯，一饮而尽。

　　杜米莉看着紧皱眉头的黄少松，心里很不安。她觉得是自己叫这个很有想法的年轻医生陷入一种两难境地。灯光下，黄少松头上黑发丛中闪烁的白发，忽然让杜米莉难过起来，生出些不忍，好像自己设下一个陷阱要人跳似的。她拦住倒酒的范克明说："范院长，就别为难黄医生了，他在医院混口饭吃也不容易。"

"正因为不容易，才想辙呢。我们医院再不下重手，只有这样不死不活地耗着，那些医生护士只能拿微薄的工资过日子，永远别想奔小康了。其实，黄医生又何尝不是这样，每个月完不成创收，能拿多少钱？看看别人都小康到了什么地步，人家还在乎那几个钱……"意识到自己情绪有些激动，范克明突然停住，起身给黄少松倒满酒，接着说，"换个方式说，我们其实是做好事呢，现在老百姓看个病多难，你们大医院的费用能把病人吓死，大家都是不得已才去的医院，都恨不得花最少的钱看最好的医生。这世上啊，毕竟有钱的人是少数，小老百姓谁愿意大把大把往医院扔钱？相信黄医生见识过，一个小感冒，以前块儿八角的事，现在得花几百块，还不一定能看好。把病人介绍到我们这种小医院，同样治病，却能节约将近一半的钱，而且，我们小医院的医生态度绝对比你们大医院要认真负责。对于病人嘛，好的态度首先就是一种好的心理疗法。当然，这得找机会，没机会也就没辙，是不是？这样说吧，小黄你完全不要有顾虑，咱们这算是见个面，搭个线，来日方长。"

黄少松心里这时已平静下来，端起酒杯，对范克明说："范院长这些话说得很对，病人嘛，当然都愿意花很少的钱治好病。只是我还有个担心，病人是奔着大医院的名去的，人家能放心到你们医院去就诊吗？"

"这个我早就想到了，我们这种职工医院肯定不行，现在病人可不是好糊弄的。"范克明把酒倒进口中，接着说道，"实话给你说吧，我已经挂靠了几家大医院的专家门诊，只要有病人，完全可以请他们来会诊。一般的手术，我们医院也有条件做。如果是大手术，可以租用其他医院手术室，请专家亲自操刀。技术上你放心，我们请的不说是绝对权威，但也是有名望的专家，绝对不敢马虎。谁敢拿病人的生命不当回事啊。再说了，咱们是想法挣钱，不是为惹麻烦，惹了麻烦谁还敢相信我们？不是生生断自己的财路吗。"

看来，人家把什么都想好了，黄少松还能说什么？他要是再推托，就显得太造作，他只好说："这事容我再想想，毕竟不是小事，你要叫我一下子接受，还是有点儿难度。"

范克明端起酒杯说："这个自然，事先没通过气，是得给你考虑的余地。来，不管你考虑得怎样，咱们算是认识了，今后就是朋友，一个道上的，今后多联系，帮不上忙，总可以出出主意吧。"

从饭店出来，寒风扑面而来，三人裹紧衣服，不由得打起冷战。天其实黑得很彻底，可是叫霓虹灯给搅得七零八落，看上去不太完整。时间不算太晚，才八点半，这个时候堵车高峰已经过去。杜米莉提出送黄少松回家，他坚决不同意。叫人家把他送到通州梨园，就是不堵车，来回也得一个半小时，他可做不出来。

范克明在一边不好意思，因为要喝酒，他早早地把车停到不远处的停车场，打算坐出租车回家，他提出打车顺便把黄少松送回家。黄少松一听更不同意，这"顺便"的路线太长，顺得他心里不安。何况喝过酒的人，晕晕乎乎的，都想早点儿回去休息。

杜米莉见黄少松态度坚决，便叫他搭她的车到西直门地铁口，这样也不费谁的时间，总可以吧。

黄少松干脆把谎话说到底，要回单位，说明天一大早有手术，今晚不回家。杜米莉让范克明先走，她把黄少松送回医院。黄少松推却不掉，只好同意。路上，他以为杜米莉有话要说，就静等着，但她只顾开车，只字不提刚才饭桌上范克明说的事情。黄少松想解释一下，又觉得多余，不知说什么好，神情有些尴尬。

回到医院，因为事先没给值班医生说好，不可能叫人家现在回家，他替人家顶班。黄少松只好抱上自己的大衣，睡办公室沙发。喝了酒头晕，想早早睡觉，明早还得正常上班呢。刚躺下，听到手机短信提示音，以为是白翎来的，打开一看，却是杜米莉发的。她说：向您道歉，今天的事没先打招呼，让您为难了，可是，您这个朋友我交定了，我坚信没看错人！

落款是"米莉"，而不是"杜米莉"。

黄少松愣怔片刻，一个去掉姓氏的名字让他倍感亲切。他在心里将这种感觉咀嚼一番，然后才给杜米莉回复：不要这么说，我没为难，只是我的能力有限，但我会认真考虑的。我也觉得你是个可以交的朋友！

很快，杜米莉的短信又来了。

一来二去，两人用短信聊了很久。很晚，他们才相互道了晚安。

黄少松却睡不着了，那点儿酒劲儿早已过去。范克明的话在他脑子盘绕着。他从未真正面对过这么复杂的情形，这确实是个机会，也是令他迷惑而又有些稀奇的新鲜事。

当然，最主要的，还是杜米莉的短信让他失眠了。

4

黄少松回家越来越晚了，除了值班，动不动就不回来，理由是：早起能在挂号处与患者交谈，看能不能寻到合适的病人。他把范克明说的事告诉了妻子。白翎没有反对，他想多挣钱养家，将来孩子一旦出世，她会被缠住，一年半载不能出去工作，家里的所有开销得靠他一人，医院现在的薪水还够房贷和两人的生活费用，以后孩子出生就不好说了。丈夫的压力大，白翎心里清楚，所以有另辟蹊径的挣钱机会，她当然是赞成的。

白翎理解丈夫，他们属于在北京没根的人，像浮萍一样，现在虽然买下房子，好像浮萍总算生出一些根须，可要想在这个繁华都市安定下来，就必须寻求更多的营养，让漂浮的根伸得更长，扎得更结实。她轻抚着隆起的肚子，孩子是他们的另一目标，为了这个目标，只能叫丈夫辛苦一些，她自己在家里才能安心养肚里的孩子。

有天下午，白翎认识的一个姐妹齐妙妙打来电话，说她辞职不干了。齐妙妙在一家文化公司当办事员，就是端茶倒水接电话，按她的话说，不用费脑子，傻子都能干的活儿。齐妙妙是湖南娄底人，除了长得有几分姿色外，没啥特长，不像白翎，来北京前在老家上过三年大专，好歹还跟文化沾点儿边。齐妙妙高中都没毕业，学习不好早早就从学校出来闯荡，刚到北京时还在餐馆当过服务员呢。后来换来换去，不是推销员，就是网络管理员，没能力干正经事。刚进这个文化公司，她就嚷嚷老板在打她的主意，但她从没说过要辞职呀。

白翎在电话上说："妙妙你别傻了，现在北京满大街都是大学生，要找个每月能拿到现钱的工作有多难。我要不是为了孩子，也不敢把自己弄到这份儿上。你不一样，还年轻，就凑合干着吧，千万别冲动。"

齐妙妙在电话那头儿骂开了："我冲动啥呀，那个不要脸的禽兽都把精液弄到我大腿上了，我再不辞职，还不知他会把那脏东西弄到我啥地方呢!"

白翎无话可说,齐妙妙也不说话了。白翎从电话里能听到那边呼呼怪叫的寒风,还夹杂着车流声。她无可奈何地说:"那——辞就辞了吧。现在说什么也没用。我听着你是在大街上,你打算明天干什么?"

齐妙妙说:"我操心明天干什么,今天都不知道怎么过呢,公司的宿舍我是不能回去了,不想再看到那个王八蛋,我东西都拎出来了。"

白翎吃了一惊:"这么冷的天,天快黑了,你不回宿舍怎么办呀?"

齐妙妙冷笑道:"还能怎么办,学生放假了,火车票不好买,宾馆招待所太贵,住不起,我只好找家网吧,包夜上网聊天,熬到天亮再说吧。"

白翎心里一酸,仿佛看到妙妙拖着行李在网吧里趴在电脑前两眼无神的样子,眼泪忽地涌出来,握话筒的手有些颤抖。她轻声道:"妙妙,找个地铁口,转城铁到梨园,我去城铁口等你,晚上住我家里。"

齐妙妙的声音有了颤音,她说:"翎姐,你还没问过大姐夫意见,我过去会给你添麻烦的……"

"别废话了,既然你把黄少松叫大姐夫,他不会赶你出门的,说好了,五十分钟后,我在梨园城铁口等你。"

白翎还是给黄少松打了个电话,告诉他齐妙妙来家里住。黄少松当然不会反对,他说,那我晚上就不回家了,在医院凑合一夜算了。白翎却说,如果医院那面没事,你还是回来吧,不然,叫妙妙多心,还以为你不愿意她来咱家住,故意躲避她呢。

黄少松晚上回家,白翎再次开车去梨园城铁口,接丈夫回

122

来。夫妻二人摸黑回到家，饭桌上已经摆好饭菜。齐妙妙炖好一锅排骨冬瓜汤，一盘肉片炒芹菜，一盘摊鸡蛋。就这几样菜，鲜亮亮的颜色，很诱人的胃口。

黄少松直夸妙妙的手艺好，不知将来哪个男人有福气娶她。齐妙妙很高兴。白翎见此，心里也快乐得很，三个人热热乎乎地吃了一顿晚饭。

之后，黄少松一连几天没回家。有齐妙妙在家陪白翎，不怕她寂寞，他可以省下时间和精力做点别的，比如伺机给范克明找有潜力的病人。其实，黄少松心里一直还在打鼓，就是能拉上病人，范克明真能像他说的那样，把病人治好又少花钱吗？他的能力到底怎么样，他没亲眼看到范克明的职工医院，不清楚范克明所说的专家到底具备什么资质。当然范克明也不可能把这些老底都兜给他，他不可能只找他一人合作。说白了，他只不过是范克明手里众多线里的一条，而且说不定还是最没戏份儿的一条，又有什么必要叫他知道得太多？反倒是他，在医院的地位无望得到提高，很有必要寻求医院之外的依托。但是，黄少松矛盾得很，一方面他希望和范克明合作，另一方面又对范克明心里没底，拿不准这件事最后带给他的是福是祸。但他还是常去楼下大厅的挂号处转悠，留意那些从外地来的病人。可是，只要一搭上话，暗示性的话语刚说出口，那些外地人都很警觉。他们不远千里来到北京，就是奔大医院来的，在他们心里，大医院的医生都是精挑细选，哪怕医院人多排不上号，他们也愿意等。来北京前，患者大都在老家折腾过，谁也不愿跑到人生地不熟的北京还瞎折腾，再说，他们也折腾不起了。黄少松又不能把人家硬拽到范克明的职工医院里去。况且，他也不能做得太过，怕引起本医院的注意。胳膊肘子朝外拐，小心人家开了你。

黄少松拉不到病人，却与杜米莉一直保持着联系。他们发短信聊天，尤其是黄少松不回家的晚上，能聊到十二点多。以前，他们只是论文作者与编辑的交往，根本没多说过话。现在，他们像相识多年的老朋友，了解对方的志愿、兴趣、爱好，还有喜爱的明星，最后到各自的家庭。

杜米莉离过婚，她的前夫是个不大不小的处级官员，在一个比较有点权力的职能部门，所以理所当然地在外面包养二奶。杜米莉知道后，毫不犹豫地与他分了手。

黄少松怕捅到杜米莉的痛处，不再与她说家庭的事，把话题扯到给范克明拉病人上。

杜米莉说，范克明是个很有能力的院长，他学的是中医，扎一手好针，靠针灸治好过不少疑难杂症。我刚离婚的时候，落下了失眠症，整夜整夜睡不着觉，你不知道失眠有多痛苦，长夜漫漫，那份煎熬真跟油锅里滚似的，婚姻没有整垮我，可失眠却叫我连自杀的心都有了。后来听朋友介绍，去范院长那里，吃他的中药，才两个疗程就改善了睡眠。他接手那个职工医院一年多，那是个烂摊子，以前嫌人员太多搞内退，现在养了近一百个退休人员，光他们的工资就能把医院搞垮。医院倒是有一些设备，可那些设备进来时就已经落后了，放在那儿派不上大用场。连台先进仪器都没有，又是名不见经传的职工医院，略有名望的专家人才，谁肯上他那儿去呀？他的负担很重，三番五次交辞职报告，都被打回。上级领导要他多为厂里的职工着想，不然，医院倒闭了，几千名职工到社会上去，就更看不起病了，现在一个头疼脑热，哪个不得花五六百元，工厂的职工拿不出钱哪。

黄少松听了颇为感慨，他说，我能理解范院长的难处。现在很多医院都吃香的喝辣的，范院长接手这样的烂摊子，日子是不好过。

杜米莉说，范院长到处托人找公费之外的病源，就是想把医院盘活，然后再积累一笔资金，购进一些先进设备，这样职工医院有了底气，才能招揽一些有实力的专家进来。可是，就他眼下的那个摊子，上哪儿找病人？他想着我这儿平时接触的医生多，叫给他介绍一些。你是知道的，哪个医生会看得上又小负担又重的职工医院？不过，范院长在京城中医界倒有些地位，找他会诊的专家还不少。他认识许多大医院的病科专家，只要有病人，他能通过门路，请到各方面的专家，耽搁不了病人的。

　　杜米莉的话，给黄少松吃了颗定心丸。他看重老祖宗几千年积累下来的经验，相信中医，能够治愈一些顽疾，治标又治本，不像西医，把表面的病迹除得倒是挺快，却落下了根，一来二去，反使身体里面对某种病菌产生抗药性。所以，现在的药越吃量越大，病却越来越难剔除。当然，中医也有一些老套陈旧的路数，并不符合不断变化的病变机理，也就是用老方法看以前没有的新病源。所以，黄少松才写文章，认为中西医必须重新确立诊断路径，以适应新的病种变异的观点。可是，他的这篇论文发不出来。因为他捅到了所有医生的痛处。医生是凭经验诊断病情的，人命关天，谁敢拿病人推陈出新？

5

　　从河南洛阳带女儿来治白血病的贺世经，又一次到医生办公室找主治医生赵波，要求尽快给女儿贺宁宁移植骨髓。

　　赵医生刚查房回来，一脸的疲惫，他无奈地对贺世经说："我不是刚查房时给你讲过了吗，你女儿的病情还得观察一段时间，我才能拿出具体治疗计划，与专家会诊后好确定治疗方案。"

"那还得等多久？"贺世经眼巴巴地看着赵波。

"这个我不好给你回答，每个病人都有他自身的病因特点，你女儿贺宁宁的情况有点特殊，因为在此之前，你们老家医院给病人盲目地采用诱导分化疗法，用维生素A衍生物或砷剂联合治疗，虽然杀死了一些癌细胞，可同时破坏了病人的免疫力。她现在的体质不允许眼下进行骨髓移植。"赵波很严肃地说，"不过，要科学地对待白血病，并不只有骨髓移植这一种办法能治愈病人。现在是一个提倡个性化治疗的时代，对于白血病人也是如此，可以根据不同的类型、患者，不同的体质，等等，设计个性化治疗方案。这样跟你说吧，你女儿急需调养一段时间，才能下定论。我知道你心里急，那就再给你开些调养的药，尽快恢复病人的免疫功能。"

这下，贺宁宁每天的用药费超过了八百元。贺宁宁不知道具体情况，以为在北京的医院吃药打针就能治好她的病，一反刚来时的愁眉苦脸，兴高采烈起来。她父亲就不一样了，医院不让陪护，如果一定要陪护，每晚得交二十块钱床位费，也不给你床，只给一把躺椅而已。为省下这二十块钱，能给女儿多交一天的药费，贺世经坚持不陪床。他也不吃食堂，每天只啃干馒头，实在咽不下去，才买个包子吃，还是素馅的。这个时候的北京正是隆冬，天冷没地方去，贺世经偷偷躲在走廊尽头的卫生间，听到有人来，赶紧抢占一个马桶，装成解手，没人时，他就坐在马桶上熬一夜。他常躲在厕所里偷偷地哭。

黄少松最近在医院住的次数比较多，经常会听到贺世经压抑的哭声。他脑子里突然闪过一个念头：何不找这个老头儿谈谈呢？

这天晚上，黄少松替别人值班时，从卫生间里把贺世经叫到值班室。

贺世经其实并不老，还不到五十岁，只是女儿的病把他愁坏了，头发花白，脸上皱纹加深，看上去像六十多岁。如果不是女儿患上怪病，他这辈子不可能来趟北京，没那闲钱。说到钱，贺世经眼泪长流，他告诉黄少松，这次来北京看病的钱，全是借亲戚的，每天得扔进医院收款机里八百多块。他带来的钱已扛不了几天，他快撑不住了。来北京前，听说白血病移植骨髓最管用，如果需要，他可以把他的骨髓取出来给女儿，就算要他的骨头、血和肉，他都愿意给，哪怕把他拆散了分开卖掉也成，只要能治好女儿的病。没办法啊，孩子才十九岁，好日子还没开始呢，不能眼看着她完了啊。可赵医生说，不一定要移骨髓，得吃药调养，还要观察，到底得观察多久，还不一定呢，就是说，每天的八百块钱药费，没个头啊……

贺世经一把一把抹着泪，抹不尽了，索性哇哇大哭起来，把墙壁捶得咚咚响。黄少松好不心酸，他给贺世经倒杯热茶，劝他别哭了。哭是解决不了问题的。

贺世经止住哭，眼巴巴地看着黄少松，好像黄医生有灵丹妙药似的。

黄少松装着不经意的样子，叹口气说："唉，其实大医院也有大医院的难处，病人多，病因杂，总有顾不过来的时候。可能一些小医院，更会专注地对待大病人，也许对你女儿的病情分析得更快些，尽早确定治疗方案呢。老贺，有没有想过换家小点儿的医院？这样医疗费的压力会减轻很多。"

贺世经一听，瞪大眼珠看着黄少松，突然跳起来跪下道："黄医生啊，求求你，帮帮我。我知道你是个好人，对北京熟悉，求你给想个法子，换家有关系的医院……你就是我们全家的救命恩人，我给你磕响头了！"

"咚咚咚"三个响头，把黄少松震得跳了起来。他赶紧拉起贺世经说:"老贺,你这是干什么?我只不过随口说说,再说,我也是外地人,并且是个聘用医生,哪里能有什么关系,快起来!"

贺世经不起来,他说黄少松既然这么说,肯定有能耐。他一个老农民在北京人生地不熟,以为只要是大医院就有办法治女儿。他实在是扛不住了,再不想其他办法,他女儿就性命难保。

黄少松怎么也拉不起贺世经,无奈地说:"老贺你这不是为难我嘛,我是这个医院的医生,把病人送到别的医院,要叫医院知道了,不开除我才怪。"

贺世经左右看了看,值班室除了他和黄少松,没第三个人,他这才说道:"黄医生,你放心,只要能救我女儿的命,叫我少掏医药费,我绝不给其他人透露半句。"

黄少松犹豫了一下,说:"这样吧老贺,把你女儿的诊断病历给我一份,我不敢保证一定能联系到合适的医院,但我试着问问。现在,你总该起来吧。"

贺世经这才起来。黄少松又叮嘱他不要给任何人说,一定要保密,就是以后联系好医院,也不能说是他办的。

贺世经感激得涕泪横流,把头点得像鸡啄米。

黄少松当即给范克明打电话,讲明贺世经女儿的情况。范院长第二天就约贺世经见面,取走贺宁宁的病历,开车去各大医院找专家,商议治疗事宜。

专家们从贺宁宁的病历上看,初步判断她可能是染色体异常的KLINEFELTER综合征白血病。因为没有见到患者本人,谁也不好妄下断言。最好的办法就是,能对患者重新进行一次全面检查,根据最新数据分析后,才能确定治疗方案。

杜米莉却给黄少松说,这事得谨慎,最好叫病人家属和范院长单线联系,黄少松尽量少插手,不然,医院起了疑心,对他不好。

黄少松明白杜米莉是为他好，可这事是他牵的线，不插手不行。他得稳住贺世经不变卦，还得防止本医院起疑心，尤其是赵波医生，病人是他的，稍有不慎，他会有所觉察。

　　最关键的还是贺世经，只要他沉下心来，什么都好办。其实，最着急的也是贺世经，他希望尽快转院，越快越好，早一天就少掏八百块钱。八百块钱哪，每天看到女儿输液时，他的心总是发抖。

　　为防止意外，黄少松想暗示贺世经早点办转院手续，还没等他开口，贺世经早等不及了，要黄医生再帮忙跟范院长联系一下，他心里焦急，当天就要把女儿转过去。

　　范院长一听，说没问题，随时都可以转过来，他们医院会保证给患者最好的服务。

　　黄少松当然不担心范院长那头，他担心赵波。赵波能叫手中的一条大鱼滑走吗？

　　果然，赵波医生坚决不同意病人出院，说他已经联系好专家，这几天就会诊确定治疗方案，这箭已上弦，就等着一发，怎么能突然变卦呢？

　　贺世经说："我也想等你发出那一箭，可实在等不得你的这几天了，我已经等了半个多月，再等下去，俺闺女的命……这样给你说吧，我今天已经没钱交医药费了，如果不交钱，你还能给俺闺女输液，那我就不让闺女出院！"

　　贺宁宁很快办了出院手续，转到范克明的职工医院。这里每天只需二百多块钱医药费，而且医务人员的服务态度也很好，就连贺世经陪护的床位费都给免了。贺世经感激得涕泪长流，感叹同是北京的医院，医药费和服务态度怎么就不一样呢。他突然又提出，他们没来过北京，能不能趁检查化验还没全面铺开，让他带女儿去趟天安门广场，看看天安门城楼，还有城门上的毛主席像。以前常在电视里看，如今到跟前了，想去瞅瞅真的。

范克明当即答应。经过专家同意，给贺宁宁使用重肌灵，抑制患者抗乙酰胆碱受体抗体，虽然不能抑制患者正常的免疫功能，但能控制病情恶化，只要防护措施得当，有些户外活动还是可以的。这天，范克明亲自开车送他们父女去天安门广场和故宫转了一圈。

接下来几天，送贺宁宁去天坛、中医大附属医院进行全面检查化验。结果出来后，经过专家几轮会诊，最后确定，给贺宁宁进行HSCT——造血干细胞移植，也就是骨髓移植。

第一阶段为大剂量化疗放疗，必须破坏病人原有的免疫力，以及尽可能杀死残存于体内的癌细胞，为移植干细胞打基础。

化验结果表明，贺宁宁已经不具备自体骨髓移植，只能从异体移植。在寻找骨髓来源时，根据病人亲属要求，首先考虑到贺世经。很不幸，对贺世经进行HLA配型检查，正常位点相符的机会只有0.25，他的骨髓不适配。

"弄啥呢，老天咋就不长眼呢，我是她父亲，我的骨髓都不行，那谁的有用？我苦命的闺女呀！"贺世经一听，世界末日到了，他哭得喘不过气来。

范克明安慰道："主要是你年龄太大，配型不符。你不要着急，我们正在联系中华骨髓库和国际红十字会，找和你女儿一样配型的骨髓，一定会把孩子的病治好的。"

一听有希望，贺世经立马不哭了，他顾不得擦脸上的泪痕，扑通往地上一跪："范院长，俺闺女的命可就靠你了！"

可是谁也没想到，北京骨髓库的费用很吓人，移植最少得用四十多万元人民币。别说贺世经了，连范克明都难以接受这个数字。他安慰贺世经，再想别的办法，到外地联系相对便宜点的，不能叫贺世经背上这么重的债。

贺宁宁的治疗方案出来后，黄少松终于松了口气。这阵子，为贺宁宁的事，他一连几天都没回家了。这天，他准备下班后回家，早早给白翎打过电话。白翎电话里显得很高兴，乐颠颠地说要妙妙去买些好菜，精心给他烧一顿好吃的。没想到下午时，接到杜米莉短信，说晚上范克明要一起吃个饭，舒缓一下这几天来紧绷的神经。黄少松不参加不太好，他答应了。他又给白翎打电话说明情况。白翎虽没说什么，但情绪明显低落了。黄少松有些不忍，给妻子作保证，吃过饭后一定赶回家。

见面后，范克明带来一个喜讯，贺宁宁的骨髓配型已经在上海血液中心找到，他已派人乘飞机带着贺宁宁的血液抽样去配型实验，如果没异样，这两天就能取回来。专家和手术室也联系好了，只要上海的骨髓一到，就能做移植手术。

三人都很高兴，连着喝了好几杯酒。这次，杜米莉也不说要开车的话，跟他们一起碰杯。喝酒时，范克明提到给黄少松分成的事。黄少松坚持不要，说他是看到老贺可怜，为省二十块钱陪床费，每晚躲在卫生间，他出于同情才这么做的。范院长给贺宁宁的药价实在，黄少松是医生，知道这里面没多少水分，又请专家又租手术室，这个病人医院根本挣不到多少钱，他还拿什么分成？那太没人情味儿了，就权当帮朋友一场吧。

范克明却说不行，说最后的结算下来总会有些利润，等病人治愈后一定要给黄少松分成的。两人推来让去，也没定下具体数字。一旁的杜米莉看着有趣，说了句，你们男人交往起来挺逗的，开始时冷眼相对，熟悉后比娘儿们还磨叨。别推让了，听我的，按当初说的办。少松，你安心拿你该得的那份。至于范院长能否挣上钱，只要他开了好头，不愁今后。

杜米莉的话干脆利落，叫黄少松不好意思推却。范克明为贺世经父女所做的一切，叫黄少松看到一个真正为病人着想的医院，低廉的住院费用，使他想到权当是出于一个医生的职业道德，帮助一位濒临绝路的病人，他绝不能向范院长要报酬。再说了，他执意推让，还有一个原因，怕杜米莉小看他，既然杜米莉这么说，倒解了他的围。黄少松很在意杜米莉对他的看法。想到这点，黄少松不免慌乱起来，不敢看杜米莉，生怕叫她看透自己。三人没做过多纠缠，酒喝不少，话也说了不少，快乐地散了。杜米莉只喝了一小杯，开车没问题，送黄少松去西直门地铁口。一路经过好几个公交车站，已经晚上八点多了，每个车站仍是一堆人在等车，车一来，蜂群似的拥上去。杜米莉瞅了一眼，说都这个点了，人还这么多，北京的人都从哪儿钻出来的？跟蚂蚁似的。黄少松心说自己也是这群蚂蚁中的一只，不过今天他这只蚂蚁不用挤车而已。又经过一站，杜米莉忽然对黄少松说："干脆你以后下班别去挤公交车了，就搭我的便车，反正顺路，我也得走这条道。"

黄少松要拒绝，他觉得还是做一只挤车的蚂蚁心里踏实些。杜米莉却不让他说话，摆个手势："打住，就这么说定了，别再推让，你不知道，你推让起来的劲头一点儿都不可爱！"

6

齐妙妙在白翎家住了一个星期，不再提买车票回家的事。

这一星期，黄少松没怎么回家。白天，齐妙妙买菜、做饭、洗衣、搞卫生，把一个家整理得井井有条，还陪着白翎看电视，让白翎充分享受到一个孕妇的特殊待遇。晚上，两个女人钻进一个被窝，说了不少体己话，有时刹不住话头，会说到天亮。其实，她们以前并不认识，白翎来京要早几年。她们是在朋友的聚会上相识的，当时两人的单位离得也比较近，有时候还能在街面上碰到，一来二去，两人熟悉起来。齐妙妙性格开朗，大大咧咧，看上去像缺心眼儿的那种女孩，年龄又比白翎小，什么事都不瞒白翎。闯荡社会，处处都是玩心眼儿的人，同事间，朋友间，甚至夫妻间，在北京好像不耍心眼儿，就被人说成"二百五"。白翎喜欢和齐妙妙这种性格的人交往，两人自然成了无话不谈的姐妹。这几年，随着工作环境的变化，妙妙喜欢上网聊天，有时聊起来就是一整夜，一个姿势坐在电脑前不动，颈椎和肩膀受不了，僵硬酸疼，并且越来越严重。她去过不少医院，扎针、按摩、理疗、牵引、拔火罐，一样没落，就是没把颈椎治好。最近突然听人说，每天坚持倒走三百步，可以治腰疼颈椎疼。不知道倒走能不能起作用，齐妙妙在白翎家里，每天坚持练倒着走。看着她在眼前晃来晃去，还累得双腿喊疼，白翎于心不忍，对妙妙说，还是问一下黄少松，倒着走是否科学有用，可别治不了颈椎，又走出别的毛病来。

齐妙妙扑到床上，亲了白翎一下："翎姐还是您的命好啊，找个好老公，有车，还买了房，肚里有了孩子，人生大事完成得差不多了，早早地有了归宿，哪像我呀，漂来漂去，居无定所，身边没男人，真是凄凉。"

白翎说："那你还不赶快找个男人嫁了？"

齐妙妙抚摸着白翎的肚皮说："我哪有您的福气哟，都说女人不愁嫁，有谁知道找个男人好难哦。北京的好男人都死光了，剩下有点儿钱的都不是什么好东西，光想玩儿不愿娶。说句不好听的，要能找个北京的男人娶我，管他老头、瘸子、瞎子，只要管我吃管我喝，别的都不重要，可惜，没有啊。嗨，有时想想，回老家去找个男人嫁掉算了，干等什么呢，心里焦急得上火。"

白翎点了一下齐妙妙的额头："死妮子，想男人想疯了。"

齐妙妙摸了一下白翎的乳房，说："您敢说您不想？！"

两人疯笑成一团。

这天晚上，黄少松回家，白翎从地铁口把他接回来。刚进家门，被齐妙妙闻到酒气，她操着一口湖南北京话大喊大叫起来："哎呀，不得了，您喝这么多酒也敢回来，就不怕熏着胎儿？出去出去，您甭进我姐的卧室。"

黄少松脸上挂不住。白翎笑道："没那么娇贵，孩子都成形了，一点酒气熏不出个酒鬼来。"

"人家是为您好，您到底帮谁的忙啊？"齐妙妙撒起娇来。

"好了好了，快去睡吧，你大姐夫喝多了，头晕，得睡觉。"

齐妙妙不情愿与白翎分开，她还有好多话要给白翎说，又撒娇道："大姐夫您去睡小屋嘛，我要与姐姐一起睡。"她连拽带推，将黄少松弄进小屋，关上门回到大卧室。

"翎姐，叫他不要和你一起睡，我是为你和孩子好。他喝酒了，酒能乱性，万一他半夜想……会出事的。"齐妙妙又回归到湖南普通话，咯咯地笑起来，笑毕，压低嗓门儿又说，"姐，大姐夫多长时间没和你……那个了？"

"明知故问，去去去，给你大姐夫端洗脚水去。"

齐妙妙端着洗脚盆回来，又给白翎说："哎，姐，你说他——大姐夫几个月不沾女人身，他该不会在外面胡搞吧？男人没几个好东西……"

"我看，你该用洗脚盆里的水，洗洗你的嘴了。"

这一夜，因为隔壁多了个男人，两姐妹说话都有些心不在焉，没多久就犯困，早早地睡着了。

第二天早上，黄少松上班走后，齐妙妙才跟白翎说，昨晚半夜她突然惊醒，一看床跟前站着个人，把她吓坏了，差点喊出声，仔细一看是大姐夫。他深更半夜的，跑到女人房里干什么？莫非喝了酒真乱性了？

"哎哟妈呀，大姐夫也太不顾忌了，这床上还多个黄花大闺女呢……"

那一刻，白翎才觉得，这屋里多出个人，是很不方便。找了个时机，白翎装作很无意，问齐妙妙，下一步什么打算。

齐妙妙愣怔了一下，看着白翎。

白翎移开目光，说："没别的意思，巴不得你长住这儿，我好有个伴儿呢。"

齐妙妙彻底明白了，黯然神伤："我这就去找工作。"

年底了，大家都人心浮动，准备回老家过年呢，哪有心情干工作。各单位就更没心思招兵买马了。

齐妙妙找不到工作。她出去转了两天，回来对白翎说了实话，她根本不想回老家。她不愿回去过年，是不想见她后妈。她从小死了母亲，有人生没人教，所以大大咧咧的。父亲好不容易把她拉扯到上小学，续弦给她找个后妈，她一直视后妈为敌人。其实，后妈对她挺好的，别家女孩有的，妙妙全都有。可她就是觉着后妈不好，有了后妈，父亲不怎么关心她了。后妈把父亲抢走了。

白翎不能叫这个小祖宗扰乱她和丈夫的生活。黄少松对齐妙妙已经有了微词，说她吃饭时当人面经常往餐巾纸上擤鼻涕吐痰，恶不恶心，别人还怎么吃饭！有天晚上，黄少松趁齐妙妙上卫生间时，悄悄对白翎说，能不能叫妙妙去睡小屋，他想搂着老婆，还有他们的女儿睡觉，这样才踏实。在外面奔波一天，总感觉在北京的寒风里，像那些废塑料袋似的飘浮着，只有回到家，回到他们的这个小窝里，才有踏实感。可是……

再说，白翎也想和黄少松同床共枕了。她叫黄少松在外面打听一下，有没有要人的地方，帮齐妙妙找个事做。不然，他们的生活正常不了。

黄少松到哪儿去找工作？他想着给范克明说一下，叫妙妙上他的医院做个什么事。电话打通后，要说的话却在嘴里转了弯，变成问贺宁宁适配的骨髓重新找到没有。

黄少松不想给范克明添麻烦，他已经够麻烦了。前几天，去上海取骨髓的人空手而归，因为贺宁宁的血样有点异常，与A，B，DR位点的DNA分子组织配型不符。没想到会这么难，范克明急得上了火，嘴角全是燎泡。

黄少松抱着试试的态度，问自己的科主任需要不需要打杂的。听说是女的，主任痛快地说了一个字：要！

年关将近，刚走了几个聘用护士，余下的护士轮不过班来，都怨声载道，多来个人，可以帮护士搞搞卫生。

黄少松担心齐妙妙不愿意到医院搞卫生，没想到人家什么活儿都愿干，只要有个落脚的地方，给口饭吃。再好的姐妹也是别人的家，齐妙妙感受到寄人篱下的滋味儿，她急于要从黄少松家搬出去。

医院的集体宿舍，比齐妙妙原来公司的强过好几倍。她很快就搬过来上班，与黄少松成了同事。

甭看齐妙妙年轻，可还算勤快人，不光把该她收拾的病房和办公室收拾得干干净净，而且连不属于她的走廊过道都顺手拖得溜光。她人又活泼，爱笑爱说话，嘴里像含颗枣核，说一口半生不熟的湖南北京话，是个见面熟，与每个医生护士都能搭上话，连病人叫她都乐此不疲，不觉得她讨人厌。每天，齐妙妙一边倒走练颈椎，一边给病房送开水，尤其对住走廊加床的老葛更是关照，知道老葛是黄少松的病人，干完活儿就凑到老葛那里听他瞎掰。

老葛的嘴闲不住，不管抓住谁就给人家讲国际国内形势，有些事件描绘得惟妙惟肖，好像他亲自参与过似的。医生护士都不爱听老葛瞎掰，认为不靠谱，都躲着他。齐妙妙一来，却成了老葛的忠实听众。

有一次，在讲述国际国内战火纷飞的间隙，齐妙妙插嘴问老葛，您这么大年纪了，怎么还骑自行车出门，摔成这样多受罪。

老葛立马收起时事评说员面孔，唾沫星子乱溅："都是可恨的外地人给搞的。原来乘公交车一点儿都不拥挤，现在您去看看，哪儿挤得上去！全是外地人，都拥到北京来了，把北京搞成了垃圾场，叫人看着心寒啊……"

齐妙妙听着不舒服，打断了他。

老葛愣了一下："敢情，您也是外地人呀，口音上听不出来呢。好好好，您像咱北京人呢。"

齐妙妙爱听这话，便给老葛洗袜子。他儿子没来时，她还帮他倒尿壶。有一天，齐妙妙无意中看到有个病房空出床位，要帮老葛搬到那个空病房去。老葛压低嗓门儿说："您是个热心人，不过您不知道，我是公费医疗，他们不会让我住病房的，只能住走廊。"

还有这么一说。齐妙妙不明白，当即去问黄少松。

黄少松正在查房，把齐妙妙拉出病房才给她说，能不能把你的舌头捋直了说，你的话我听着还不如湖南话好懂！我再告诉你一次，跟你无关的事别多问，自己的活儿干完实在闲得慌，找空地倒走，练你的颈椎去吧。

倒走已经得到黄少松的赞同，虽然没有这方面的成功病例，

给儿子娶个媳妇

但只要是逆向思维的新想法，黄少松都赞成。倒着走，说不定能使人体腰椎和颈椎锻炼出新的肌肉支撑，解决疼痛之苦呢。

齐妙妙搞不明白医院的事，她一个打扫卫生的，咸吃萝卜淡操心，何况人家老葛心里有数，他自己都不着急，就不再多问。没人时，她还凑到黄少松跟前，问她的表现怎么样，没给他这个大姐夫丢脸吧？

黄少松称赞几句，齐妙妙很高兴。

不久，齐妙妙偶然发现，下班后，有一个年轻漂亮的女人开着车来接黄少松。她注意观察几天，确信这个女人每天都来接黄少松。她在心里冷笑，原来，黄少松也是这样的男人！

7

刚进入"四九"，天气突然间暖和起来，太阳明晃晃的，照在身上让人觉着发躁，不像是隆冬。电视上报道，东三环长虹桥附近有棵杨树已经发芽，像是春天提前到了。人们忽视了季节还没更替，春天的感觉终究是表象，"四九"才是真正的冬天。这天午后，一场寒流突然而至，寒风紧随而来，紧跟着下起雨来。是冻雨，落地即结成冰，路面极滑。

下班后，杜米莉照例接黄少松一起走。下楼后发现路上有冰，黄少松在地上试走几下，说今天不适合开车，他还是去坐公交，不搭杜米莉的车了。

杜米莉却说："什么话，越是这种天气，公交车越不好坐，和我一起走吧，我都到了这儿，是顺道，又不费什么事。"

黄少松没法，只好上她的车。这阵子，黄少松每天都回家陪白翎，到家就把手机关掉，担心杜米莉的短信无意中叫妻子看

138

到。其实白翎并不翻看他的手机。这阵子搭杜米莉的车，两人反倒不怎么发短信了，偶尔发一个，也不过是转来转去的笑话之类。他和杜米莉之间根本没发生什么事，只不过黄少松自己心里不踏实，怕妻子生疑。怀孕的女人有时不可理喻，他是医生，懂女人的心理。齐妙妙走后，他怕妻子一人孤单，就每天回家陪她，可以叫她心里踏实，不至于胡思乱想。

没想到，这天下冻雨路难走，路上出了不少交通事故，许多人下车步行。杜米莉的车夹在众多车之间，在中关村南大街寸步难行。黄少松反而不好下车自己走掉，人家是为自己才陷入车海的，总不能把人家丢下，自己步行去地铁口吧。那晚，他们到西直门已经是夜里十点。黄少松不断给地铁那头的白翎发短信，告诉这面的堵塞情况，叫她回家不要等他。白翎不听，担心黄少松出梨园地铁再坐不上车，便一直在那头等，十一点多，终于等到了黄少松。看到丈夫，白翎没说什么，但她脸上的神色明显不高兴，像这天的天气一样被寒流袭击似的。黄少松想说几句心疼妻子的话，张张嘴却说不出口，也怪，以前妻子不高兴，他总能想办法把她哄开心，现在却觉得说那些话生疏得很，什么原因呢？他忽然想到杜米莉。杜米莉总能把话说到他心坎上，很舒服很熨帖。就是这样的天气，为送他被堵了几个小时，末了她却道歉，说拖延了他的时间。他轻声叹了口气。妻子听到这声叹息，回过头看了他一眼，仍是没说话。车里显得很安静，咝咝的暖气声被放大，堵在夫妻俩的心里。一夜无话。

第二天下班，黄少松看上去仍闷闷不乐，杜米莉安慰他说："别往心里去，您是男人，老婆等您那么久，心里还不能有点不痛快呀，仔细想想，人家那是在乎您心疼您，又不知道怎么表达，夫妻久了就是这样，以为自己的想法不用语言对方都能知道。您呢，怎么没好好解释一下？"

黄少松惊异地看着杜米莉，心想，她怎么知道他受了老婆的气呢？今天他和杜米莉没联系过，压根儿就没说他和妻子一夜无言的事。但她的一番话却提醒了他，是呀，妻子怀着身孕呢，深更半夜，一个女人孤单单地等候在城铁口，担心丈夫回来晚坐不上车。如果她没开空调，那么冷的气候里等上五六个小时，不知怎么煎熬的呢！可自己什么话都不说，还觉得委屈，以为奔来跑去撑持一个家受了多少累呢。一个男人，当不了女人的靠山，还算男人吗？当即，他给妻子打电话，刚说了一句，昨晚在车上是不是没开暖气，冻坏了吧？没想到白翎却轻描淡写地说，你是关心你儿子吧，别假惺惺了。

黄少松碰了一鼻子灰，刚涌起来的情绪立马沉寂下来，觉得白翎这个人越来越不可思议。她以前可不是这样子的，怎么会变得这么冲，叫他简直有点儿承受不住，怀孕不应该是理由吧。

黄少松拿这个问题问杜米莉，她笑着只说了一句："看来你真是不懂女人的心。"

杜米莉的这句话，叫黄少松思索了很久。

8

手术室通知，老葛终于被排上手术，时间定在下午三点半。老葛是黄少松的病人，他得负全责。他打电话到手术室，说时间太晚，恐怕做不完，为什么不能下午一上班就开始。手术室护士说，下午上班已经排上一个小手术，完后才能做他的。黄少松没法，他只好早早去做准备。

到老葛手术时，还是出了乱子。主刀医生打开病人腿上的绷带一看，大发雷霆，嫌病人拖得太久，创口糜烂损坏了神经，给正骨带来危险。并且，埋怨黄少松准备工作不足，没领来"尿不湿"，一旦手术时间延长，叫大家尿裤子啊！

黄少松正在给老葛麻醉，没理主刀医生的茬儿。他心里明白，老葛的儿子不懂事，没给主刀医生红包，他在借机发泄呢。就老葛的这种手术，只是司空见惯的小手术，不到一个小时就能搞定，医生裤裆里根本不需要垫"尿不湿"。

可主刀医生不依不饶，要黄少松现在去领"尿不湿"，说他有前列腺炎，不喝水，也得半个小时排次尿。

已经消过毒，出了手术室回来还得重新消毒。黄少松已经给老葛做好麻醉，不想浪费时间，他又不好打发手术室护士去领"尿不湿"。实在找不到人，便打电话到外三科，叫齐妙妙帮他去领。

齐妙妙一听是领"尿不湿"，来了劲，操着北京话非要问领这玩意儿干什么用。黄少松听着就来气，冲她吼道："有完没完？快去领了送到手术室！"

到医院后，还没人冲齐妙妙发这么大火呢，她觉得委屈，磨蹭半天才领上"尿不湿"送到手术室，后来越想越不舒服，便给白翎打通电话，诉说自己的委屈。同时，有意无意地说，有个女人每天下班后开车来接黄少松。

放下电话，白翎的心一点一点往下沉，她不是个依赖性很强的女人，从来没想过要依靠丈夫生活，如果不是为了肚里的孩子，她现在一定在努力工作挣钱养家。依她的性格，怎么甘心享受这种孤独和寂寞？这几个月，她忍受了初孕时强烈的妊娠反应，也说服自己去适应无所事事的日子，心里只有丈夫和肚里的孩子。可丈夫呢，不但不体恤她，反而和别的女人鬼混，她受不了这个打击，当时就冲动地想打电话臭骂黄少松一顿。电话拨了一半，又放下话筒，心想自己这是干什么呢？仅凭齐妙妙的一句话，就对丈夫产生怀疑，这也太没信任感了吧！要是事情不像齐妙妙说的那样，自己不问青红皂白跟丈夫大闹，也太不理智了。第一次，白翎心里对齐妙妙有了不愉快。在齐妙妙和丈夫之间，白翎还是更相信丈夫。

白翎静下心来想，不管发生什么事，还是等黄少松回家再说。可是直到天黑透，黄少松也没发来任何变更信息，白翎还是照例开车去梨园城铁口，等他回来。

进入"四九"的冬天，一反前阵子的温暖和煦，尤其是到晚上，寒风带了刀子似的，刮得不是很张扬，却冷得锥心刺骨。没开暖气的车内不比车外暖和。白翎出来时穿得厚，还专门带了条小毛毯搭在肚子上，她怕冻着孩子。即使这样，她感觉还是越来越冷，冷到快要缩成一团了。城铁口吐出一批又一批人，始终不见黄少松的身影。她一遍又一遍地看表，时间也像是冻住了，走得漫长而艰难。最后实在熬不下去了，白翎打开暖气把车内烘热，又赶紧关掉。就这样关关开开好几次，黄少松也终究没被城铁口吐出来。白翎不停给丈夫发短信，问他什么情况，可黄少松没回一个短信。打电话过去，黄少松关机。白翎开始担心，丈夫是不是出什么事了？这一想，越发忐忑不安，打不通电话，只能发短信，似乎她的短信能把丈夫从某种不祥中解脱出来。一直等到晚上九点半，才等来黄少松的第一个短信：我没事！今天手术严重超时，我刚走出手术室，里面不让开手机。现在又渴又饿，太晚了，时间搁在路上，我就不回家了！

这个短信，使白翎悬吊的心踏实下来，紧接着，她的心里又咯噔一下，酸涩难忍，泪水夺眶而出。难道她在寒夜里等了三个多小时，就是这么个结果？他一句不回来就抛开了所有，对她连一句关切的话都没有，他真的不知道寒夜有多冷吗？白翎默默伤心了好一会儿，怕影响到肚里的胎儿，尽量控制自己的情绪，不去想这三个多小时的漫长等候，而是换种角度替黄少松想，也许丈夫是真的手术累了。以前她经常听他说手术的事，医生进了手术室，担心病毒传染，不能吃不能喝，就在里面硬扛着。碰上得做十几个小时的手术，有些医生护士当场会晕倒。手术结束时，大家都虚脱一般，连裤裆里湿漉漉的"尿不湿"都来不及换，就趴在床上睡着了。

他果真是做手术吗？白翎强迫自己相信丈夫，可齐妙妙在电话里说的那些话，硬蹦出来占据她的大脑。她要等黄少松自己说出来，他和那个女人到底是怎么回事。

黄少松怎么会无缘无故说自己和一个女人有染呢？他不主动说，白翎只好寻机自己问了。

过了几天，有天晚上，白翎突然问道："我怀孕这么久了，你就不想……做那个？"

"想也得憋着啊！"黄少松正在看小说。最近，他经常拣白翎丢得到处都是的小说看，看着看着突然有了兴趣，觉得小说里虚构的生活蛮有意思。他以前除了医学方面的书，别的从不乱看，对小说更没好感。

"真的是硬憋着吗？"白翎紧追不放。

黄少松笑了一声，抬起头，眼神怪怪地望着妻子："很快就不用憋了。你都怀孕四个多月，孩子成形了，我小心点儿不会出什么问题的。"他扔掉书俯下身子摸白翎的肚子，摸着摸着，手又不规矩了。

白翎并不受丈夫的影响，拨开他的手，不经意地说："你就没在外面找女人，做对不起我的事？"

黄少松抬起头，很认真地说："没有。我没这个精力，也没这个能力，更没这个资金！"

他犯了一个不该犯的错误。

白翎愤怒了："黄少松，你完全可以选择沉默，但是你不能对我撒谎！告诉我，那个每天到医院门口去接你的女人，和你是什么关系？"

黄少松心里一惊，不知妻子是从哪儿知道的，本来不是什么事，问题是他当初怕误会，没及时跟白翎说清楚。他慢慢直起身子看着妻子，抱着侥幸心理，还想挣扎一番："白翎你是不是在家小说看太多，也会杜撰了？"

"黄少松，你就骗吧，要不要我拿出你和那个女人的照片，看你还怎么自圆其说！她叫杜米莉吧？"

黄少松呆若木鸡。

9

范克明不知从哪儿钓到条大鱼：一个叫余晓连的肝癌早期病人，要肝移植。换肝需要大把大把的钱，一般人是换不起的。余晓连在山西开有小煤矿，这些年别的都缺，就是不缺钱。

这是个担风险的大手术，范克明不敢马虎，能做这种手术的医院在北京不是太多，考虑到黄少松他们医院能做，叫他尽快联系，把病人稳住。

"没问题，肝移植是我们医院的强项，手术一直是我们科做，最近听说要把我们外三科改成移植科，今后专门做移植手术。近水楼台，我马上去问。"黄少松放下电话，抛下家庭的不快，立即去找主任。

一听是创收大户，主任很爽快，叫马上将病人送来，取样化验，尽快制定方案，联系新的肝源。

余晓连很快住进医院，对他进行全面检查后，发现他是PBC，就是原发性胆汁性肝硬化，血清总胆红素还不太超标，可以进行改良背驮式移植。就是保留受体下腔静脉后壁，将供肝静脉和受体下腔后壁静脉直接吻合，不需要转流、回流通畅，愈合期短，病人恢复得快。在获取新肝源方面，医院与许多机构都有协议，不到一星期，就找到了余晓连配型的新肝。经过六个多小时漫长的手术，才做完余晓连的肝移植。从那刻起，这个煤矿小业主拥有了另外一个人的肝脏。

手术非常成功。余晓连被推进楼道尽头的特护病房，因为范克明他那儿的医院条件差些，得在这里经过一段时间维护，观察调养，如果余晓连的新肝在他的内脏里不出现强烈血液排斥，他就可以正常生活了。

换个肝要三十多万块钱，每年的护理费也得三十来万，这样，范克明抓到余晓连，虽然手术是在别的医院做，但余晓连的一切都是他一手操办，除了新肝脏、手术费用，算下来，他的收益还是非常可观。今年，范克明就不用愁给退休职工发工资了。

还没高兴两天，患白血病的贺宁宁却出事了：贺世经丢下女儿偷偷溜走了。一直联系不到配型的骨髓，手术没法做。最近又忙着给余晓连换肝，把贺宁宁的病搁下了。虽说医院每天只收取二百多元钱医药费，可这么多天下来，贺世经还是扛不住，想想即使联系到配型的骨髓，他拿什么来支付高额的手术费？贺世经越想越悲观，痛哭一场，留下一张便条，兀自走了。他在便条上写道，他不是无情无义的人，只是他实在想不出办法寻钱，家里能借的都借过，村里的人和亲戚见着他媳妇就躲，他给范院长和黄医生叩头了，他知道他们是好人，没脸和他们告别，只把孩子留下，求他们救救她。

从贺宁宁那里要到他们村主任家电话，打过去一问，贺世经根本没回家。就是打通电话找到他，又能怎样？他照样没钱。

病人是黄少松介绍的，虽然他没从中谋到一分钱好处，可他给范克明添了大麻烦。他主动要求承担责任。可这责任怎么承担？贺宁宁换骨髓需要的是钱，不是责任，责任谁都可以承担，钱却不是谁都能拿得出来的。

范克明倒吸口凉气，牙疼似的说："小黄你别自责，当初你也没想到会弄成这样，咱们想想，该怎么办吧。"

黄少松听出范克明的勉强，这种时候他也不能计较什么，人家没一棍子打死你，已经很仁义了。他想了想说："贺宁宁的病不能耽搁，咱们还得尽快联系骨髓，不然，越拖病人越多一分危险。"

范克明看着他说："这么说，你还是有办法的？一个被遗弃的孩子，你说我们拿她怎么办？你知道我医院的状况，有那么多伸出问我要钱的手，就是有心救这孩子，也无力啊！"

黄少松说："我们可以跟媒体联系，把这个事情报道出去，向社会呼吁，看能否从社会上争取一些资金。我相信这个社会上还是好人多，一定会有人同情这孩子的。只要有了捐助资金，我们无论如何也要把贺宁宁救下来。"

这时，杜米莉说道："这事与我也有关系，黄医生的话叫我感动，捐款算上我一份，我手上现金不多，如果从社会上募捐的不够，我就把车押上。"

黄少松心里涌过一股暖流，很奇怪，他和杜米莉交往时间并不长，交往也说不上深，可她总像一股春风，暖暖地拂在他的心间，叫他能产生踏实感，让他坚定信心。他深深地看了她一眼，说了声"谢谢"。

杜米莉嫣然一笑:"谢啥,我孤家寡人一个,没什么拖累,做点好事还能积点德呢。倒是你黄医生,心里千万别压力过重,这种事撞上了,不是谁有意为之。"

范克明不吸凉气了,他说道:"二位的话让我惭愧啊,我私心过重,只想如何给自己的医院交代。刚才还恨那个贺世经,骂他狼心狗肺,连自己女儿都丢下不管。现在,我就不恨他了,他要是有丁点儿办法,还能做这样遭人唾弃的事?都是给逼的。你们放心,我不会坐视不理的,病人在我的医院,大不了把刚挣下换肝的钱补进去,退休职工的工资也可以再缓缓,相信他们知道真相后也不会太逼我。这样吧,咱们分头行动,你们联系京城的各大媒体,寻求救助,我继续去找骨髓。最近网上也反馈不少信息,听说有人和贺宁宁的骨髓配型,我这就去问情况。一旦有合适的,立马手术。"

那一刻,黄少松的眼眶湿润了。与白翎闹矛盾后,他变得比以前脆弱。那天晚上,听到杜米莉的名字从白翎的口中叫出来,他知道,再也不能瞒下去了,不然,他永远都无法说清楚。后来,他还是很认真地告诉白翎,杜米莉是每天开车接送他,但那只是顺路搭载他,从动物园那边开始绕点路送他到西直门地铁口,他们之间绝对清白,什么事都没发生。

"你还要发生什么事?"白翎咬着牙吼道,"在地铁两头,这头是你怀着身孕的老婆开车等着接你,另一头是你的情人开车送你!黄少松,你好福气!你怎么就做得这么坦然!"

黄少松生气了,他和杜米莉不是妻子猜想的那种关系,他凭什么不坦然?

"不是那种关系,为什么一开始就不让我知道?难怪你那段时间老是不回家,我还以为你真的为挣钱养家,结果呢,没见你多拿一分钱回家，也就只有我会相信你……"白翎这样说时，脸上已经湿漉漉一片。

黄少松的头都大了，当初不告诉白翎，是怕她吃醋，他不想引起不必要的麻烦。结果麻烦更大。

白翎听不进去任何解释，那些生编硬造的词听得她心寒，她要相信那些话，从此黄少松更要把她当傻子似的蒙骗！她哭着喊着要黄少松走开，去找那个杜米莉，到她那里快活去。男人都是有自尊的，一个清白的男人怎么能叫妻子这样随意揣测！黄少松赌气几天不回家，也不打电话发短信给妻子。不过，他心里总悬着，不踏实。

贺世经的逃离，无疑给黄少松又是一次沉重打击，原以为把这事弄好，按范克明说的，给他一些提成，他拿着这些钱就可以跟白翎说清楚，他真的没跟她说谎，真的是为挣钱。现在呢，一切都像美丽的肥皂泡，说破就破了，他已经没有证实自己的力量了。好在，还有杜米莉的支持，还有范克明的开通，使他在脆弱中重新挺立起来。

说完贺宁宁的事，三人散后，杜米莉提出送黄少松回家。黄少松沉默了一下，说声不用，却上了她的车，说："我今天不回家。干脆，咱找个地方一起吃顿饭吧，这么久了，一直麻烦你，也没请过你。"

杜米莉没推辞，在路边找个饭店，停车吃饭。

黄少松要了瓶二锅头，杜米莉有点奇怪，问他怎么了，突然要喝酒。他摇摇头，不想说家里发生的事，怕杜米莉难堪。

杜米莉开车不能喝酒，也劝不住黄少松。他一人喝掉半瓶二锅头，虽然没喝高，但舌头有点儿大了。

杜米莉好不容易把黄少松劝上车，要送他回医院。他却不愿回去，说天还早，要在外面转转。

冬天的夜晚来得早，天已经黑透，正是堵车高峰，西三环上到处是晃动的车影和明晃晃的街灯。黄少松看着心里就烦，要杜米莉把车开到僻静点儿的地方，他有话要说。

杜米莉从北京电视台南面的胡同右拐进去，一直往西开，绕过行政学院，到昆玉河边。这里够僻静，除了远大桥上偶尔驶过的车辆，河水结了冰，岸上不见一个行人。

天气太冷，两人坐着没下车。黄少松喷着酒气说："我们认识这么久，你觉得我这个人怎么样？"

"挺好的，各方面都很优秀。只不过在医院没有适当的机会，不然，您早出头了。"

"你真是这样认为？"

"真是。"杜米莉偏过头，看着窗外结冰的昆玉河说，"难道您不记得，我曾说过，您是个可以交往的人。"

黄少松说："你知道我此时想给你说什么吗？"

杜米莉说："知道，您和妻子闹矛盾了，是因为我！"

"你虽然猜得不错，可是，我现在想说的不是这个。"黄少松说，"我要说，你是个好女人，我喜欢你！"

他抓住她的手，想把她拉到自己这边来。

杜米莉推开黄少松的手，平静地说："您要是这样，我真把您看扁了！"

黄少松的手松开了："你不喜欢？那……为什么你要找我？"

"因为您有新的思想，有仁德之心，还因为……我喜欢范克明！不想眼看着他陷入困境拔不出来。"

黄少松的酒一下子醒了，他惊异地看着杜米莉。

"没什么，只是我喜欢他，他并不知道。他是有家室的人。"杜米莉微微一笑，拢拢耳边的头发，那动作优雅娴静，与第一次送黄少松去西直门地铁站时，冲着奥迪车司机喊叫的杜米莉判若两人。

黄少松不知该说什么。

"走吧。"终于，他摇晃着疲惫不堪的脑袋说出两个字。

杜米莉发动车，慢慢地把车开离昆玉河畔。

10

余晓连的肝功能恢复良好，逐渐向好的方向发展。但是，他时常觉得肝部有些不适，这种不适与原来肝脏的疼痛感不一样。随着术后伤口的愈合，他的不适感越来越强烈。

因为是范克明的病人，黄少松特别精心，他时不时去余晓连的特护病房，看他有什么要求。

这天，余晓连对黄少松说："我也说不好是什么情况，好像有点馋酒，但又不是正常的那个馋，身体其他地方也起反应，反正很难受。"

黄少松将余晓连说的情况报告给科主任。主任约专家对余晓连做了检查后分析，可能这个肝的原主人有些身份，不是当官的，也是有钱的老板。他经常喝茅台、五粮液等高档名酒，还爱玩弄女人。他的肝移植过来后，不太适应余晓连的身体，它们在闹别扭。

"只要不是血液出现排斥反应，这种小别扭并不碍事。"专家说，"慢慢会好的，一个人到新地方，还得有个适应过程呢，要允许这个肝有个转换过程。要让肝来适应新的身体，不能叫身体去适应它。"

"总不能为迎合它，天天去喝茅台、五粮液，或者给他找女人玩儿吧。"主任开了个轻松的玩笑。

不是什么大毛病，余晓连紧张的心松弛下来，医生的话让他踏实下来。他需要给新肝一个适应过程，新肝会变得通情达理起来，慢慢就不会再与他的身体闹别扭了。

可是，余晓连的情况不像专家说的那么简单，他有时难受起来痛苦不堪，脸色惨白，满头汗水，牙关紧咬，嘴唇都咬出血来。

黄少松要再给他叫专家会诊，余晓连却摇摇头，咬牙切齿地说："叫他们没用，还不如给我喝口白酒解决问题。"

"你刚换的肝，受不了酒精刺激，千万不能胡来。"

余晓连苦笑道："我就是想胡来，也没条件啊！"

这天晚上，黄少松又不想回家，替别人值班。他在办公室看书，临睡觉前去趟卫生间。从卫生间出来时，黄少松看见一个身影，提线木偶似的倒着往后走着，蹑手蹑脚向余晓连的特护病房走去。在推开余晓连房门的瞬间，走廊的声控灯突然亮了。黄少松看到那个人果然是齐妙妙。

这个齐妙妙，她又不是护士，这么晚去特护病房干什么？现在又不用打扫卫生，她总不该是去串门聊天吧。一想又不对，这么晚了，谁吃饱了撑的找人聊天？不会是余晓连出什么事了吧？他没按紧急呼叫啊！

黄少松替别人值班，得负责任，略犹豫一下，还是跟了过去。正好，他也想找齐妙妙谈谈，问她不好好练习倒走，莫名其妙去打听杜米莉的情况干啥，就是想对白翎负责也得把事情弄清楚，平白无故叫他们夫妻闹一场别扭。这几天事多，他顾不上找齐妙妙，现在是个机会。

病房的门没有插销，黄少松轻轻敲了两下，便推门进去。屋里没开灯，从走廊的灯光里走进黑暗，眼睛一时还不适应。黄少松伸手摁亮屋顶灯，眼前一亮，看到齐妙妙站在余晓连床边举着脱了一半的毛衣。她的裤子已经褪掉，露出两条白白的大腿，正惊恐地回过头看着黄少松。

黄少松的脑子像一个删除了所有程序的电脑，突然间一片空白。

宝贝儿

　　局长叮嘱，事要做得秘密，不能出一点纰漏，不然，别人知道了会借题发挥，到时没法收场。

　　我当然明白，局里的那四个副局长都虎视眈眈地盯着局长，就盼着他能出点啥事，好把位置给他们腾出来呢。我跟局长四年多，对他的一言一行了然于胸，不到万不得已，局长不会这样交代，他对我的处世能力和办事方式向来很放心。这次，能把这么重要的事交给我，就是最好的佐证。我顿感肩负了一项神圣使命，挺起胸膛，目视局长，庄重地点点头，我没有说"绝对不泄露半点秘密，保证完成领导交给的重任"之类的话。我们局长是讲求实效的领导，他注重行动，不喜欢虚假的夸夸其谈。果然，局长对我持重的态度很满意，他拍着我的肩说，你华姐就是觉得你稳重、老练，她对别的人还不放心呢，局里事太多，够我操心的。这事儿你就和你华姐多商量，多听听她的意见。

　　华姐是局长的夫人，五十多岁，都能当我们的妈了，却要和我们这些二三十岁的年轻人划在同一辈，叫她华姐才高兴，中间加个大字都不行。就是这么个爱装嫩的老女人，像慈禧太后似的，替我们局长把握着全局的方向。刚好我们局里没有专职书记，一直由局长兼着，大家干脆把她任命为书记，私下里叫她华书记。

华书记没有人们想象的那么泼悍，看上去端庄大方，说话做事有一定的内涵，像个分管意识形态的思想工作者。局长给我交代任务后，我没想到，给局长去办这件大事的不止我一个，还有老赵。看来，华书记不放心的别人里不包括老赵，我还自作多情地想，自己是独一无二的人呢。老赵是局长的驾驶员，一点也不比我这个秘书逊色，也是局长最信任的一员大将，在我们局里，谁都知道我和老赵是局长的左膀右臂，比那几个副局长都管用。可背地里，大家都把我俩叫成一个狼一个狈。

华书记把我们召集起来开会，重申了这件事的重要性，要求我们（我和老赵）从现在起，放下手头正在干或者准备干的工作，重心全部转移到她儿子大宝的身上，一定要把大宝失去的恋人拽回来。华书记强调，一定要站在恋爱自由的原则上，不能强拉硬拽，得动之以情，晓之以理，叫大宝的恋人心甘情愿地回到大宝身边。华书记要求，咱们要凭实力，要站在双方自愿的高度来看待问题，但得讲求实效，不能走过场，搞形式主义，就是说，无论采取什么方式，一定要这对有情人终成恋人。

你们俩，有没有信心？华书记讲完政策，目光如炬，把我的心点燃了，热血沸腾。我早就把华书记的心理摸透了，她与局长恰恰相反，喜欢当场表态的。于是，我坚定有力地回答：有！

老赵白我一眼，歪着头小声说了个有。

华书记对我们，准确点说是对我的回答还算满意，她走到我身边，亲切地说，华姐就喜欢干脆利落的，行不行，表个态的事嘛，是不是？

她说"是不是"的时候，是拿眼角斜看着老赵的。

这回，老赵不甘落后地大声回答：是！

华书记这下高兴了，走到老赵身边，手一挥，说，好！只要有信心，就没有办不成的事。你们先商量一下，拿个方案出来，咱们再研究一下，该怎么办就怎么办。

局长的儿子大宝今年二十一岁，是大二学生，从他进大学门那天起，就盯上了同级最漂亮的女生燕燕，要和她处朋友。燕燕太清楚她那张漂亮脸蛋的价值，对她而言，这就是资本，实现她人生目标的资本，她才不会轻易和哪个男孩真正谈情说爱，早早地挥霍掉自己的资本呢。所以，她对谁都很热情，对谁都有所保留，她是在这种保留中寻找和等待机会。大宝和燕燕相处了一年多，两人看上去除不像恋人外，什么都像。大宝对燕燕矢志不渝，认定了燕燕是他的恋人，谁也别想把她从他身边夺走。今年开春时，一个周末的下午，学校门口突然冒出一辆奥迪A8，从车里下来一位早已谢顶的男人，大呼小叫地喊着早等在门口的燕燕。燕燕妩媚地一笑，迈着轻盈的步子，众目睽睽之下上了奥迪车去度周末。等大宝得到消息，跑到校门口，奥迪的影子都没看到。他疯了似的打燕燕的手机，已经关机，发短信也不见回，挨到星期一，大宝气呼呼地去质问燕燕，燕燕没有解释，抛下一句，她不属于大宝，想上哪儿和谁在一起是她自己的事，大宝无权干涉。从小顺畅惯了的大宝，哪受过这么严酷的刺激，燕燕飘然的身影刚闪开，他就当场晕倒，被送到校医务室抢救过来。大宝醒来后，目光呆痴，神志有时清醒，有时糊涂，看上去像个神经病。

局长和华书记就一个宝贝儿子，他们看到独生子的样子很伤心，怕儿子在学校看到燕燕再受刺激，听从医生劝告，给大宝请了长假接回来暂时待在家里，以防闪失，华书记不去上班专职做起陪护。按局长的话说，这不是溺爱儿子，而是帮助他。现在最好的办法，就是满足大宝的所有要求，使他平静下来，尽早回校学习。

我和老赵的任务就是叫燕燕回心转意，尽快回到大宝身边。

按华书记的指示，我得和老赵拿出解决的方案。

说实话，我打心眼儿里看不上老赵，他太牛皮，除过局长外，谁都不放在眼里，当他的面，大家叫他赵副局长，可他听不出这里面嘲讽的意思，真以为自己是个副局长似的。当然，他没啥文化，看的书全是凶杀偷情的地摊刊物，说的话全是街头巷尾的小道消息。不过话说回来，他只是个开车的，要求他太高似乎也不切实际。甭看老赵这种水平，可人家一点也看不上我，他年龄比我大，跟局长时间长，在我面前就爱摆老资格，常常在别人面前不屑地说我像个小太监，招之即来挥之即去。做秘书的，不这样行吗！我的行政职务绝对比司机要高，可老赵不把我当回事，动不动指使我干这干那，有时碍于局长面子，我是大人不记小人过，忍了。这回，为了局长的儿子，更得和老赵搞好配合，不然，对不起局长夫妇的信任是小事，要是耽搁了大宝，可不是玩的。

我主动向老赵讨教办法，表面装得像个孙子。老赵拿捏了几下，收起他的臭架子，也不计较我在华书记面前刚争过风头，竟然谦虚地想听听我的意见。

我的意见很简单：去见燕燕。

为了不把事情弄得满城风雨，影响我们局长的面子，同时还要瞒着大宝，华书记指导我们趁大宝睡着时，从他的手机里查到燕燕的手机号码。具体由我来联系，我拨了无数次燕燕的手机，总是占线，看来燕燕的电话可是名副其实的热线。有次好不容易拨通，待我报上姓名，提出想和她见一面，燕燕问我，预约没有？我没想到，要和燕燕见面，还得预约。我忙说，因为不知道该和谁预约，所以才冒昧打扰，请告诉我预约电话，我现在就预约。燕燕略微停顿了一下，拉长声调说，直接和我预约也行，不过我记性差，恐怕记不住你。我说，你定时间吧，到时提醒你，行吧？燕燕勉强接受了我，她考虑好长时间，最后把时间定在星期六，也就是后天上午见面。选择见面地点时，燕燕拒绝饭店、茶苑和咖啡馆，说那都是小姐去的地方，她不能叫别人把她看扁。最后，她问我有没有车，她喜欢在车里跟人见面，那样安静又安全。我认为这样也好，省去很多麻烦。

老赵却愁眉苦脸，说他的车只是奥迪200，这样档次的车，让燕燕看了肯定不以为然，会低看我们一眼。老赵的想法不无道理，大宝是让奥迪A8打败的，说什么我们也得比奥迪A8强呀，不然，大宝欲用什么和人家试比高？

我和老赵把这个想法给华书记说了。华书记赞扬我们心思缜密，把事情想得很细致，她说现在的女孩看重的就是这些，弄辆好车压压她也好，免得她的尾巴翘到天上，搞不明白我们家大宝是啥来头呢。

现在离星期六还有一天时间，到哪儿去弄辆好车呢？华书记说，这有啥难的，找你们局长去，这事得由他来办。

听了这话，老赵的瞳仁一下子亮得像手电筒，他兴奋地照射着华书记说，华姐，我早就想说，我的这车早该换了，咱这局是啥局呀，局长坐这车也不嫌寒碜，每次出去开会，一帮司机在一起，我都抬不起头来。这下，您就给局长下命令，把车换掉，叫咱也跟着出出风头。

华书记说，小赵，话可不能这么说，你们局长那人你们又不是不知道，一身正气，绝不越雷池半步。在他眼里，我算啥呀，哪敢给你们局长下命令？私下你们还任命我当了你们局的书记呢，其实，我冤枉死了，你们局长啥时候把我的话当一回事呀。

别看华书记只是个在家"刷刷筷子洗洗碗"的女流之辈，这智慧这胆识可是一点也不示弱于人，古时有挟天子以令诸侯，她连"挟"都不用，直接"令"了我们局，局里大事小事都得她说了算，就差她在局里的文件上签字了，可她还嫌权力不够，跟我们叫苦呢。

华书记接着说，换不换车，再说吧，咱先顾眼前，你们去找局长，就说我说的，叫他想法借辆车，把这事应付好再说。

换车的事，华书记这关没过，老赵啪地关掉他双眼的电源，目光暗淡地看着我，意思很明了，他已没劲，剩下的事扔给我了。老赵就这德行，一阵一阵的，像个神经不正常的病人。

我去找局长，把华书记的指示一说，局长不高兴，说，这是小赵的主意吧，他想换车也不能瞅这时候呀，这算啥事？不就去见个小丫头片子吗，值得大张旗鼓？弄辆好车，有这个必要吗？

我说，局长你定吧，你怎么说，我就怎么做。

局长沉吟了一下，还是妥协了，对我说，你给老董打个电话，叫他安排辆车。

老董是一家经营公司的总经理，和我们局长过往甚密，只要是局长开口，他有求必应。

我点头准备出去给老董打电话，局长叫住我又说，记住，不要他的驾驶员，还是让小赵开着车去，你们俩一起我放心，不要扩大不必要的范围。还有，这事你一定要多用心，说白了，小赵是你的帮手，他文化低，目光还短浅，你的智商不是他能比的，啥事你都得考虑细点，千万别叫他漏了底。

我在心里感叹，局长水平就是高，别看老赵跟他这么多年，可他还是能清楚地看到老赵存在的问题，局长这样说，我心里很熨帖。

我给老董打通电话，说明我们局长有点私事要找他借辆好车一用，他连个磕都没打，满口答应。到星期六上午约定时间，老董叫人开来他的宝贝——鲜红的"法拉利"跑车。我一看傻眼了，车是好车，可老董给我们出的难题太大了，"法拉利"连驾驶员算上，也只能坐两人，到时接上燕燕，叫她往哪儿坐呀！

我看着老赵，想听听他的高见。老赵却很高兴，坏坏地一笑，说，看我干啥，我是车夫，必须得占个位置，就剩下一个，借你个胆，也不敢抱着人家小丫头坐，干脆，你趴在后备厢里得了。

狗嘴里吐不出来象牙。

我掏出手机，要给老董打电话，叫他换辆车。老赵一把夺过我的手机说，得了吧你，也不看看时间，来得及嘛，咱们是第一次约人家，可不能失约。走吧，到那儿再说，没有过不去的河。

我知道老赵想过把"法拉利"瘾，舍不得换车，再和他纠缠下去，时间不等人。没别的办法，我只好上车。一路上，老赵的劣根性全表现了出来，报仇似的，随心所欲地提速、刹车，左冲右突，尽玩新花样，撞倒了不止一个垃圾筒，反正车又不是他的。我的头也被碰撞了几次，气得真想和老赵吵架，可一想这个非常时期自己担负的重任，只能忍了。

到了约定地点，燕燕还没到。这是我早就想到的，女人嘛，十有八九不守时，喜欢被别人等的感觉，大概能被人等也是一种满足吧。一般女人如此，何况是燕燕这样漂亮而感觉又特好的女孩。老赵把车停靠在学校西门的马路边，下车查看被垃圾筒擦伤的车身，我跟过去一看，红色的车右屁股上蹭了手指长的一条印子，似半开的一张嘴，看上去很无辜。

老赵沾沾自喜地说，嘀，在屁股上搞了一下子，偏右了嘛。

我气不打一处来，说，老赵，太过分了吧，这是借别人的车，咋给人家还呢？

又不是处女，搞破了还给我判强奸罪啊。老赵幸灾乐祸地说，不好还就别还了，咱买下来不就得了。

老赵就是这样，文化不高，胡搅蛮缠的功夫却十分了得，我领教过可不是一次两次。我知道再跟他纠缠下去，今天的正事就别干了。我不再理他，走到一边给燕燕打电话。

电话响了好长时间没有人接，我重拨一遍，又响了好一阵，燕燕才接听，她好像还在睡觉，嗓子沙哑地问我是哪一位。我告诉了她，她想不起来我是谁，问我有啥事？我说前两天和你预约过，今天见面的。她这才哦了一声，抱歉道，瞧这记性，你看这事搞的，约定的时间都过了，不好意思，我昨晚睡得太晚，还没起床呢，要不，你先回去，咱再约时间？

我看着不远处的那辆"法拉利"和老赵，心情糟糕透顶，口气很粗地说，燕小姐，还是今天吧，别再推了，这样下去对大宝不公平，就麻烦你出来一趟，咱们谈谈，拜托了！

燕燕支支吾吾还想推托，我强硬地说，我们今天算是等定你了！

不等她再说话，我摁断电话。可是，我心里一点也不像挂断电话那般干脆，很虚，老想如果她赌气不出来，这不就白等了？过了一阵子，我耐不住性子，又拨通燕燕的电话。这次，她很快接听了，说她已经起床，准备洗漱，叫我耐心等着吧。

我心里这才踏实下来，慢慢走过去，又看到被剐伤的"法拉利"，忍不住替老董难受，珍爱的宝贝被别人不当回事弄成这样，心里肯定不是滋味，可借车的是我们局长，他嘴上不会说什么，只能让这气愤在心里发酵了。

老赵早已回到车上玩弄音响，我怕他再把人家车上的设备弄坏，上车准备和他找点话说，转移他的注意力，让他的手脚好消停消停。我还没开口，老赵先发制人，问我咋搞的，还没联系好，他埋怨我办事不力，白白等了半小时。

我生气，跟这种人在一起，多一句话多一点气。我索性什么也不说，干脆靠在椅背上闭眼不理他。

我们又等了一个小时十七分钟，加上前面的半小时，一共是一小时四十七分，才等来燕燕。

我们都没好脸色。燕燕也是，她瞪着红色的"法拉利"，冷着脸质问我，你们这是干什么，把我当什么人了？借个高档点的车来接我，就以为我会乖乖妥协？

我还没说话，老赵气呼呼地说，凭什么说我们的车是借的？

燕燕确实长得很漂亮，大宝有眼光，可他看走眼了，燕燕不是个一般的女孩，她看了一眼老赵，不屑地说，难道还能是你买的？就你，可能都不知道这种车是用来干什么的，还敢开来显摆。哼，你们别搞错了，我还没低级到用车的档次来判断人的地步！

燕燕的话确实戳到我们的痛处，我被刺得说不出话来。可老赵不管，一见燕燕这份惊人的美，两眼顿时灼灼发光，不和燕燕赌气，也不管车上能不能坐下，一个劲地叫燕燕上车，有啥话上车再说。他殷勤的样子，恨不得把年轻漂亮的燕燕拉上车。

燕燕拒绝上车，我们借来的"法拉利"真的成了摆设。我们只好站在车边谈。我们谈话的内容很明确，事先在电话上说过，所以直奔主题，问燕燕如果和大宝再交往下去，具体有什么条件？

燕燕说，大宝能叫你们来，肯定有准备，你说说看，他能给我什么？

我说，这就够了，看你需要什么？

燕燕不言语，盯着我。

老赵抢着说，你不是本地人，毕业后留在这个城市，安排个好单位，我们都可以办到……

还有呢？

我说，大宝的父母说了，你们今后的生活不用考虑，房子、车，一切生活设施都按你的要求办理，只要能叫大宝快乐，你怎么样都行。

是吗？燕燕冷笑道，一个女人在这么好的条件下，想不心动都难……

老赵说，那是当然，谁不想过好日子才是傻瓜呢。

燕燕说，我看我就是个傻瓜，这么优厚的条件，我可能是享受不到了。你们——去找别人吧。

大宝喜欢的是你，我们如果可以找别人还来这里干什么。我说，燕燕小姐，咱们明人不说暗话，你到底是什么想法？

老赵这才发现，漂亮女人的心思并不像她外表一样叫人一看就舒服，心里颇不高兴，对燕燕说，小丫头，别把话说这么绝，留点余地，这么好的条件，你还要怎样？

燕燕说，我没想怎样，但我也不是你们想象的那样，毕业后为留在大城市，找个好工作，嫁个条件优越的人家，不是！你们不要觉得女人漂亮就势利，以为只要条件合适，就可以买下她，我不是你们拿来讨大宝欢心的物品。你们跟大宝什么关系我不管，但你们不能只想着叫大宝快乐，就置我的快乐于不顾。

泪水从燕燕的眼眶里涌出来，她狠狠地瞪着我和老赵又说道，你们像大宝一样自私，光想着自己，不顾别人的感受。我现在可以明确地告诉你们，我和大宝除了同学关系，什么关系都没有，他要那样，我也没办法，但你们却来怪我，还有脸跑到这里来显摆，有什么呀，不就是一辆破车嘛，少给我来这一套。告诉你们，就凭这点，永远别想叫我和大宝做朋友！

燕燕哭着跑走了。

局长和华书记告诫我们，一定要封锁消息，不能向别人透露半点风声。我当然不会说给别人听，老赵肯定也不会说，一个堂堂的局长，连个黄毛丫头都搞不定，说出去怪丢人的。

大宝还是知道了这个结果。这是迟早的事，大宝总有清醒的时候。燕燕的态度对大宝打击非常大，他脆弱的神经再一次受到刺激，神志不清时，连人都认不明白，动不动还把他妈当成燕燕抱住，怕她跳上奥迪车跟那个光头男人跑了。大宝在医院治了一阵，也不见好转，后来，医生建议送到精神病院，华书记一直认为儿子只是为情所困，被爱情迷了心窍，神经没问题，大骂医生一顿，把儿子接回家依然由自己照料。

大宝正常的时候，他妈不愧被大家任命为华书记，她能抓住时机，循循善诱地做工作，在她的引导启迪下，大宝正常时答应不再想着那个燕燕，等着他妈给他找一个比燕燕更好的女孩。

可是，大宝的神经还是越来越差，有时一旦犯病，连他妈也不认了，疯狂劲一上来，很吓人。原来在医院住着，犯病狂暴时，医生会给他打镇静剂，局势还能控制住，自从回到家里，华书记又不叫给儿子打针，她从全国各地搜索来信息，最后汇总出一条：那种针越打越严重，最好的办法是顺其自然，尽量满足病人的愿望，使他的心理始终保持一种平和状态，这样，病人才能向着良好的方向发展。

形势非常严峻，华书记再次召集我们开会，研究防范措施。这次，除过我和老赵外，局长也在召集之列，他阴着脸，一言不发，狠劲地抽着烟，听华书记做大宝的综合情况报告。说到后来，华书记咬着牙强调，要不惜一切代价，满足她儿子的欲望时，我发现，局长闭上了眼睛。这表明，局长默认了华书记的态度。

会后，局长还给我单独谈了话，叮咛我要理解华姐，作为一个深爱儿子的母亲，她是非常不幸的，但正因其对儿子的爱，才为此不顾一切。局长要我今后多支持华书记的工作。我意会局长的意思，大宝毕竟是个精神上受创伤的病人，一旦发作起来，他的思维将有可能极其荒诞，也就是说有可能会有一些太出格的想法，这时候，以局长的身份是不便出面，就由华书记牵头具体负责，我和老赵听华书记的调遣。

华书记给我和老赵安排的第一个行动，就很棘手。

大宝突然想起，要砸烂经常去学校门口接燕燕的那辆奥迪车。他不想看到奥迪车耀武扬威地停在学校门口，更不想让燕燕坐进去，就算燕燕要跟那个光头男人走，也不能走得顺顺利利，通通畅畅。

叫她走路，坐公共汽车也可以。大宝歪着头对他妈说。

华书记抚摸着大宝的头，流着泪说，大宝的这个想法多好，多单纯，真是个孩子的想法。

我们觉得也是，可要砸掉那辆奥迪车，却不是件容易的事。我们的心都悬了起来。

华书记见我和老赵面有难色，心平气和地说，我也没有叫你们非得去砸那辆车，违法乱纪的事绝对不能干，你们局长也不会同意的。就不能想想别的办法，比如，咱们找一辆车砸，找要报废的旧车，不就把问题解决了！

这个招高，华书记不愧是华书记，有胆识还有谋略，一句话就叫我们把悬着的心放回肚子里。她要我和老赵考虑一下，尽快行动，大宝可拖不起。

到哪儿去找辆旧奥迪供我们来砸？我首先想到回收站，那里肯定有报废的奥迪。老赵说他早就想到了回收站，只是他没说，没说的原因很简单，能到回收站的车，不是出了车祸面目全非，就是实在开不动了，不然，怎么会报废？

我们就是找一辆报废的才能砸，要不是报废的车，谁敢砸呀？

老赵哼了一声道，说你笨，还不承认，你咋不想想，大宝到哪儿砸车去，他能到回收站去砸呀？

说的也是，大宝神经是出了问题，可还没傻到弱智的地步，不然，他也不会想到要砸燕燕乘过的奥迪车了。

华书记等不及，追问我们商量的方案。我把这个情况一说，她也有些犯愁了。

那怎么办？总不能找个吊车，把报废的车吊到马路上吧，那样动静太大，不符合局长严守秘密的原则。

就没有更好的法子了？华书记不高兴地看着我和老赵问。

从她的眼神里，我看出了另外一层意思。

关键时候，老赵顶了上去，他说他有个不太成熟的想法，不知该说不该说。

华书记脸一吊，都啥时候了，还卖起关子来了，快说。

老赵蓄谋已久地说，实在没有更好的办法，就把我的这辆车砸掉好了。

我和华书记都吃了一惊。老赵胆子也太大了，想换个好车，也不能这么损呀，他的这辆车虽说型号差了点，但车况、性能一点都不差，仅仅为开个更好的车，面子上过得去，竟借机使出这么个毒招，不像话嘛。

老赵，你这是想的什么招？我抓住了老赵的话柄，指责道，亏你说得出来，这车虽说是你开着，可它是局长乘坐的专车。车砸了，局长怎么办？这种想法不能有……

我看小赵说的切实可行。华书记打断我说，这也是唯一解决难题的办法，动静小，又方便，符合你们局长的政策。

可是……这车砸坏了，怎么给管理处交代？

华书记说，这是另外一个难题，怎么解决，想必小赵已经想好了吧。小赵，你说说看。

老赵说，这是我最犯头疼的，姚秘书说我想换车，这不假，我一直有这个心，可是，眼下碰上大宝这个问题，实在没有别的法子可想，咱总不能把砸烂的车给管理处吧？华姐，我考虑着，要不，就报丢失，你看怎么样？

这个……华书记为难地说，这么大的车说丢就丢，责任负起来可就……

老赵说，我早想好了，责任我负，也只有我负，别人顶不了。华姐，这没什么，只要能让大宝高兴，早点康复，我负个丢车的责任怕啥！

小赵，华书记动情地叫了一声，道，叫我说什么好呢？唉，摊上大宝这事，把你小赵也给牵涉进来了，我这心里……真过意不去。

老赵说，华姐，你这话我不爱听，见外了不是。你华姐和局长平时是怎么待我的，孰轻孰重，咱心里得有杆秤呀，姚秘书，你说是不是？

我赶紧说是，心里头骂老赵真会做事，丢掉公家的车，最多挨个批评，连个毛都掉不了，可他的做法，却一举两得，既达到了换车的目的，又讨好了局长一家人。这个老赵行，甭看平时说话不着天不着地的，关键时候，还是棋高一筹，比我强啊。

开始要实施行动时，老赵又说，要让大宝相信砸掉的是那个光头男人的车，还得找两个替身，一个扮演那个光头男人，一个扮演燕燕。

这个想法又得到了华书记的高度赞扬，她吩咐老赵，这场戏就由他来任总导演，找什么人怎么干都由他说了算。

老赵一副小人得志的样子，安排我陪大宝砸车，他扮演光头男人，至于燕燕，老赵说叫他老婆来顶替，这样既缩小了范围，又能人尽其才。我在心里骂道，狗屁人尽其才，呸，你老赵那点心思一看就知道，还不是上次见人家燕燕长得漂亮，心理失衡，才拿你的黄脸婆老婆扮演一回燕燕，过干瘾呢。

　　怎么说呢，虽然我们事前把该考虑的都考虑到了，到临场发挥时，还是差点出错，使得这出砸车戏演得有些惊险。

　　为遮人耳目，当时，老赵把砸车场地选择在一个僻静的小胡同里，那里过往的行人少，不会引起注意，也不会招来警察。时间选在午休时间，这么热的天，除了知了不要命地嘶叫外，小胡同里连个鬼影子都看不到。我和华书记陪大宝打出租车到指定地点，老赵剃个光头，已经把他的那辆奥迪车开过来停好，正和他的黄脸婆老婆在车里假装亲热呢。待出租车一走，我对老赵两口子大喊一声，燕燕你们别走。喊毕，我和大宝冲上去。老赵拉着老婆从车里跳出来，仓皇逃走。

　　说句实话，老赵老婆年龄与燕燕相差太大，那身材根本就不是一个档次，从背影上都能看出两者之间巨大的差距来。我担心大宝盯着"燕燕"的身影会看出破绽，冲在前面挡住他的视线。大宝果然只盯着老赵老婆这个"燕燕"，边追边喊，早已忘记他是来砸车的，急得华书记在后面"宝贝，宝贝"喊个不停，大宝早已听不到这些，他的眼睛里只有前面奔跑起来扭捏得厉害的"燕燕"。

　　事情眼看要败露，如果大宝看清前面的"燕燕"，不是他心爱的那个燕燕，他肯定会受到更大的刺激，华书记大概也清楚这点，在后面连声喊叫起来，快拦住他，快拦住他！

　　在这关键时刻，只有我才能拦截住大宝。避开车，我扑过身来去追大宝。可能是我当时太心急，手上的劲也把握得不好，没想到竟然把大宝推倒，摔了个嘴啃泥。我和赶上来的华书记扶起大宝一看，他满嘴是血，可他眼睛依然盯着前方，喊叫燕燕，从他嘴里喷出的"燕燕"两个字，都是带着血沫的。

华书记心疼得眼泪奔了出来，她抱着儿子，瞪了我一眼，低声吼道，还不去砸！

我醒悟过来，捡起老赵早扔在车跟前的棍子，狠狠向沉默的奥迪车砸去，奥迪车发出一连串破碎的声音。我的举动吸引了大宝，老赵和他老婆早跑得没影，大宝看不到燕燕更加生气，抓起另外一根棍子，和我一起狠劲砸车。

那个夏天的中午，我再一次领略了老赵的心计。他把轻松的活留给自己，把最重最难弄的事交给了我。要知道，用棍子砸车，砸的还是钢铁奥迪车，一点都不轻松，至少那掌心受到的震动和挤压就够人受的。我的手震麻木了，还得和大宝一样，做出一副砸得很解恨很满足的样子来，叫大宝满意。

至于那辆被砸坏的奥迪车怎么处理，就不是我考虑的事了。反正，老赵早已去掉了车牌，谁也没法证明那车是我们单位的。

老赵是很聪明，可都是小聪明，他把问题想得太简单。"丢掉"一辆车，还是主要领导的车，不是个小事，一位主管保卫的副局长要报案，非得查个水落石出不可。局长倒很冷静，报案是正常的，不报才不正常，可报了案，没有个一年半载，不可能有一点头绪，再说了，那么多无头女尸案、谋杀亲夫案都没查清，丢辆车咋了，不说报案了就能找到那辆车，就算是找到了，那车也未必还能用。听明白局长的意思，副局长不吭气了。但眼前的事不能不办，局长总不能没车坐呀。局长办公会研究给老赵处分的同时，也研究了给局长换辆新车，就换奥迪A8，没啥大不了的。可附带有个条件，把几位副局长的车同时也换成奥迪A8。

局长没说二话，车买来后，主管管理处的张副局长却提出，为了局长的安全，不能叫老赵再担任局长的司机，他幸亏丢掉的是车，如果哪天把局长丢掉了怎么办？张副局长早就看不惯老赵的嚣张样了，一个破司机，居然还被人叫成副局长，有时还答应，成何体统嘛，他想借这次机会拿掉老赵。

这给局长出了个难题，在会上他又不好替老赵说话，一个司机把车都弄丢了，犯的错误可不算小，怎么还能站出来替他辩护，说他好呢！可"丢车"的事老赵太知根知底，万一他哪天心气不顺，给抖搂出来，局长不就完蛋了？

连我都替局长捏着这把汗呢。

可局长就是局长，不佩服他不行。新车买回来后，局长始终不提要老赵的事，管理处新换个驾驶员，局长没有异议。有天，局长出去办事，回来的高速路上，他想试试新车的性能，新驾驶员让给局长开。局长有开车的爱好，技术还不错，他把速提得很快，几下到了一百二十迈，局长赞扬车好的同时，突然踩刹车，却失灵了，怎么踩都不起作用，吓得新驾驶员慌了手脚，大喊大叫，局长也出了一头的汗，他叫新驾驶员冷静，新驾驶员冷静不下来。快到收费站时，车速减了下来，刹车突然又好了。回到局里后，局长给管理处长说，这个新驾驶员缺乏经验，遇事不冷静，他只做了个小实验，就看出新驾驶员心理素质不行，他还是觉得老赵老成，老司机嘛，用着顺手，他也放心。管理处长把局长的意思给主管的张副局长汇报，张副局长还在犹豫，老赵主动要求交一万块钱丢车的罚款。张副局长一看老赵这次的态度蛮好，收了老赵的罚款，把他依旧派给了局长。

后来，我才得知，老赵的那一万块钱罚款，是局长出的。

砸车的事到这里终于结束。老赵费了些周折，还是如愿开上了奥迪A8。可大宝的病一点也不如我们所愿，没有好转的迹象，有时候他看上去像又受了刺激一样，比之前还要严重。我心里暗暗叫苦，不知大宝这样下去，他又会想出啥新花样瞎闹腾呢。

果然，大宝那不同寻常的脑袋里又开始有新想法了，说燕燕是奔着钱财和那个光头男人好的，他要抢光那个男人的钱财。那个光头男人没钱了，燕燕肯定会回到他身边。以大宝现在的智力，肯定想不出这一招来，那是他闲待在家，看电视受到的启发。电视上播放的暴力画面，给不同层次的观众提供了不同层次的犯罪模式，被大家学习模仿，大宝也不例外，像正常人一样接受这样的启发，并联想出用这种方式报复，从这点来说，大宝的思维一点也不比正常人的差。

抢劫这事不同于一般，弄不好会触犯法律。刚好局长这几天去外地开会，在家掌舵的华书记愁眉苦脸。我更是诚惶诚恐，生怕华书记会把希望的目光落在我身上，让我挑这个重担。连一向牛皮哄哄的老赵，这时也谦虚起来，不给华书记出谋划策出风头了。

大宝是个急性子，好不容易想出这一招来，就更急着去实践，如果不是华书记日夜看守，想必他早就化智慧为力量，自己动手去抢了。这么危险的事，华书记绝对不会叫宝贝儿子独自去冒险的。我和老赵绞尽脑汁，都没想出安全可行的办法。在儿子的一再纠缠下，无计可施的华书记急得上了火，嘴唇两边起了不少水泡。大宝在家里简直闹翻了天。没办法，华书记给局长打电话求救。局长听了非常生气，他不在家几天，就有这么多的事，还是不好处理的难事，他在电话里本来想给华书记发一通火的，没想到，他的火还没烧起来，倒把华书记的火给点旺了，当着我和老赵的面，她冲局长噼里啪啦烧了一通，倒把局长烧得没一点脾气，最后，她气急败坏地把电话给摔了。大约过了有十分钟，局长又把电话打了回来，竟心平气和地说，他想到一个办法，不知行不行。一听有办法，华书记不计前嫌，催局长快说。局长说，沿用上次的办法，还得假戏假做，不过，这次得玩聪明点，不能出一点纰漏，干脆扮成拍电视剧的剧组，既能遮人耳目，不用担心犯法，又能帮儿子了却心愿。

这真是个绝顶聪明的办法，只有我们局长这样大智慧的人，才想得出来。华书记都不行，更别说我和老赵了，我们合计了三天，局长十分钟就搞定，不服不行。我和老赵高兴得有点得意忘形，在旁边高度赞扬局长时，华书记用手势制止住手舞足蹈的我们，冷静地对局长说，你的办法绝对是最好的办法，可你想过没有，如果实施起来，难度非常大。

局长说，你等我把话说完，既然我能这么说，肯定想好了。是这样，前阵子有个剧组找我们局拉赞助，我问要多少钱，他们说没有固定的限度，多了有多的好处，二百万可以定剧里的二号或者三号角色由谁出演，三百万直接可以由投资方的小姨子——老婆家人出演一个三号角色，五百万呢，可以演二号，还是女二号，想让谁上就让谁上，如果嫌戏份儿少，还可以叫编剧加些戏。当然，若是舍得出更多的钱，男女一号都可以演……

听起来悬。华书记打断局长的话说，要花这么多的钱，会有后遗症的。

局长说，我都想好了，不搞那么大，什么一号二号的，咱没那兴趣，咱们只借他们剧组的设备和人员，用一次就够了，最多一个小时，需要多少钱，可以谈嘛。这个钱你不用管，我来解决，不会留后遗症的，想掏这笔钱的人多了。我马上打电话，叫他们具体和小姚联系。记住，你告诉小姚，千万不要给他们说这样做的目的，只说是为过过戏瘾，玩玩拍戏罢了。

我找出那个剧组制片人的电话，还没和他联系呢，上次借给我们红色"法拉利"的那个董总，给我打电话来，问我在哪儿签合同，用什么方式付款。我马上跟那个姓尤的制片人联系，把要合作的事给他一说，他高兴得快疯了，当即要赶过来见我。

华书记暗示我说，先谈谈价格。

我遵照华书记的指示，和尤制片人谈价钱。他在电话里不说，一定要见面再谈。我不想掺和钱的事，就把董总的电话告诉他，叫他直接和老董谈，反正钱得他出，他们当面交涉，我这个中间人就省了吧。

华书记同意我的做法。只是老赵有点不乐意，他说咱还是盯着点好，免得他们中间多出别的交易，我们不知底……华书记大手一挥，制止老赵，她说多一事不如少一事，钱财的事咱们最好少沾手，免得留下后遗症。我们还是专心操作这件大事吧，别移情他恋，把中心工作搁置一边，去操旁人的心！

大宝还心急火燎地等着呢，事不宜迟，华书记带领我和老赵，全身心地投入到抢劫工作的筹备之中。

因为要掌握剧组的动态，和他们协调这场戏怎么拍，这几天我的手机快打爆了，可惜季节不对，要是冬天，我的手机都能用来暖手了。

这次给大宝安排抢劫，虽然华书记没有明确叫谁负责，但局长叫我联系协调剧组，老赵看着我不停地接听电话，心里很不舒服，脸上表现得一清二楚，他还动不动偷偷问我，到底给了剧组多少钱。我说不知道。我真不知道，也没有问过董总。我刚当秘书时，办公室主任就对我说过，不该问的不问，不该说的不说，不该知道的当然不能知道。老赵不相信我的话，认为我卖关子，故意不给他说，为此，老赵和我生了好几次气，弄得我心情有时很不好。

剧组按我们的要求，租了一个楼房，挂上燕燕那个光头男人公司的牌子，算是弄好了场景。正式开演前，在挑选扮演那个男人的演员问题上，差点犯大错误。我们谁都没真正见过那个光头男人，只听说他头顶没头发，是个光头，剧组想当然地选了个最帅的小白脸充当，只把头顶的头发剃掉充当光头，我们去看时，华书记很不满意。我想这个小白脸除头顶没毛外，大概长得太英俊，他演那个光头，不正好说明人家和燕燕是郎才女貌，顺理成章嘛，我们的大宝不就成了癞蛤蟆想吃天鹅肉，不自量力了？那个光头长得肯定不如大宝，只是人家有钱，有吸引女孩的条件和本领。得实事求是，实地去查看光头，必须选一个和他相似，或者化过妆后也能有些形似的人，不然，仅凭一个什么人剃光头都可以演那个光头，让大宝认定是夺走燕燕的人，也太小看大宝了。大宝对燕燕用情至深，对自己的情敌，肯定恨之入骨，他岂会对情敌的形象太过模糊？要是叫他一眼识破这是一场戏，可就麻烦大了。

　　我陪尤制片人装成一般的客人，到那个光头的公司去查看。真是不见不知道，一见吓一跳，那个男人头上确实精光锃亮，前额上的青筋暴跳，看上去像和一无所有的脑门作对似的，精神得像俄罗斯总统普京，在男人堆里够扎眼的。说句实话，光头除过年龄稍微大点外，精神气质方面都比大宝略胜一筹。我没敢把真实情况向华书记汇报，只要求尤制片人，一定要按原型，弄出个一点都不差的光头来。尤制片人一脸苦色地对我说，不就是玩玩嘛，你要求太高了吧，一点都不差，除非叫他妈重新生一个出来，就这还保证不了像呢，再说，这也来不及呀。

　　我知道把话说绝对了，叫尤制片尽量吧，不管想什么法，得弄得像吧，形似是必要的，不然，哪来的特型演员。尤制片又叫起苦来，说找光头这种"特型演员"，出场费肯定很高，恐怕把董总给的那点钱全搭上也不够。

我一听生气了，说你要不干，我们另找人，现在别的不好找，你们这样的剧组可多的是。

尤制片人软了，搂着我的肩膀，称兄道弟地要拉我去泡澡，还说有个很安全的地方，刚从成都新来一批小姐，叫我去感受感受。

我不心动是假的，但我的大脑还算清醒，现在肩负的重任不允许我胡来，再说，我也不屑跟这种人鬼混，他们说的话没几句是真的。我还是一心一意把大宝的事办好才对，局长家的事才是大事！

一切准备妥当，我们在赶往目的地的路上，看着车窗外面的人流和楼群，我突然想起一件至关重要的事来，喊老赵停车。老赵非要问个理由才停车，我又不能当着大宝说出真相，便把耳朵凑过去对老赵小声说，坏了。

老赵不高兴地说，坏什么了，说清楚点。

摄像机不能架在现场……

就你事多，不架在那里，算拍哪门子的电视剧？

我往后座看了看，见大宝没注意我们，才对老赵说，你怎么就不明白？这对大宝可不是演戏，他是玩真的，要看到摄像机，那不得穿帮？

老赵一脚踩住刹车，我没防备，一头撞到挡风玻璃上。老赵埋怨我嘴上没毛，办事不牢，这早就应该考虑到，现在才想起，这要是到了现场，不就白干了吗，那几十万（这是老赵瞎猜出来的数目）不就打了水漂？

我没理老赵，跳下车赶紧给尤制片人打电话，叫他把摄像机搬到车上，千万不要叫我们看见。尤制片人又讲了一大堆这样那样拍摄取景的合理性，我懒得听，告诉他一切按我说的做，别的屁少放，我们快到了。

我们到指定地点时，看到尤制片人按我说的做了，摄像机被隐匿起来，可却围了不少过路的行人，还来了几个警察在维持秩序呢。

我傻眼了。这可怎么办？我一看到有这么多人，心里就发慌，别说还有警察在里面，万一露馅了怎么办？这千算万算，还是没算到现实的情况。华书记在家里坐镇，没有来现场，我给谁汇报去？

老赵看出了我的心思，脸一横，冲我道，还愣什么，箭在弦上，收不回了，说不定在大宝眼里，这更像真的呢，动手吧。

也只能这样了。我和大宝、老赵给头上套好丝袜，手里提着砍刀，跳下车向楼上冲去。

楼上的演员都安排到位，我们按既定计划冲进去，没费吹灰之力，将燕燕的那个"光头"逼到墙角，大宝给了他一拳，还想继续打，被我死死拖住。要是大宝把这个假光头打坏了，问题就搞大了，我拖住大宝叫他直奔主题。我们三人抢走了光头的全部"钱票"。

我们背着装钱的包，挥舞着刀从楼里冲出来时，发现那几个警察很敬业，给我们从拥挤的人群中间隔开了一条通道，使我们顺利冲出人群，匆忙上车，撤离现场。

这次"抢劫"行动圆满结束。大宝看上去挺兴奋，一个人躺在后座上，一边摆弄抢来的钱，一边喊着燕燕，亲吻怀里的钱，好像这些钱就是燕燕的化身，他抢走光头的钱，也就抢回了燕燕。大宝又是抱又是亲的，一个人自娱自乐，如入无人之境，把我和老赵当成了瞎子、聋子，甚至木乃伊。

如果不是尤制片人又生事端，胜利完成任务的我们情绪还是很不错的。

可尤制片人又给我打电话，提出要给那些群众演员付劳务费。这是为增加现场气氛，他临时安排的，属于额外开支，得另付。

这个王八蛋！我气得不知怎么骂他才好。这时，华书记把电话打到老赵手机上，质问我为什么手机一直占着线，她要知道这面的消息。老赵把手机递给我，我给华书记简单说了一下这面的情况，想解释一下我手机占线原因。因为大宝就在车上，我又不能说得太明白，华书记云里雾里听了一阵，还算听明白了，问我他们要多少钱。我两只手握着两部手机，像双枪老太婆似的，两手轮换着接听、转告。

尤制片人说，共两百多名群众演员，就按两百人算，一个人二十块钱，给四千吧。

哪有两百人？加上那几个维持秩序的警察，也不会超过五十人。我在电话里和尤制片人争吵起来，华书记在老赵的手机里听到了，喊我接听。我听她说，四千就四千吧，给他，不要再喊叫了。

我气呼呼地转告尤制片人，并恶狠狠地提醒他，付劳务费时，别把那几个警察拉下。摁断电话，我心里一点都不痛快，骂了声王八蛋。老赵没在这事上参与到金钱，心里正不舒服，这时一个劲说风凉话，说什么群众演员一般都是十块钱，那五六十个人，全是过路围观看热闹的行人，根本不是那个狗屁制片人叫来的群众演员。他嫌我没揭穿那个狗屁制片人，让人家把我们当傻子敲诈了一次，他说回去后要把这个情况汇报给华书记，不能白白扔掉四千块钱。

如果不是担心大宝听明白，我非得扑上去掐老赵的脖子。

抢劫的事只过去几天，大宝的兴奋劲一消而散，情绪又不对劲了。把光头的钱抢来了，实际上燕燕还是没回到他身边。大宝明白这个道理后，一个人整天窝在沙发上，不吃不喝，瞪着痴呆的眼睛发呆，一句话不说，华书记给他说话，他理都不理。大宝这个样子，华书记反倒害怕了，担心儿子沉默的背后将是更大更猛烈的爆发，她诚惶诚恐，不知该怎么办才好。果然，大宝安静了没多久，突然傻呵呵地笑起来，脸上是一副没人能琢磨得透的表情，不知是高兴还是悲伤。

大宝这次要玩的招数是要强奸燕燕。上次砸车和抢劫使他明白了一个道理：他得不到的，可以破坏。

光天化日之下，强奸的性质比砸车和抢劫要严重得多，而且这事可不能像前两次那样虚晃一招，就可以把大宝蒙骗过去。我本来还想说几句劝阻的话，可华书记给我和老赵开会时表情极其沉痛地说，怎么办呢，倒霉事叫咱摊上了，大家理解万岁吧。

这就是说，华书记已经认可了儿子的想法，打算给儿子安排一次强奸活动了。我这个时候劝阻，不但来不及，还有可能让她怀疑我的忠诚度，免不了得挨她一顿训。上次砸车的事，我的表现已经叫她对我有了看法，这次抢劫又多损失了四千块钱，虽说表面上华书记没表现出太多的不满来，但难说她心里对我不能没有一点芥蒂。所以，我决定还是不吭声为好。

华书记盯着我说，说说看，怎么办？咱们合计合计。

这事难度系数比较大。我说，闹不好会把事情搞大，局长曾要求我们……

现在叫你说这事该怎么办，没叫你考虑局长的要求。华书记不高兴了。

老赵有点幸灾乐祸地说，是呀，这事要是没难度，还要咱们干啥？要我说，还得导演一场假戏才能解决这个问题。

是呀是呀，华书记说，哪敢动真格，别说强奸那个女孩，就是对她稍有不慎，都有可能引来负面影响，犯错误的事咱绝不干。不过，要按我的真实想法，恨不得叫大宝把那个女孩强奸了才好呢，她把大宝害成现在这个样子，想想就来气。

既然还是演戏，不用动真格的，那就不存在心理压力，我心里踏实了，认认真真地想起主意。我说，到宾馆、歌厅找个小姐充当燕燕，多给几个钱，问题不就解决了吗。

我的话音刚落，立马得到华书记的强烈反对，她严厉地对我说，亏你说得出口，找那样的女人，不是引导大宝学坏吗？再说了，她们什么男人都能上，有没有那种脏病，会不会传染给大宝，你想过没有，啊？

我嘟囔道，这不是在做戏嘛，又不是动真格……

别再说了，就是做戏，我们也不能把档次降低到那种程度，强奸小姐，大宝丢不起那份儿！华书记气愤地说。

老赵忙打圆场，叫了几声华姐，说，这不是在商量嘛，华姐你别生气，姚秘书的想法是有点问题，这节骨眼儿上，大家都急，一急啥招想不出来呀。

小赵，那你说，该怎么办？

老赵说，局长要求我们不能扩大范围，不能泄露半点风声，咱们还是从内部人身上想办法才对。

总不能还叫你老婆扮演燕燕吧？我这样质问，不是没有道理，老赵他老婆扮演了一次燕燕嫌不过瘾，还想再来一次。可这次得和大宝面对面接触，老赵的黄脸婆就是化最浓的妆，恐怕也会露馅！

华书记可能和我的想法一样，她有点紧张地盯着老赵，生怕老赵说出他老婆似的。我看着有点可笑，替老赵打圆场。刚才他还替我打过一回呢。可能老赵的心里还有更合适的人选。我说。

老赵一笑，说，谁说这次叫我老婆出场啊，我说了吗？我再弱智，也不能拿这事开玩笑，是吧。再说，我老婆，那年龄，哪能蒙得过大宝啊。

那你说说，谁合适？华书记脸上的表情更加复杂，提高声调说，总不会让我出马，扮演那个燕燕，给我儿子强奸吧，啊？

瞧华姐这话说的，这么没道德的事我怎么想得出来。老赵稳住急躁的华书记，意味深长地看了我一眼，不紧不慢地说，这次呢，只好有劳姚秘书的女朋友出马了。

我大吃一惊，没想到老赵这次会算计到我女朋友头上，他真够恶毒的，明知道我连婚都还没结，女朋友还是个待嫁的姑娘呢，他竟然会把魔爪伸向她。这老赵真不是东西，不受伤害的事，就叫他老婆上，我记得当时他还提出，他老婆连身好衣服都没有，怕露馅，华书记还掏钱给老赵的老婆买了一身高档衣服。这回，轮到强奸这种实质性问题，他就想到了我女朋友。真是人不可貌相，原来老赵比我知道的还要坏几分，怪不得呢，他老婆到现在不能生育，都是他肚子里坏水太多的报应。

我咬着牙在心里大骂老赵祖宗八代时，老赵脸上眯眯笑着，一个劲逼我表态呢。他说，论身材，姚秘书的女朋友和燕燕胖瘦差不多，只不过那个燕燕略微高挑点，姚秘书的女朋友个子低点，没关系，到时叫她穿双超高跟鞋，能弥补这点差距；论年龄，她也合适，只比燕燕略微大几岁，不过也看不出，不太明显，化化妆，能掩盖过去。最后一点，我想也是最重要的，姚秘书的女朋友也算是我们范围内的人，符合局长不扩大影响的指导方针。姚秘书，你觉得呢？还有什么要补充的吗？

华书记在场，我不能骂老赵，又不能直截了当地拒绝，只好说，这事还得和琼琼商量一下，才能答复。

琼琼就是我的女朋友贾琼，她的名字不太口语化，我一般都简称叫她琼琼，虽说还是两个字，基本上没简称，但叫起来亲切，又顺口。

华书记显然不高兴了，她冷着个脸说，小姚，你怎么回事，都到火烧眉毛了，你还推三阻四。商量什么？要是不想叫你女朋友帮这个忙，明说好了！咱们只是在这儿商量办法，我又没拿刀子逼迫你。

不是不是！我连忙解释，华姐，你千万别这么想，大宝的事就是我的事，哪有什么帮忙不帮忙的说法。只是，琼琼她个性太强，我事先不给她打个招呼，就应承下来，怕她到时候……

怕她什么？华书记这次真动气了，她严厉道，小姚，我明确告诉你，不过是叫你女朋友帮忙演个戏，又不是真强奸她，你有什么顾虑？小姚，你太叫我失望了，我和你们局长一直不拿你当外人，有啥事也从来不瞒你，可你呢？又把我和你们局长当什么了？不是我说你，你压根儿就没把我们当一回事，尤其在大宝的事上，你比小赵差多了，想不出个好法子，每次都推托来推托去的，太不把正经事当事，老担心我们把事情弄到你身上。小姚啊小姚，你摸着胸口想想，我们平时待你不薄吧？可现在想要你帮点忙怎么就这么难呢？难道现在的人光为自己着想，真的连良心都可以不讲吗？说句不好听的，当初你们局长选你做他的秘书，不知是出于什么心理！

华姐！我……我……没说不答应啊，您别生气，我这就定下来，叫琼琼充当燕燕。咱们商量下一步的行动方案吧。

话说到这份儿上，我才意识到问题的严重性，华书记把话都说到这个份儿上了，我还不赶紧表态，在局里我的今后将不堪设想，当不当局长的秘书倒在其次，主要是我能不能在这个局里生存下去。说句实话，像我这样中文系毕业的大学生，连个材料都不会写，在机关待着，按老赵的话说，也只能当个小太监，干些侍候领导的活，别的啥都干不了。我的生存能力有限，不能失去这个饭碗啊。

华书记见我态度逐渐明朗，才换了副面孔，收起她的愤怒，语气缓和地说，我这也是气急了，话才这么说的，以前，你们哪见过我这么没涵养！唉，都是大宝给闹的，你们应该懂得可怜天下父母心啊，不是为了子女，就算有精力，谁愿意这么折腾呀？小姚，你千万别把我刚才的话往心里去，华姐对你怎么样，你心里该有数，咱们是好姐弟，得互相帮衬着，你说是不是？

是，是，太是了！说句实话，我虽然是局长的秘书，但主要是为华书记服务。她爱摆谱，走哪儿都要带个跟班儿，参加同学聚会，老友重逢，后面有个跟班儿，感觉都不一样。以前，她总带老赵，后来发现给人介绍时，司机这个身份太落后，也不太上档次，就改带我这个秘书了。不过，华书记对我很关照，几次局里的派系斗争都莫名其妙地把我卷了进去，都是华书记帮我说话，把我解脱出来的。不说我的工作性质，单凭良心，我为局长家赴汤蹈火，都无怨无悔。可要我的女朋友掺和进来，事先也不征求她的意见就擅自答应下来，而且还是这种不太光彩的事情，她要是不同意，我怎么办？

带着这个问题，我心事重重地打车到琼琼家楼下，打电话叫她下来。一见她无辜的样子，我不忍心，把要说的话暂时搁下，想找个适当的机会再给她说。最好先铺垫一下，在琼琼最高兴时再说，说不定她会从我的角度考虑，理解我的难处，答应下来呢。平时父母把琼琼看得很紧，正式结婚前，从不允许她在外面过夜，我因为资历浅，在单位没有分上住房，也没有足够的钱买商品房，还住在三个人的集体宿舍里，和琼琼在一起，亲个嘴都像搞地下工作似的要选择场合，琼琼对此非常不满。唯独在游泳池，是琼琼最高兴的，她能放得开，我们完全暴露在大庭广众下亲热，也没人管。所以，我带琼琼一起去游泳，在那里能找到最好的说话时机。

我们换好泳衣，在游泳池里互相泼水玩闹了一阵，琼琼兴致极高，我心里有事，不像以前那样亲热，脸上的高兴劲也是装的。琼琼看出我有心思，非要逼我说，否则她就生气离去。无奈之下，我只好鼓足勇气，把华书记分配给她的角色说了出来。没想到，琼琼还没听完我的解释，竟然高兴地满口答应。她说，太好了，我还没有体验过演戏的感觉呢。我说，这不是演戏，但又像演戏，比演戏更没有理智，可比演戏更有意义……

琼琼打断我，说，你说来说去，不还是演戏嘛，一句话吧，这事我愿意干，肯定很刺激，不就是假装被一个男人，不，一个男孩子强奸吗，有啥难的。看你脸都憋红了，还说不清楚，你就快说时间吧，今天还是明天，我还得化化妆，好好准备一下呢。

不会吧，这是我的女朋友琼琼吗？我没有一点轻松说服琼琼接受下任务的欢欣鼓舞，而更多的是难以置信。我和琼琼交往两年多，自认为对她了解得一清二楚，可是，现在我却一脸茫然地望着她，像看一个陌生人似的。在我印象中，琼琼所受的家庭教育不同，是个非常保守的孩子，如果她不高兴，对我都把裤带挽得紧紧的，总是骂我别动手动脚，怎么一听说要被人强奸，不但没有羞辱感，反倒迫不及待？眼前的琼琼和以前的琼琼差别怎么这么大呢！

琼琼看出了我的惊愕和疑虑，扑过来抱住我说，别用这种眼神看我，又不是真的，帮一把忙的事，又帮的是你的主子家，解决了你的难题，我还能有一次新奇体验，何乐而不为呢！

吸取上次砸车的教训，我们把大宝"强奸"燕燕的活动安排在晚上。好多罪恶都发生在晚上。我们干的这件事对我们不能算作罪恶，纯粹为病中的大宝，可对大宝却算是罪恶，还是不见天日的好，有黑夜的掩护，我们帮助大宝实施的罪恶才能顺利完成，不会露出马脚。这对病人大宝有利，也对我们有利。

按制定的预案，我们兵分两路，老赵开车，带我和大宝到万柳北路的树林边守候；由华书记带着扮成燕燕的琼琼，到指定路段后，华书记躲到树后放风，琼琼一人则装成夜行归来，匆匆经过的样子。然后，我和大宝冲上去把琼琼掳进树林，实施"强奸"。最后，再由老赵扮成过路人，英雄救美，冲散我们。

这次的活动地点和人员安排，基本上是按我的意见定下的，要是按照老赵的意见，我的女朋友琼琼肯定得吃大亏。老赵当时要把"强奸"地点选在屋内，说在屋内可以调整大宝的情绪，有利于大宝的病情。我坚决反对。屋内得不到外界的救助，大宝人高马大，力气不小，他又是为了报复燕燕，内心的欲望肯定很强烈，那还不把琼琼给白白整了，这个哑巴亏我不能吃。当然，我反对的理由也很堂皇，在屋内万一大宝开灯，看清琼琼不是他要报复的燕燕，那不就穿帮了？再说，为了唤回大宝的记忆，就得搞逼真点，地点选在离他们大学不远的万柳北路，那里有一大片树林，很适合上演"强奸"这类不能见人的隐秘戏，万一有什么意外也有树木掩护。

华书记觉得我的分析有一定道理，同意我选的地点。接下来，在人员安排上，我又一次摧毁了老赵的野心。他提出陪大宝一起掳"燕燕"，叫我扮成过路的人。我坚决不同意。这片树林很大，老赵狼子野心，他要是和大宝把琼琼弄到树林深处不好找的地方，我一时找不到，大宝把琼琼真给办了，这吃亏的还是我。不能这么做，我得在琼琼身边，节骨眼上说不定还能帮她一把。华书记只要能让这出戏顺利上演，对人事安排不是太计较，觉得我说的有道理，让我在边上有个照应也好。她说，别把事弄糟了不好收场，琼琼今后还要和大家见面呢。

一切都按原计划有条不紊地进行，基本上没出啥差错。夜不太黑，夜晚在城市的角角落落都会失去本色，变得不伦不类。

琼琼打扮得花枝招展，从远处走过来，经过我们车跟前时，老赵不失时机地喊了一声，那不是燕燕吗？她走过去了。我和大宝跳下车，冲上去抱住琼琼，我捂住她的嘴，大宝抱住腿，我俩把她往马路边的树林里拖。大宝边拖边要琼琼答应他，只和他好，除过他大宝，不能和别的男人好。事先说好了，琼琼不能出声，怕露馅，还得装作不从，挣扎着又咬又踢。琼琼太主动，有时我都觉得是她在拖着我们走，所以，没费多大劲，很容易就把琼琼"拖"进树林。我不愿到树林深处，催促大宝快点"办事"。大宝这会儿根本不听我的，他还很君子，非要"燕燕"答应和他好不可，一声声恳求，比正常人还正常，搞得我很心烦，我又不能斥责他，谁知道他这会儿正常还是不正常呢！我装做费了劲的样子大口喘气，几次都放开抓琼琼的手，想叫她做出逃跑样，激发大宝的愤怒情绪好快点办正事。可琼琼一点都不明白我的心思，她可能还惦记着正事没办，不能逃跑，我又不能给她提醒。

大宝的手和嘴一直没停，在琼琼的身上跑来跳去地忙乎着，看得我又气又急，恨不得踹大宝几脚。想到后果，我没敢这么做，咬咬牙忍了。

大概是琼琼一直不答应，大宝失望至极，又在我的怂恿下，他把琼琼扑倒在地。这时的大宝基本失去了理智，他已顾不上分辨声音，琼琼按计划发出了呼喊。这个时候，该老赵出场。可他迟迟不见出现，急得我一边看着夜色中与大宝滚成一团的琼琼，一边往树林外边找老赵。

老赵连个影子都没有。

琼琼的呼喊声起初还算大点，比我企望的要差，但足以叫老赵听到。我不相信老赵听不到，他是故意不来，我恨死了老赵。琼琼已经被大宝紧紧按住，要不是我及时从中捣乱，不帮大宝，恐怕大宝早就上手了。

大宝毕竟身强力壮，自己的衣服都快脱了。这时，不知怎么搞的，琼琼的叫声反而更弱，我还想，大概是挣扎时间太长，没力气叫了。可事情不是我想象的这么乐观，我发现，琼琼在夜色里两眼闪闪发亮，两手紧紧地搂着大宝的背，一副期待大宝快点行动的样子。我气坏了，不管琼琼是怎么想的，也不能眼睁睁看着女朋友在自己面前被别的男人强奸吧，我急得满头大汗，盯着月光下的大宝，真想一脚把他从琼琼的身上踹下来。我到底忍住没敢踹，一下子急中生智，猛掐了一下不再叫喊的琼琼。

琼琼真生气了，知道是我掐的她，对我破口大骂，几次都把我的名字喊骂出来了，幸亏大宝当时的情绪正在激昂之中，根本顾不上细听，不然非穿帮不可。也许是琼琼的骂声有点异样，终于听到了远处跑过来的脚步声。老赵来了吧。只要他一来，这场戏就该收场了。

事情进展到这时，发生了意外。跑过来的人不是老赵，而是一个过路的男子。半路杀出来的程咬金。我还以为是老赵呢，站起来准备收工，没防备叫那个男人扑倒在地，我的头挨了结实的两拳头，两眼乱冒金星。值得庆幸的是，那个男人把我打倒之后，又把快要得手的大宝从琼琼身上一脚踹翻，没使琼琼吃大亏。

大宝没有达到目的，跳起来，和那个见义勇为的男人打斗起来。我拍拍麻木的脑门，没心思管他们，爬起来赶紧去拉地上的琼琼，她却甩开我的手，叫我滚开。她还记着刚才掐她的仇呢。

宝贝儿 　185

我要解释，刚叫了声她的名字，突然想到这个时候不便解释，就顺着刚才说出口的话，胡乱忽悠一句糊弄过去，心里却发愁，这个场面怎么收场。

这时，老赵和华书记一起跑过来，见此情景，顾不了许多，赶紧从那个男人手下救出大宝。大宝有了救兵，胆量大增，从我们手里挣脱着要去揍那个男人。华书记推了我和老赵一把，下达"快走"的命令。她和老赵架上大宝就跑。我惦记着琼琼，她茫然地看着眼前的情景怎么和原计划有差别，不知该怎么往下演。我一把拉住她就跑。琼琼对我有气，往后坠着身子不走，像我强迫她走似的，那个想英雄救美的男人一边喊叫留下琼琼，一边爬起来向我们冲来。如果不是老赵趁乱踢痛他的腿，影响他跑步的速度，估计我们还得和他撕扯好一阵子才能脱身。

跑到车跟前，华书记还算清醒，拦住我和琼琼小声说，你们不能坐车，大宝会知道真相的。小姚，华姐对不住，先走一步了。

华书记跳上车，命令老赵开车。老赵把车开得像飞机一样，瞬间跑得没影了。

我担心树林里的那个男人追过来，拉着琼琼往前跑。到现在了，琼琼还是一点不配合，硬拖着不跑。

这条路偏，很少有车经过，根本打不到出租车，我拉着琼琼别别扭扭跑了一阵，两人都累得喘不过气来。琼琼前面和大宝折腾过一阵，力气早已用光，她一屁股坐在马路边上，说死也不跑了。我顺势在她身边坐下，想喘口气，琼琼却爬起来，赌气走开。

一连几天，琼琼都不理我。我向她赔罪，解释当时的情况，掐她是为了救她，她捂上耳朵不听，弄得我情绪很不好。

这期间，老赵发现他的驾驶证找不到，怀疑是那天晚上混乱时丢在现场。这惊非同小可，我和老赵赶紧去那个树林寻找，哪还有驾驶证的影子。气氛一下紧张起来，如果驾驶证叫那个男人捡到，后果可想而知。老赵如丧考妣，华书记像热锅上的蚂蚁，越想越后怕，把这事告诉局长。局长也很着急，把我们召集在一起开会，他怪老赵把驾驶证带在身上多生一事。老赵解释驾驶证必须得带身上，不然遇上交警，没法对付。想想也是，驾驶员不带驾驶证不能开车。

局长安慰大家不要惊慌，叫我们一定要保持冷静，他说如果真留下后遗症，发生不幸，他会尽力想法为老赵开脱。老赵毕竟是为他儿子出的事，他不管说不过去。我们群策群力，一起谋划怎么解释老赵驾驶证丢失的事。最后，还是局长有见识，他想出一个办法，要老赵去把驾驶证在报纸上登个遗失声明。这个办法当时得到大家一致认同，老赵也精神一振。华书记提出异议，她说这事有问题，遗失声明得在报纸上刊登出来，报纸有日期，时间上没法提前，现在才登遗失声明，等于此地无银。

老赵又蔫了。

没别的办法可想，我却发现局长的态度明显对老赵恩宠有加，华书记也开始讨好老赵。他们的意思很明确，一旦东窗事发，老赵这个替罪羊当定了。

私下，老赵对我说，如果他被警察逮捕，他会供出一切，绝不一个人承担责任，他才不那么傻呢，挨打，蹲监狱，还得背上个强奸犯罪名，一辈子算玩完了，再说，他的名声坏了，他老婆儿子今后也没法见人。

我相信老赵做得出来，我对他还是了解的。

我们烦恼透顶，倒是大宝，这几天出乎寻常的平静，动不动还扯开喉咙高歌几句，一脸诡秘，不知道他又在瞎琢磨什么呢。

第一百零九将

女人有一个鲜亮的名字，不叫二娘或者三娘什么的，也不叫这个氏那个氏的，一点也不古典，用当代人的眼光来审视，是很具有现代味儿的，叫白莎莎。

这一日，枕溪湖畔"南山酒店"的副店主——"鬼脸儿"杜兴上梁山来报：有一自称"魔手"的女子叫白莎莎的申请想上梁山入伙。

梁山寨主宋江正为朝廷招安的事，众首领意见不统一而恼火，倒背着手在忠义堂走来走去，满脸愁苦，听了杜兴的报告，挥挥手，厌烦地说："不准，不准，都什么时候了，还来凑这份热闹。"

杜兴听宋江这样说，心里不悦，但脸上没有表现出一丝一毫，他跪在地上不起来，却拿眼去看军师吴用。杜兴知道，在梁山，有时候真正的当家人其实是吴用。他满怀希望地看着吴用。

吴用知道宋江这时候的心情正乱，不想掺和多余的事找自己的不舒服，就把脸别了过去，只当没看见杜兴期待的目光。

杜兴一看吴用这架势，鬼脸儿一变，就把目光移到了林冲的脸上定住。在心里叫道：林教头，你可不能坐视不理呀！

此时的林冲在梁山可是个举足轻重的人物，因为宋江一直心想着归顺朝廷，以林冲为首的一帮首领却无此意，对宋江的执意归顺心怀不满，一直窝着一肚子火，这下看宋江的这种生硬的态度，见杜兴又用求助的目光望着自己，知道自己现在在梁山的地位，不能不理杜兴的这事了，便"忽"地站了起来，双手一抱拳，对宋江就说："哥哥，有人入伙，可不能不理呀！"

　　这话里面含有锋芒，但宋江无动于衷。

　　这下吴用却坐不住了。如果换了是别的人站起来说话，吴用也还能做到坐视不理的，只是这个林冲开了口，又用这种竹竿似的只直不弯的口气对着宋江，吴用不能不开口了。想当年晁盖一帮人劫了生辰纲没处去到梁山入伙，王伦阻碍，被林冲跳起来一刀杀了，林冲的脾气梁山上没人不知道。现在林冲为宋江执意招安的事正窝火，如果要借题发挥，引起争端，肯定对宋江不利。吴用在心里如此这般地一番考虑之后，为了稳定局势，只得站起来对宋江说："哥哥，林教头言之有理，我们梁山向来是招贤纳才的，不妨听杜兴说说那个'魔手'女子有何能耐，再下结论也不迟呀。"

　　宋江听吴用这么一说，才站定身子，看了看吴用，又望了望林冲的脸色，才知自己一时冲动，话说得有点过了，就说："林教头说的是，杜兴就说说那个女子有什么特长，为什么要入伙。"

　　杜兴说："这个女子有一手绝活，精通美容术，还能推拿按摩，哥哥们请看，我这鬼脸儿是不是比以前好看得多了？"

　　众人这才一看，杜兴脸上确实是有了些变化，眉眼比以前周正了些，嘴巴也没以前那么歪了，尤其是脸上的那几块死人斑几乎看不到一点影子了。

吴用问道:"杜兴,难道你现在的模样就是那个女子使用的魔法给弄的?"

杜兴说:"军师,你说得对,正是那个'魔手'白莎莎用美容术做成这样的!"

"有这么神奇?"

宋江心里一动,用手摸了摸额头上官府烙的囚印,问杜兴:"那女子果然有这等本事?"

杜兴听宋江语气变得柔和了,一下子来劲了,抱拳道:"寨主,我的脸就是证明,我先用我的这张脸做了试验后,才举荐她上山,就是想着为寨主,还有林教头、武松等哥哥们做美容的。"

宋江、林冲、武松,还有"青面兽"杨志,都下意识地摸着自己脸上的囚印或者青记,心里都有点动了。

过了一会,宋江才说了一句:"这倒有点神了。"

杜兴即道:"不然,咋能叫'魔手'呢?"

宋江这时看了看林冲,他发现林冲脸上也充满了好奇。他在心里笑了一下,已经同意了批准那女子入伙,但又想刚才话已经说出去了,这才一会儿工夫,就转变这么快,怕林冲他们因此更看他不起,便稳住了自己,没有急着表态。自从朝廷招安的事一提出来,以林冲为首的一帮人强烈反对招安,站在了宋江的对立面。一时间,梁山上下出现了微妙的变化,过去融洽的气氛马上变得紧张了,谁都知道,在梁山,唯一可以和宋江对着干的就是"豹子头"林冲了。林冲在梁山的地位,是别的将领没法比的,不光他曾是原京城八十万禁军的教头,当年晁天王诸人上梁山,没有林冲怒杀王伦,能有今天的梁山?更能有宋江如今的地位?宋江在别人的眼里,如果不是当年救过晁天王,有恩于梁山,谁会把他一个小小的押司当一回事呢。但宋江如今是梁山的寨主,坐头把交椅，林冲有时还是给他留面子的，朝廷招安的事，林冲虽然反对，满腹怨气，但还是遵从他寨主的身份，没有和他当面顶撞过。要从内心里，宋江还是有点惧怕林冲，林冲当年可以杀了梁山寨主王伦，逼急了他，他就不敢杀他宋江？宋江一直提防着林冲，并且在许多事上，尽量避免和林冲正面冲突。林冲虽然对宋江有意见，但碍着死去的晁天王面子，林冲还是能够忍辱负重的。就说招安的事，由于高俅从中作梗，没有成功，梁山上看起来又恢复了以前的气象，但实际上，已经矛盾重重了。尤其是高俅派来的那个走狗骂他们是朝廷的钦犯，是一群乌合之众，气得宋江吃不下饭，睡不着觉，这阵子心里一直不畅快，额头上的囚印成了他耻辱的象征，是他的心腹大患。这时，白莎莎这个"魔手"出现了，她能够用美容术去掉额头的囚印，就像上天的安排似的，使宋江的眼前一亮，心里翻腾开了，似乎从中就已经看到了他的远大前景。但这话要林冲说出来才能不失他宋江寨主的体面，又能巧妙地抚慰一下情绪愤恨的林冲。宋江这样想着就故意地又看了看林冲，还特别专注地看了看林冲额头的囚印，让人感觉他想到的不是他自己，而仅仅是面前和他有着同样心思的林冲等人。

林冲是何等人也？他当然已经从宋江的目光里看出了他的心思，他的心里也动了的，他何尝不想去掉额头上的囚印呢？这个囚印早就是他的一块心病了，现在终于有这个机会了。林冲当然也不好明说自己的想法，却又不想让颇有心计的宋江给他承受这样一个不是人情的人情机会，更不想说些堂面上的话，给宋江说到心里去，想了想，便对杜兴说道："废话少说，我问你，那女子为何上山入伙？"

杜兴一看诸头领都来了兴趣，便故意地卖起了关子："林教头可是说那个白莎莎，就是那个'魔手'？"

林冲不高兴道："你说还能是哪个？"

杜兴才说："白莎莎原本在山下开了一家美容院，生意非常红火，可是这时候，有一个官人仗着权势，不但要做美容，而且要长期住在美容院里，想霸占白莎莎，她不甘受辱，又抗争不过人家，就生了上梁山的念头。也算是被官人强逼的。"

林冲望了宋江一眼，趁机怒骂道："这算什么鸟朝廷，一帮子贪官污吏，逼良为娼，连一个搞美容的弱女子都不放过，硬要把人逼上梁山。看来天下还真是黑透了，也只有梁山才是一块清净之地了！"

他的话里，已经十分明显地透露出了同意白莎莎上山入伙的意思。

吴用一听林冲的态度，才长舒了一口气，自从招安的事发生后，林冲对宋江说话，总是充满了火药味，空气相当紧张，弄得吴用一天到晚也是神经兮兮，就担心哪一天这火药味浓重的空气一下子不点自燃起来。今天出现的这个"魔手"的名字，虽然林冲的语气还是那么冲，但还算是缓解了不少多日来的紧张气氛，这很难得。

吴用想抓住这个时机，把宋江和林冲这两派的关系缓和一下，便看了看宋江，又看了看林冲，"呵呵"假笑了几声，说道："这个白莎莎竟有这等本事，也算是个天下奇人了！"

说完这话，吴用见两面都没有吭气，他明白他们此时心里想的是什么，知道他们现在都不愿明确地表这个态，不想主动认这个可，看来只有他来出这个头了。便干咳了两声，对杜兴说道："杜兴，这个'魔手'现在何处？"

杜兴道："正在金沙滩等候着！"

"快快传她上山来见！"

吴用自作主张地给杜兴下了命令。一般在这种时候，吴用最能揣摸宋江的心思了。当然，吴用也是深刻领会了此时林冲的想法的，不然，在这种剑拔弩张的非常时期，他怎么会越过宋江、无视林冲，敢如此做主呢。

杜兴答应了一声，起身去山下传人。

杜兴一走，忠义堂里的众位头领却没话说了，大家都默默地坐着，一个个显得心思沉沉的样子。这种沉默的状况自从朝廷招安的事发生后，就开始有了，并且越来越没有以前的那种融洽气氛了。这也难怪，朝廷招安只能说是几个人一厢情愿的事，大部分头领都已经习惯了这种无拘无束的山寨生活了，一旦叫他们去受朝廷的管制，谁受得了呢？

看着大家都沉默着，李逵却突然提高嗓门说道，梁山诸位好汉座次已经排定了，那女子这时候上山入伙，把她排在哪里呢？

李逵的问题一提出来，马上引起了大家的注意。这确实是个现实问题。许多人都看着宋江，宋江也不好回答这个问题，就看着吴用。

吴用明白宋江的心思，他就去看林冲。

林冲却装作事不关己，望着别处，一副悠然自得的样子。

宋江看到场面不能这样冷着，就对吴用说："吴军师，你的意思呢？"

宋江这样说，是有目的的，这时候他不能轻易表态，心里想着吴用肯定有办法对付这样的事，况且让吴用来说这个问题，要比他妥当些，就把球踢到了吴用那里。

吴用料到宋江会有这一招，心里早就盘算着该怎么说这事了，这会儿见宋江真把这球传到他这里来了，便用手摸了摸山羊胡子，略微沉吟了一下说："按说，这事依梁山的规矩，那女子如果确有手绝活，也不失为人物，得安排个座次……可座次早已排定，又是石碣上天意定的一百单八将，不知再排上去一个，合适不合适？"

说着，吴用又去看了看林冲。

宋江明白吴用的良苦用心，见吴用又把球踢回来了，这下不能再不表态了，便干咳了一声，对林冲道："林教头，你的意思呢？"

林冲这下再不能安然自得地保持沉默了，他也看出，在招安的事上，宋江已经认识到他是一股强有力的反对势力了，这会儿能征求他的意见，就是最好的证明。他心里舒畅了些，缓缓地坐回自己的位子上，才说道："我们梁山本就是招贤纳士，以义号天下的。"

这话一出，算是定了乾坤似的，宋江和吴用都在心里舒了一口气。

李逵却说："哥哥，想我梁山一百单八将，个个都是英雄好汉，她一个女子仅凭一技之长，就想排个座次，这恐怕说不过去吧？"

林冲知道自己话一出口，李逵的矛头就指向了自己的，便说："李逵兄弟，这座次里一技之长的多了，像'圣书手'萧让、'玉臂匠'金大坚等，不都是有着一手天下绝活吗？"

李逵说："可上天早就定下的一百单八将啊？"

"上天？"林冲冷笑了一下，"天意是不可违，但你能说出什么是天意，上天在哪里呢？谁又知道什么是天意不可违呢？"

林冲这样说着，话里已经有刺了，他本想直截了当地说出招安的事，是不是上天的意思之类的话，可想了想，还是忍住了，他也不想在这个讨论白莎莎入伙的时候明枪暗箭地与宋江公开挑战。

但李逵却是个头脑简单的人，他没有宋江那样的涵养，一听林冲说完，立马跳将起来，叫道："她一个不会舞枪弄棒的小女子，仅凭几下骗人的把戏，也要与我们一样，排在英雄的座次里，我们成了什么了？"

这时，宋江说道："李逵，你个黑头，什么意思，就怕别人抢了你的位子？真是猪脑子，林教头把话都说得这么明了，你还要胡搅蛮缠，到一边凉快去！"

李逵再怎么不讲理，但他还是十分听宋江话的，便摇着头，不吭气了。

宋江又说道："我看，这事就按林教头的意见办，再增编一个座次好了。卢员外，你说呢？"

卢俊义是何等人，早看出了宋江的意思，便说："既然哥哥和林教头这么说，就得给那个女子排个座次，不然传出去，别人还会说我们梁山欺生呢。"

吴用接过来道："那就把这个女子排在一百零九位上。"

说完，吴用又对李逵道："李逵，这下，你该放心了吧，把白莎莎排在末尾，没挤了你的座次，以后叫她给你好好做做美容，把你的黑脸弄白了，也好娶个媳妇。"

众人大笑。沉闷了一个时期的梁山气氛，这回总算因为白莎莎的出现，缓解了一回。

过了有一顿饭工夫，白莎莎被杜兴领上山来，姿色照人，叫众人眼前一亮，果然是一个不凡的女子，尤其是一对美目，长长的睫毛扑闪着，左顾右盼地这么一扫，使在座的诸位头领心头为之一振：梁山终于也有美女了。

当下，军师吴用在忠义堂宣布："魔手"白莎莎排座次为第一百零九位，封号为"地美星"。

白莎莎用长睫毛扑闪闪的眼睛看了看宋江，把宋江看得全身打了一个颤，心里慌了，还没来得及想用什么方法稳定自己的情绪，白莎莎就轻启艳红的两片嘴唇，像唱曲子似的莺歌燕舞地说了声："谢宋寨主收留了我！"

"谢什么？我梁山向来是招贤纳士之地。"宋江这才回过神来，说，"白姑娘能加入我们梁山，给我梁山增辉啊，也是我梁山的幸事。"

随即宋江又吩咐吴用，叫"玉臂匠"金大坚即刻在石碣刻上"地美星"名号，今夜就安排一场酒宴庆贺第一百零九将入伙，明日安排在山寨开一个美容院的有关事宜。

当夜，梁山灯火通明，大小山头都摆上了酒席，给白莎莎接风，梁山上下一片欢腾，这个沉闷了近半年时间的山寨，因为漂亮妩媚的"魔手"白莎莎的上山入伙，又像以前一样热闹了。

经过三天的粉刷、装修，由寨主宋江题写店名的"思思美容院"正式开张。本来，这个店名起好后，直接由"玉臂匠"金大坚做块匾就行了，但宋江提出来这个匾上的店名由他来题写，以示他对这个店的重视。宋江的字大家都知道，实在不敢恭维，但他自己都不怕碍眼，执意要一显身手，别人也不好说什么，只好由他题了。"思思美容院"几个字写得很一般，但"玉臂匠"金大坚确实非同一般，经过他的修饰后，刻到匾上，看上去顺眼而且气派多了，还是赢来了一片赞美声。首任"思思美容院"院长白莎莎也很满意。

这天，是军师吴用专门选择的一个好日子，果然风和日丽，秋高气爽。一大早，梁山就像逢年过节一样，上上下下一片热闹繁忙的景象，尤其是各位头领，平时都在各自的岗位上坚守着，难得有这样大的场面聚会，宋江便下令借此机会全都放下手头的事务，来参加庆典大会，所以，各位头领在规定时间内，提前赶到了，一个个神采奕奕，站在美容院前的空场上，做好了庆典前的准备。自从梁山英雄排定座次后，再没有出现过增补好汉的事了，无疑，白莎莎的加入是一件非常重要的新鲜事，像给梁山注入了一剂兴奋剂，梁山一个个人的脸上都抑制不住地兴奋。从大家喜气洋洋的脸上可以看出来，梁山还真是该有点热闹事了，这漫长的日子把人都过得疲乏了。

终于日上三竿，吉时一到，军师吴用一声令下，随着一声炮响，顿时，鼓乐齐鸣，美容院门前的两棵大柳树上的鞭炮燃了起来，"噼里啪啦"炸响了，大家欢呼雀跃，整个山寨像一锅热气腾腾的开水一般，都沸腾了起来。

宋江、卢俊义、林冲等梁山主要人物站在美容院大门前，满面笑容，纷纷向美容院院长白莎莎抱拳致意，白莎莎今天更是桃红李白，一派艳容，脸上是风情万种，身上又一袭红裙紧紧地裹在丰满的躯体上，峰是峰壑是壑的曲线毕显，非常耀人眼目。头领中的男人们除后来有一些从家中接来了妻子外，大多都是单身，一见白莎莎落进眼中便驱之不去的美貌，心里都痒痒的，难免就都用那种带钩带刺还带色的眼神狠狠地多瞅了几眼白莎莎。梁山的女人本来就少，就那么几个，虽也有稍有姿色的，但能胜过白莎莎的却是找不出来一个。所以，梁山上的女人，除过大大咧咧的孙二娘像没有感觉似的，没在心里骂白莎莎外，其余的都恨恨地在心里恶骂白莎莎是个狐狸精，浑身都是骚味儿。尤其是扈三娘看着白莎莎的眼神，就像看到蛇蝎似的，恶狠狠睨视白莎莎的眼神让旁人一看就知道她正在心里咬牙切齿地骂着白莎莎呢，当她回身却看到自己的丈夫王英正伸长脖子像一只癞蛤蟆似的盯着白莎莎，眼睛瞪得像铜铃一般，若是稍不小心，那眼眶就夹不住眼珠，要掉出来了，张开的大嘴上，口水都快流出一尺多长。一看丈夫这一副丑态毕现的埋汰样儿，扈三娘气就不打一处来，毫不留情地伸手便给了还在痴迷着白莎莎美貌的王英一巴掌："矮脚虎，该死的，又发骚了是不是？你也不瞧瞧你这个样子，像坐地炮似的！还这副德性，有谁能瞧得上你！"

王英听婆娘当着这么多人的面骂他不说，并且还给了他一巴掌，这辱骂这巴掌可不仅仅是当着平时兄弟们的面，不远的地方还有那妩媚婀娜、貌若天仙的白莎莎呢，这一点可是最最重要的了，他不能第一次才见白莎莎的面就被婆娘打得一点面子都没有。王英伸手摸了摸脸上被扈三娘的巴掌发落过的地方，心里的气愤、恼怒之情就像积蓄了无数年的火山一样爆发了，他黑着脸怒骂道："臭婆娘，昨个晚上没把你收拾舒坦是不是，跑这儿发什么骚情来了，坐地炮咋了，坐地炮照样能把你搞得嗷嗷乱叫！"

大家听着这两口子的对骂，"哄"的一声笑了，有人还起哄起来，叫王英今儿个就给自己的婆娘一点颜色看看。平时大家都知道王英怕老婆，这下可是逮着机会看这两口子的好戏了。这里的动静一下子就引起了众人的注意，都把目光投了过来。吴用听到这面挺大的动静，不问青红皂白，就冲着扈三娘来了一句："扈三娘，你又在闹什么呢？"

这下，扈三娘脸羞得血红，气得快跳了起来，看着王英一脸的痞子相，却再骂不出一句话来，嘴动了几动，看大家都在望着她，便觉得无地自容，狠狠地瞪了王英一眼，头一扬，走了。

大家又是一声哄笑，有人对王英说，这下麻烦了，今晚肯定上不了扈三娘的炕了。王英梗着脖子，哼了一声，道："早就不想上她的炕了，再这样下去，还不把我累死！"

这里的人就都不怀好意地大笑起来。

吴用生气了，冲这面吼道："你们有脸没有，都是三岁小孩呀？"

大家才默不作声。

这时，鞭炮炸完了最后一响，吴用挥了一下手，鼓乐顿时停住了。吴用对宋江说了句"开始吧"，宋江略微点了点头，算是做了答复。一般这种场合，这种征求意见的方式只是走个过场，但又必不可少，少了就显得主次不分明了。

吴用得到宋江的答复后，扯开嗓门喊道："梁山'思思美容院'开业庆典仪式现在开始！"

众人鼓起掌来。掌声落下，吴用接着道："首先请梁山寨主宋头领宣布'思思美容院'正式开业。"

宋江用眼睛扫了一圈在场的各位后，才开口道："我宣布，梁山'思思美容院'今天正式开业！"

语毕，掌声又起，接下来，宋江说一句，掌声就会像潮水般响起，说到动情处，山坡上的小喽啰们还会高声欢呼起来。

接下来，由宋江和林冲剪彩，他们接过早已准备好的大剪刀，抓住红绸中间靠近花朵的两端，各自剪了起来。宋江拿剪刀剪彩的样子看上去很娴熟，林冲也不差，毕竟是京城八十万禁军教头出身，也是见过大世面的，但在今天的梁山，让他和宋江一起剪彩，总还是有点不太自在的。不管怎么说，在梁山按职位排下来，怎么也不该他林冲出面来剪这个彩的。起初，林冲一听吴用要让他剪彩，他推托着不愿剪，他一直说自己只是排在第六位座次上，上面还有五位，哪一位出面都比他要合适，尤其是二头领卢俊义，有他在，他林冲怎么好出头呢。吴用轻轻地哼了一声，对林冲说，卢员外他怎么能剪彩呢？语气里带着明显的不悦。林冲也明白吴用这话里的意思，卢俊义在梁山兄弟的眼里，只是靠运气恰巧碰上了杀掉晁天王的凶手，才谋得了这个位置，不然，在梁山哪有他的显赫位置？以吴用的人才，本来是可以稳坐第二把交椅的，却不想人算不如天算，竟让这个后来者卢俊义给占了第二把交椅，他只屈居第三位，心里不平，又哪能做到没有一点想法呢？林冲虽然明白宋江和吴用的意思，但从面子上看，他剪这个彩还是不合适。吴用给他做了一大堆工作，分析了梁山当前的形势，要他从大局出发，这几年梁山没有这样的大喜事，这也是大家在招安的事产生意见分歧后，难得的一次兄弟和好如初的大好机会，云云。吴用有些话嘴上虽然没有明说，但话里暗含了宋江对林冲的看重，把他视为梁山举足轻重的人物，林冲也明白宋江在招安这件事上是怀了以他为主的反对势力的。林冲在吴用晓以大义、动之以情的竭力劝说下，把所有的顾虑都消除了。

吴用非常会做事，他安排林冲剪彩后，又给卢俊义安排了剪彩后的一次发言，免得太过冷淡了卢俊义。没想到，卢俊义把这次发言看得非常重，平时他难得讲一次话，大多数时候都宋江讲，吴用补充，没有他卢俊义讲话的机会，每次只是完了后象征性地问一下他还有什么意见，宋江把该说的都说了，吴用把能补充的都补充了，他还能有什么意见要发表，有什么话要补充的？只好摇头表示什么都没有了。好不容易终于给了他这样一次机会，他就做足了充分的准备，熬了几个夜晚，把要讲的内容都细细地在纸上列了出来，列出一片密密麻麻的文字，结果到他讲话时，就犹如滔滔江水，想收都收不住了，一讲就讲了将近两个时辰。吴用没有想到卢俊义会来这一手，看着周围的弟兄们都听得不耐烦了，几次都想插话打断卢俊义，但每次他想开口打断时，就看到宋江向他使眼色，他只好强忍住内心十分的不耐烦，没有打断，可为了表示他对卢俊义这样长篇大论的不满，他时不时侧过头去，和身边的林冲耳语上几句，看上去有非常重要的话现在非说不可的样子，说着说着，还会做出一些很夸张的动作和表情，明显地表示出来对卢俊义的讲话不想认真去听的蔑视。

这一切卢俊义都用眼角的余光看在了眼里，但他装作没有看见，一本正经地按他的思维方式继续着他的发言，要把他平时想说而没有机会，或者说宋江和吴用不给他机会说的话在今天这个隆重的场合说个够。

这几个头领之间微妙的关系，通过他们脸上表情的微妙变化，都一一传到了坐在一旁的白莎莎的眼里，这使她在心里很快地就已经把梁山上谁重谁轻摆了个一清二楚。没办法，人与人之间的关系是很复杂的，她若不聪明识相地弄清楚这些，就得栽跟头，以她这样一个手无缚鸡之力的柔弱女子，又是到一个新的地方，人生地不熟，况且还是这样的一个天下声名远扬的梁山泊，她要不趁早把这些人的位置排好，她以后可怎么在这个英雄群集的地方立足。白莎莎看着梁山上这几个重要人物的表现，在心里谋划着，自己今后一定要小心处世，只要在这几位重要人物跟前表现得可以，他们就是她的遮阴大伞了，就不会有人敢欺负她了，梁山虽然是英雄好汉们聚在一起，但什么样的人都有，就算她是一个稍有姿色的女子，但在这么一个地方，要生存下去，也得认清形势啊。

卢俊义的讲话终于完了，四周只响起几声象征性的掌声，卢俊义也不在乎这些，反正他该说的都说了，也算顺了顺气。自从招安的事发后，梁山上一下子形成了两派势力，两派都很强硬，卢俊义不好偏向哪一面，便做了个中间派，没想到这个中间派最不好做，两面都想拉你，叫你入他们的派，不然，两面都在挤对你，这种日子更不好过，当个和稀泥的都不行，他正愁今后这人怎么做呢，这不，白莎莎出现了，一下子吸引住了两派的注意力，在白莎莎入伙这件事上，两派达成了共识，也算是给他卢俊义解一时之围。他不是一个多事的人，也不是一个能耐得住清闲的人，他也知道，能在美容院开业之际让他讲这个话，只是意思意思，并不是真的就此高看他，把他当成一个很纯粹的二头领了，其实他已经感觉到自己在梁山快成一个摆设了，但他想，就是做一个摆设，也要摆设个样子出来，他卢俊义好歹也是天下能算得上的好汉呢。他才不在乎吴用这个老奸巨猾的军师从中摆布他呢，再怎么摆布，他卢俊义还是坐第二把交椅，吴用只能在第三把上，他还能取代了他不成？

开业典礼之后，"思思美容院"正式开业。

由于白莎莎的出现，化解了梁山这个时期以来因招安带来的不和谐气氛，招安带出的阴影随着白莎莎的到来，也消失得无影无踪了，梁山上从表面看大家又像以前一样有了兄弟情分，似乎又恢复了以前和睦的景象，宋江舒出了一口长气，担着的心又回到了腔子里，从内心里，他非常感激白莎莎。这次，是白莎莎帮了他。

招安失败，打击最大的就是宋江了，尤其是受了朝廷高俅之流的戏弄，全梁山弟兄都气愤难平，更叫宋江痛心的，是招安不成，还坏了兄弟情分。这阵子，他和林冲、武松等人的关系非常紧张，特别是那个鲁智深，几次都跃跃欲试，想和他当面干一架了，要不是他宋江脾气好，能忍辱负重，这个梁山早就闹得不可开交，叫天下人嘲笑了。幸好，白莎莎的出现，暂时化解了这个让他一筹莫展的冷场面，使梁山的气温比以前暖和舒心了不少，虽然这种暖和只能说是暂时的，但总比一直冷下去要好些。美容院开张后，宋江思前想后，一直扪心自问，在朝廷招安这件事上，是自己错了吗？可他是为了兄弟们的今后作长远打算的呀！招安了大家不就都稳定了吗？可以成家立业，享受天伦之乐，可以大大方方地行走在热闹街市。哪像现在这样走出去都躲躲藏藏，这样风餐露宿，寄居孤岛，一大帮兄弟连个女人也找不着。可为什么他们就不知道我宋江的一番良苦用心呢？作为寨主，他得为这些曾与他出生入死的兄弟们的前程着想啊，他得背负着这么重的责任啊，可又有谁能理解他呢？

吴用理解吗？

他只是一个玩弄权术，贪图权力和富贵之人！

卢俊义？

他只是一个明哲保身的胆小怕事之人！

至于林冲、武松之流，过于自负，自视清高，他们根本就不懂什么叫人生！

所以他们才这么幼稚，才这么不明事理，以个人的好恶来判断人生的道路。这种人不会有什么大作为的，鼠目寸光。但他们却是一股势力，几乎与他这个寨主势均力敌，这就是他最苦恼的，如果不是这帮反对派势力太强大，他宋江还能有什么苦恼呢？有时面对这股势力，他宋江堂堂一个梁山泊寨主，还要忍气吞声，让着他们，叫他们看出来，还以为他宋江真是怕了他们的，这样不越发助长了他们的嚣张气焰吗？他一直窝着的火就是这个，他凭什么怕他们呢？你林冲当年再厉害，现在也只是个坐第六把交椅的头领，怎么能明着暗里地顶着他，和他唱对台戏呢？还不是仗着当年对梁山有功，杀了王伦，让晁大天王当了寨主这步棋？可现在，晁大天王早就不在人世了，这偌大梁山泊的寨主是宋江，再不服气，你林冲又能如何，你还不得尊我一声大哥，你三遵四从还是要讲的。就凭这点，你林冲就算不得是个好汉，传出去，在江湖上只会坏了你八十万禁军教头的名声！

宋江想到这里，他在心里突然对林冲深深地痛恨了起来，要说之前在招安的事上和林冲一直是冷对着，他只是气恼的话，现在简直就是恨了。恨比气恼在情绪上可更加激烈。虽然现在因为从中插进来一个白莎莎，使他和林冲之间的隔阂看上去化解了不少，但这只是个表面，是另外一种冷战的开始，实际上他们之间的矛盾依旧存在，而且可能会更深。今后他们再不会太体己的了，因为彼此都伤了对方的心，就是伤口愈合得再怎么好，那伤疤却无法消退，那骨子里的痛是刻在了心中的。

人一旦心里有了隔阂，表面上反而会客气起来。

美容院一开张，白莎莎说还要招的一些女孩没有到位，只有白莎莎一个人支撑着美容院的生意。白莎莎的特长是美容，替人退疤去痕，宋江、林冲等人看中她当然首先是因为他们脸上就有着那样一块让他们倍感耻辱的痕迹。宋江就先叫林冲做美容，去掉额头上的囚印。林冲见宋江这样待他，心里知道这是宋江在玩假客气，但嘴上又不能说，这又不是表面的事，说出来大家都能看得到，心里的想法不是说"只能意会，不能言传"嘛，何况，这真要传了，别人还不得说他林冲是以小人之心度宋江之君子腹！就只好一个劲儿地推托说，在梁山，说什么第一个做美容的当然得是大哥了，你是一寨之主，你不先做，我们又怎能做。再怎样，小弟也不能不懂这个规矩。

宋江一听，心里说道，看来你还没到不认识自己的时候，知道谁是尊长的。这样想着心里舒坦了些，多少天来的郁闷因为林冲的这份谦让而化解了不少，不管怎么说，林冲还是把他当作寨主看待的。宋江这样想着，也就不再与林冲客气，第一个去做美容。

额头的囚印对宋江来说，一直是个心病啊，他早就想去掉这个病了。

美容的程序是比较复杂的。宋江倒没有想着要把自己做成什么美男子，他对白莎莎说，只要去掉额头的囚印就行了。白莎莎知道宋江的心思，便开始给宋江做手术。她从山下带来了一些面膜和做美容用的药品，先给宋江的额头上做了一点小手术，然后每天贴上一张面膜，细心调理着。每当手术做毕，贴上面膜后，剩下的时间，白莎莎就给宋江做推拿，她的一双白嫩的小手在宋江的肩膀上推推捏捏，使宋江很受用。宋江从来没有受过一个女人的这种款待，躺在靠椅上，闭着眼睛舒服地一边享受着一边感慨起来：人生原来还有更美好的方式呢，看他以前都过的什么日子，像块未打磨过的石头那般粗糙硌手，又充满了凛寒的风霜雪雨，哪像现在，有白莎莎的一双柔软嫩滑的小手在他身上推拿，叫他全身的骨头都敞开了快意的笑声。看来这个白莎莎还真有些神奇，这个美容院算是开对了。

白莎莎深知宋江在梁山的地位，便对宋江格外地尽心尽力，她一边给宋江推拿一边找些话题和他聊聊。起初宋江也只是问些白莎莎的身世，得知白莎莎也是苦出身，从小在苦水里泡大，便从感情上亲近了许多。宋江感慨地对白莎莎说："我们梁山上的兄弟姐妹，都有一腔的苦水啊，也都是被逼无奈，不然我们愿意放弃正常的生活不过，而聚在山寨上做这些山贼吗？"

白莎莎一听，说："寨主，你为什么要这样说呢？"

宋江道："我这样说有错吗，咱们不就是被官府称作山贼吗？"

"官府哪有好人呀。"

"话是这么说，朝廷是黑暗，可我们也总不能一直这样当山贼啊？"宋江一说这些话题就容易激动。

　　"寨主还是为朝廷招安的事恼火？"朝廷招安梁山泊的事闹得很大，几乎天下人都知道梁山和朝廷交涉的事，白莎莎对此自然有所耳闻。白莎莎对此事也有点弄不明白，梁山上的人都活得好好的，有福同享，有难同当，又不受朝廷约束，过得自由自在，逍遥洒脱，为什么要招安于朝廷呢？被朝廷招安了，不就又回到了他们上梁山前过的暗无天日的日子了吗？她想着既然今天和寨主说到了这个问题，就不妨问个明白，"寨主，小女子一直不明白，咱们梁山泊如今在天下有这么大的势力，为何非要去向朝廷委曲求全，低头招安呢？"

　　宋江叹了口气，道："白姑娘，如今梁山泊确实是集聚了天下英雄，可谓声势浩大，可你想过没有，今后怎么办呢，我们就一直在这山上被称为贼人？"

　　"寨主何必要听官府的那帮狗东西说的话呢，那不过是我们梁山有这么多的好汉，对朝廷构成了威胁，他们才这样造谣。"

　　"这么说倒不重要，"宋江说，"关键是我们今后怎么办才是个最重要的问题，你想过没有，我们就这样下去，这帮弟兄都要成家立业呢，他们的子孙后代呢？一生出来就是个山毛贼？你们怎么不想想今后，看得远一些呢？"

　　白莎莎不吭气了。

　　宋江沉默了一阵，激动起来，又说道："我身为一寨之主，带领着我这帮兄弟，他们信得过我，我就得为他们着想，就要为他们的将来为他们的最终归宿着想。我不能误了这一帮兄弟们的大好前程啊。但又有几人知道我的这番良苦用心呢？我这样忍气吞声。是为了谁来？"

　　"寨主……"

　　白莎莎不由自主地叫了一声。

"都来反对我？"宋江由激动转为愤怒了，"我这是为了谁来？我是为了朝廷那一官半职吗？如果我为了那一官半职，当初又何苦要投靠梁山？就是今天做了这个寨主，领导着这么多的兄弟姐妹，几乎揽尽了天下的英雄豪杰，我还在乎朝廷的破官位吗？"

宋江越说越气愤，他心里憋得太久了，在梁山他是老大，他只能克制自己，不能轻易向谁诉说他心中的愤懑和委屈，不能，也不敢，这种情绪一直积蓄在心中，像滚雪球似的，越积越大，又实在是没有办法发泄出这股怨气来，今天和白莎莎说到这事，也是考虑到白莎莎只是纤弱女子，对他构不成什么威胁，所以就忍不住把她当成唯一的知己，将内心的情绪宣泄出来。

白莎莎明白宋江的心思，从那天美容院的开业典礼上，她已经看出了梁山高层头领之间的一些端倪，今天听宋江在她面前毫无顾忌地说了一通，突然间对宋江的这番苦心也有了理解。他作为一个寨主，是得考虑长远，为大家的以后着想啊。白莎莎就不由自主地站在了宋江的立场上。

"寨主，"白莎莎动情地说道，"小女子原来的想法和别人的大致一样，可今天听了你的一席话，才明白你是一个明事理、知大局的头领，小女子这才理解了寨主的一番苦心，对寨主你更加佩服了。寨主，大家这样不理解你，你做得真的好辛苦哟！"

宋江听白莎莎这么一说，真就找着知音一般，心里忍不住一酸，一股泪水涌了出来，他想控制都没有控制住。

"白姑娘……"他哽咽着说不下去了。

"寨主，小女子明白你要说的话，相信有一天大家会明白你的一番苦心的，你不要太悲观，也不要太伤心，伤心过度会伤了身子的。"

白莎莎这句贴心的知己话，叫宋江很感动，心里却更酸了。

一个男人，怎能听着一个女人说这么动情的话不感动呢？更何况是白莎莎这么漂亮的女人。

"白姑娘，"宋江抹了一把泪水，说："叫你见笑了。"

"寨主，千万不要这样说，这是人之常情。"

"寨主也是人呀，"宋江叹着气，道，"只有白姑娘这样的知情达理之人，才理解我这个做寨主的苦心啊，要是梁山泊多几个像姑娘这样的高人，那我们梁山就有救了，弟兄们今后就有希望了！"

"寨主言过了，小女子只是一个略通美容术的小女人，哪算得上高人？"

"白姑娘，你一口一个小女子，可你心里比许多男子汉大丈夫都要开阔啊，今后，山寨里的好多工作还要你来做啊。"

"寨主真是错爱小女子了，承蒙寨主开恩收留了小女子，小女子已经感激不尽，今后如果用得着小女子的，我会尽自己所能，为山寨出力的。"

"好，"宋江面上一下子有了笑容，连声说了几声"好"后，才说，"白姑娘，你先在这个岗位上干着，一旦有了人接替你，我会另外安排你其他事务的，像你这样的人才，被埋没掉了就可惜了。"

白莎莎赶紧说道："寨主，你太看得起小女子了，我只是个有一技之长的女子，干得了什么呢？"

宋江听白莎莎顺杆子往上爬了，心里有点后悔自己这么快就匆忙表态了，便说："本寨主心里有数，只要你在这个岗位上干出成绩，像你这么聪明又懂事理的人，我会安排给你重任的。"

白莎莎一听，宋江的话有了缓冲，眼珠转了一下，便道："寨主放心，小女子在美容院里尽自己所能，尽量劝说那些思想僵化、不理解寨主的头领，尤其是林教头，给他去脸上的囚印时，小女子一定要想法说服他。"

"好！"宋江叫了一声，"这个林教头，最倔，最不支持我，在朝廷招安的事上，他反对得最厉害。"

"我第一次看到他，就觉得他太狂傲了。"

白莎莎显得十分乖巧地顺着宋江的话说道。

宋江愣了一下，他料不到白莎莎会这么快就和他同仇敌忾起来，他有点防备眼前的这个女人了，话就转了个弯："林教头这个人其实是个难得的好人，他疾恶如仇，因为朝廷高俅的公子高衙内害死了他的妻子，把他迫害得家破人亡，他反对招安也合乎情理，但他就是缺少长远的目光。这个人还是可以说通的，只是他这个人不好说服啊。"

"小女子定当尽自己所能。"

白莎莎从宋江的话里感觉到了他的意思，便表了个态。

一个月后的一天，枕溪湖畔"南山酒店"的正店主朱贵给山上捎来一封告状信，说副店主杜兴不务正业，整天和地方上的一帮地痞流氓混在一起，吃喝嫖赌，无恶不作。杜兴把他朱贵这个正店主不放在眼里，他朱贵倒可以容忍，但他不能容忍的是杜兴带着他的那帮地痞流氓，整天在店里吃喝，欠下那么多酒饭钱，拖得店里资金周转不开，生意一落千丈。最近，通过盘点，他还发现酒店的账目上有问题，因为账目一直是杜兴管的，因此，他怀疑杜兴有贪污之嫌，云云。

吴用把这封告状信拿给宋江看了，宋江大怒，将信往地上一摔，道："这个杜兴太不像话了，吃几碗酒也倒罢了，怎么还贪污呢。吴军师，你带上'神算子'蒋敬下山到'南山酒店'去查查账，一定要把杜兴贪污的事查清楚，如果真是朱贵说的这样，将严惩不贷。"

吴用领命带上蒋敬到了山下，先和朱贵交换意见，朱贵义愤填膺地又将杜兴的罪行历数了一遍。吴用摸着山羊胡子，没有发表意见，却叫蒋敬去查账，自己把杜兴叫到一边，单独审问。

杜兴来到酒店后面的小屋子时，把门一关，对着吴用说了句："吴军师，你可得为我做主啊。"就先哭开了，一把鼻涕一把泪地哭得异常伤心，吴用怎么着也劝不住，就等他哭够了自己停住，才开口道："杜兴，你是怎么搞的？自己说说吧。"

杜兴抹了抹眼泪，哽咽着道："吴军师，我冤枉啊！"说着，泪水又涌了出来。

吴用说："你别再哭了，有什么话好好说。"

"吴军师，你有所不知，这都是朱贵在诬告陷害我呀，我有几个胆敢贪污酒店的银子？都是朱贵挪用了银钱，军师你有所不知，这个朱贵在枕溪湖畔时间长了，就和前面尚村的一个叫李玉兰的女子有一腿，长期在一起姘居着，当时他不知道这个李玉兰是个寡妇，身后有一大堆和别的男人生的孩子，她见朱贵是个掌柜，就认为朱贵有钱，她和朱贵勾搭上之后，就靠上他了。你想想，一个寡妇带着一大堆孩子，靠朱贵养活着，他能有多少钱？还不是拿酒店的钱去给了寡妇李玉兰。我不说他朱贵倒也罢了，他却告起我来了。吴军师，你可得为我做主啊。"

吴用沉思了一阵，才道："杜兴，你这样说，我倒要查个明白了，你俩谁是谁非，等我查清楚了，自会有个公断。这暂且不说，我现在想问你，你说朱贵和尚村寡妇李玉兰有染这事，你能确证吗？"

"我能确证！"

矛头一转了方向，杜兴一下子来了精神。

"杜兴，说这句话，你可得考虑好，一旦你说的有误，可别怪我到时不客气!"

杜兴拍着胸部,道:"吴军师,我杜兴如果说了半句假话,叫我天打五雷轰。"

"这就好,"吴用摸着山羊胡子,说,"我这就去尚村查个清楚。"

吴用便去尚村找到了那个寡妇李玉兰。李玉兰对她和朱贵的事不否认,而且一点都不掩饰,并且说她和朱贵好了这么多年,早已有了约定,如果梁山上宋寨主同意,她还要嫁给朱贵为妻呢。

梁山泊又没有规定,男人不准娶妻。

吴用没话说了。回到酒店,朱贵早听说了吴用去尚村查他与寡妇的事了,便把吴用让到小屋子里,对吴用说:"吴军师,我与玉兰的事本想早就向山寨报告的,可我担负的是为山寨打探消息的重任,怕暴露了我自己,就一直没好意思说出口。既然今天杜兴用这个事当作矛头来攻击我,我也就什么都不顾了,我朱贵不但要公开娶寡妇李玉兰为妻,而且,我和杜兴要斗到底了。"

吴用说:"朱贵,你不要激动,有话慢慢说。"

"军师,我能不激动吗?杜兴贪污酒店的银钱,我只是出于正义,向山寨反映这件事,我没有错吧?他杜兴却反咬我一口,我也就把他的劣迹再列举一些了。"

"你说吧。"

"杜兴除过贪污、吃喝嫖赌,无恶不作之外,他还包养了至少三个情妇。军师,你想想,咱山寨上的兄弟一个个都娶不上老婆,干熬着,杜兴一个人就包养了三个,这是什么行为?他反咬我,我就对他不起了,他养这么多的情妇,钱是从哪里来的?还不是用咱酒店账上的。"

"你有根据吗?"吴用听朱贵这么一说,心里也对杜兴有些气愤了，怪不得杜兴瘦得只剩下一把骨头了，同时搞着三个女人，身体能受得了吗？杜兴做得太过分了，用酒店的钱在外面包养情妇，并且是三个，这让梁山的兄弟谁听着会不生气呢。

吴用当时就找了杜兴。杜兴一听，连叫冤枉，说他平时是和一些女人有染，其实哪个男人不色呢？但和他有染的女子都是些风尘女子，说他长期包养情妇的事，是万万没有的，一个都没有，别说三个了。

"就我这身体，"杜兴拍着只剩下一张皮包着一堆骨头的身子说，"三个女人我受得了吗？吴军师，你也得算一算，我就是每天晚上不休息，在三个女人那里周旋，一个女人那里每月只能住十个晚上，她们能不能高兴，先不说，我还活不活了？"

吴用没说什么。朱贵和杜兴谁是谁非，看来一下子是弄不清了。

等蒋敬把酒店的账查出来，一对照，才发现账面和实际亏空不是太大，杜兴在酒店里欠账是真的，就是有出入的那部分也可以用杜兴的欠账弥补上。所以，杜兴的贪污一说就不能够成立。

但杜兴包养情妇的事，却没办法了解。因为朱贵所说的，吴用去查，有一个确实是青楼里的妓女，一见吴用进去，那个女人就开始脱裤子，吴用狼狈地赶紧逃了出来。剩下的，他就没有去查，便回了梁山。

吴用将调查的情况报告给宋江。宋江一听，心里不悦，说这朱贵和杜兴两个人怎么回事，一个告一个，到底想干什么？

吴用说："其实也没有什么，杜兴在酒店分管账目，朱贵见他经常和一帮人聚在一起喝酒，就怀疑杜兴贪污，这也属正常。只是这个杜兴，也确实不太像话，自己经营酒店，还天天喝酒，听说他酒量大增，这样下去也不是个事呀。"

宋江道："这有什么大惊小怪的，只要确实没有贪污，平时多喝些酒，也不为过，身在酒店里不陪客人喝几碗，拉拉生意，这生意就不好做，也说不过去，这没有什么。只是这两个不搞好团结，误了酒店生意不算大事，但咱们开这个酒店主要目的是打探消息，别误了大事。再说，两人你咬我，我咬你的，传将出去，不是更让外人笑话咱们梁山是乌合之众吗？吴军师，我看过几天，你再劳累一番，下山去给他们俩做做工作，不可叫他们再闹了，要以大事为重，齐心协力，把酒店开好，为梁山出力。"

吴用点了点头。

还没等吴用再次下山去做朱贵和杜兴的工作，朱贵告杜兴的第二封信又火急火燎地到了山寨。

这次朱贵告杜兴打击报复，不但不尊敬他这个正店主不说，而且还买通地痞流氓对他进行人身侵害，想置他于死地。

宋江看到告状信更加生气，也不再叫吴用下山去了，气冲冲地命人将杜兴唤上山来问话。

杜兴很快就上山来了，一见到宋江，没说上一句完整的话，只叫了声"寨主"，便先哭了。杜兴这一哭，倒与先前在吴用面前的哭不一样，前面是伤心和委屈，哭得抽抽噎噎，而这次在宋江面前则是悲恸与气愤，是放声痛哭，还边哭边诉说自己在朱贵那里所受的委屈和压抑，这倒叫宋江不知怎么说他好了，气虽然没彻底消掉，可心里到底还是先软了些，没有先前那般硬了。

"杜兴，你哭什么哭？有话好好说。"

"寨主，"杜兴抹了把眼泪，"我好冤枉啊！"

"你有什么冤的？"宋江没好气地说，"你和朱贵到底是怎么回事？前面说你贪污，现在又说你买通地痞流氓要害他，你是怎么搞的？"

"寨主……"杜兴又哭开了,这次有点泣不成声了。

"别哭了!"宋江怒道,"像什么话?你还像个梁山的人吗,男子汉大丈夫像女人一般哭哭啼啼的,像什么样子?"

杜兴的哭声随着这话戛然而止,像一根在激烈的拨动中猛然间挣断了的弦。

这时,吴用趁机对杜兴说:"杜兴,你有什么委屈,可以给寨主说呀。寨主叫你上来,不就是为了弄清你和朱贵之间到底发生了什么事吗?"

杜兴看了看吴用,他从吴用的目光里读到了一种东西,便说道:"寨主,我和朱贵之间并没有什么事,这些,吴军师去调查过,他可以作证。只是……"

"只是什么?"

"只是自从我给山寨推荐了'魔手'白莎莎之后,朱贵就跟我过不去了。"

一提到白莎莎,宋江心里便咯噔了一下:"这跟白莎莎有什么关系呢?"

"寨主有所不知,朱贵这个人其实心眼很小,他一直排挤我,想独自控制着酒店,这次我给山寨推荐了白姑娘后,他一直不服气,又担心我会因此抢了他的正店主的位置,还说了一些不中听的话呢。"

"什么话?"

"朱贵说,我只不过看白姑娘长得漂亮,才故意将白姑娘送上山寨,为的是讨寨主你的欢心,好让你让我做酒店的正店主。"

"一派胡言!"宋江恼怒道,"这是什么话?朱贵太可恶了,他把我宋江当成什么人了,我等难道是好色之徒?"

吴用插话道:"朱贵真不像话。"

"就是，"杜兴继续说道，"有了白姑娘这件事后，朱贵一直跟我过不去，处处给我挑毛病，天天告我，弄得我名声扫地不说，我今后还怎么在酒店里做事呀？寨主，你可得给我做主啊！"

宋江气呼呼地在忠义堂走来走去的，这个时候，他完全相信了杜兴的话，觉得朱贵是拿白莎莎上山的事在做杜兴的文章，你做就做呗，胡扯些啥呀。走了一会儿，宋江突然站住，望着一脸惊慌的杜兴，怒道："这都是什么事啊？一个小小的酒店，正副店主闹成这样，像什么话？"

杜兴委屈地说："寨主，我可是一不贪，二不沾，一心为了梁山呀，朱贵告我贪污时，吴军师调查清楚了的，我杜兴可冤死了。"

"好了，别说了，我心里有底。"宋江烦躁地说道，"你和朱贵谁是谁非，我不用说了。"

杜兴看着宋江，等待着他下面的话。

宋江摆了摆手："至于你们俩，我看也不能再待在一起了，这样吧，吴军师，我看就把朱贵的店主免了吧，让杜兴接替他做店主，然后把朱贵调回山寨，叫他做些杂事。"

吴用点了点头："就按哥哥说的办。"

杜兴这才揉着眼睛，满心欢喜地走了。

朱贵被调回了山寨，帮着孙二娘干些后堂的杂务。过了几天，宋江恐朱贵不服，还叫吴用带上朱贵去"思思美容院"亲眼看了看白莎莎的手艺。这时，白莎莎已经开始给林冲做面部美容了，额头的囚印快做掉了，林冲像换了个人似的，比以前更精神了。宋江这样做，无非是叫朱贵看看，白莎莎上山入伙是通过了大家的，白莎莎对梁山是有用的，她的加入是对的，而不是杜兴为了讨他宋江的欢心，他宋江也不是那种好色之徒。他要叫朱贵认清白莎莎的价值，要叫他没有话说。

宋江现在最爱去的地方，就是白莎莎的美容院了。在那里不仅因为能和白莎莎谈得来，精神上比较愉悦，而且还能从白莎莎嘴里知道不少外面的事。自从坐镇梁山之后，宋江就很少亲自到山下去走走了，外面的事都是通过探马报来的情况，基本上都是朝廷对梁山的态度，别的他一概不知，尤其是外面的世界发生了什么样的变化，他一点都不知底细。白莎莎不但精通人情世故，而且对天下大事有自己的见解。她曾对宋江说，朝廷招安的事没有成功，得想想没有成功的原因何在，并且得抓住机遇，不可坐等时机，要自己去寻找机会。宋江一直为这件事头疼，听白莎莎这么说，忙问白莎莎怎么去找机会。

白莎莎诡秘地笑了一下，说："像哥哥这样识时务的大才，还用妹妹给你明说吗？"

宋江说："我算什么大才？上梁山之前，只是个小小的押司，时势造就我为一方山寨主，现在领着一帮弟兄守着梁山这一亩三分地，不知何去何从，为了弟兄们的将来，委曲求全，一心招安，为弟兄们谋个前程，却落得如今这般境地，真不知今后的路该怎么走呢。"

白莎莎说："如今梁山的确是名震天下，可要说今后的路子怎么走，还是大哥明事理，走朝廷招安这条路没有错，这就是哥哥的高明之处。要想得到朝廷的重视，得做下让朝廷震惊的大事，吸引朝廷日夜关注梁山，把梁山当作当今天下主要势力，不招安，他朝廷就要为梁山寝食难安，这样才能让梁山的兄弟招安后，得以重用。"

宋江忙问怎样才算干大事呢？

白莎莎说："就是干一件叫朝廷能够信任的大事，这招安不就顺理成章了？"

宋江点着头，望着白莎莎，等待她的下文。

白莎莎却说："哥哥，我一个妇人家的话，你能当回事吗？"

宋江说："妹妹不要这样说，我梁山好汉，如今加上妹妹你，共一百单九将，像孙二娘、扈三娘这些女豪杰，我宋江什么时候拿她们当妇道人家看了，你就更不用说了，一手绝活，谁又能替代了你呢？"

"哥哥既然这样说，妹妹也就直言了，哥哥知道当今危及朝廷的巨大势力，除我梁山外，还有谁呢？"

"当然还有已经在南面称帝的方腊了。"

"这就对了。"白莎莎说道，"只要我们灭了方腊，就算是干了天下大事。灭了方腊，朝廷不就看到了我们的力量了吗？然后我们再去和朝廷商谈招安之事，朝廷畏惧梁山的势力，敢轻视梁山，不重视招安一事吗？"

宋江听白莎莎这样说，心里咯噔了一下，心想这个女人真是了得，竟给他出了这么一个主意，如今方腊称霸江南，势力日渐强盛，已与朝廷到了分庭抗礼的地步，朝廷都拿他没法，要想灭了方腊，谈何容易？

白莎莎观察到了宋江脸上的变化，对他的内心活动自也是洞若观火，微微笑了一下，说："哥哥的想法妹妹自然知道一二，方腊的势力是很大，所以我才说灭了他才算大事，至于怎么灭他，当然我们得动脑子了。"

"妹妹有何高见？"

白莎莎说："方腊不是常托人捎信来，要咱们梁山和他联手，灭了朝廷吗？我们何不将计就计，佯装同意，和他站在同一战线，把方腊哄来商谈，暗地里把方腊擒了，押送京城，交给朝廷，这不就大功告成了？"

第一百零九将 **217**

"这……"宋江为难了。自从梁山聚义，劫富济贫，梁山好汉威名远扬天下，谁不知梁山好汉是硬对硬，光明正大做事，要用这阴招，有损梁山形象，还真不是梁山人所为。

"哥哥，"白莎莎叫了声宋江，道，"如今世道，要想立足，有时不得不用一些诡计，这也是不得已而为之，想必江湖上人不会怪咱们的。"

宋江叹了口气，说："为了生存，这也不失为一条妙计，可我顾忌的倒不是江湖上的骂声，而是梁山上的这些弟兄，他们虽火爆脾气，但都是些耿直之人，性格率真，是不愿干蝇营狗苟之事的。"

"我们可以秘密行事，待事成之后，大家享受上荣华富贵，自会觉得这生活的美好，那时，谁还会怪罪哥哥你呢？"

宋江沉默了一阵，才说："待我想想再说。"

"哥哥如果主意已定，妹妹倒可以想法给一个在京城的姊妹带信去，让她帮咱们在京城里做些周旋，她认识不少朝廷的官吏呢。"

宋江还是说："再说吧。"

宋江把白莎莎的想法回来给吴用一说，吴用思忖了半天，觉得这个计谋虽然不是太光明磊落，但也不失为一条和朝廷靠近的上策，体现着他们梁山对招安的诚心。见宋江还在犹豫不决，吴用就说，这件事就交给他派人秘密去办，只需宋江给方腊修书一封，把方腊引来就成，剩下的事他会安排好的，如果到时事败，就说是他吴用要这么做的，与宋江没有关系。这样就把宋江推脱得一干二净了。

宋江一听，这样自己既不用背上骂名，又能达到取信于朝廷的目的，他便同意了，并且交代吴用，还要派人到京城去和白莎莎的那个姊妹取得联系，尽快和朝廷的官吏接上头，到时也好打通朝廷的关节，免得像上次一样，和朝廷闹得一塌糊涂。

吴用说，这次有了准备，不会再出问题了，就请宋江放心，他会把一切想得周全些，做到稳妥行事。

宋江对吴用办事向来是很信任的。

"思思美容院"红红火火，不愿做美容的武松都叫林冲硬拉着来做去掉囚印的手术了。因为美容院是给梁山开的，山上的每个人都有做美容的权利，所以李逵也争着要先做美容，并且和武松争执了起来。武松一直看不上李逵，不光是因为李逵没什么本事，主要是看不惯他跟着宋江的那副奴才样子，就好像宋江是他李逵的父母似的，无论什么话，只要是宋江说出来的，李逵都毫无原则地听从。所以武松就说了几句不好听的话。李逵无论文还是武都争不过武松，便气呼呼地到宋江这里来告武松的状。

宋江听李逵这么一说，知道武松是冲着他来的，心里不是个味，但不表现出来，却笑呵呵地对李逵说："你还以为美容真能把你这个黑脸做成白的？你想干什么呀，你也想娶媳妇吗？"

李逵正怒气冲冲，说话也就不管不顾地："就是想娶媳妇咋了，我脸黑就不能娶媳妇了？你还娶过阎婆惜呢，人家还不是嫌你脸黑，才勾搭那个小白脸出卖了你。"

宋江一听，生气了，他最不愿别人提他的那段丑事了，尤其后来做了一寨之主，当着兄弟们的面。便怒骂道："休要再提那个贱人，免得她脏了我们梁山圣地。"

吴用一听宋江生气了，赶紧上来拉住李逵说："李逵兄弟，你怎么这么不懂事，今后再不要提那件事来取笑哥哥了，你要美容，等他们几个把印去掉了也不迟呀，毕竟印是烙上去，好取掉，不比你将黑脸换成白脸，黑脸是天生的，可是得费一阵子周折的吧。你就等几天吧，难道说晚几天还真就能误了你娶媳妇不成？”

“晚了，肯定会误了娶媳妇。”李逵知道宋江真生气了，便知趣地小声地说了这么一句，准备要走了。

宋江看李逵一副小心起来的样子，就觉得自己太那个了，便强作笑颜地对李逵说：“你个黑头，这么急，是不是已经有了意中人了？”

李逵见宋江变回了脸色，语气也变软了，心想宋江还是把自己当兄弟看的，心里一热，就转回身来，说：“有是有了，可不见得就能娶上。”

吴用接过来说：“说的什么话，只要李逵兄弟看得上的，咋能娶不上呢？到时你做美容把脸变白了，凭你的一表人才，哪个敢不嫁你？到时，由宋寨主和我给你出面，哪个女子敢说个不字。上一次三打祝家庄，你说扈三娘人长得不赖吧，可就冲着宋寨主的一句话，她就嫁给王矮虎了。”

“上次是上次，可这次恐怕就不那么容易了。”

“为什么？”宋江问道。

“我看上的人，大家都看上了。”

“是谁？”

“白莎莎呀！”

“啊！”宋江和吴用都没有想到黑不溜秋的李逵竟然还有这个想法，他们同时发出一声惊叹后，互相对看了一眼，就都乐了。

“怎么了，我就不能看上她了？”李逵对他们两人的表情有点不满。

宋江道：“你个黑头，也不拿个镜子照照自己，白莎莎也是你娶得的？”

李逵听了宋江的话，这下生气了：“我就知道，哥哥会这么说，白莎莎我就不能看上了？当然，她是你们看上的，我就娶不得？早就听山寨里传说，哥哥你看上了白莎莎，我还不信，今天听哥哥这样一说，算是证实了。"

宋江脸上的笑凝住了，正色道："黑头，休得胡言。"

李逵躲开宋江的目光，却说道："人家都看到哥哥你天天去美容院里，和白莎莎坐在一起，你们捏捏摸摸地。"

"住嘴！"宋江怒不可遏地打断了李逵的话，"再胡说，看我不割下你的黑舌头。"

吴用忙打起圆场，问李逵："你都听谁这么说的？"

李逵嘴里支吾着，不说。

宋江心里更气，但说话的口气缓和了些："李逵，你还真傻呀，别人这么说，你可不能说呀，大哥是什么样的人，你还不清楚？再说了，白莎莎的确是个好女子，你看上了，也不是你的错，如果人家白姑娘没二话，愿意嫁你，我都可以出面给你保媒。"

李逵听宋江这么说，便道："大哥真会这么做？"

吴用接过来说："可得人家白莎莎同意才行啊。"

李逵小声说了句"这个我知道"，便悄声走了。

宋江余怒未消，吴用劝了几句。宋江说："人言可畏，梁山刚恢复以前的状态，不能因为几句闲话坏了事。"

吴用办事向来老练，在朝廷招安这件事上，一向和宋江站在一起，为了使这次事情成功，他不放心别人，去京城联络的事，都是他亲自去的。前前后后忙了一个多月，京城那面该见的都见了，该做的都做到了，把一切都布置好，就等方腊上钩，他们准备来个瓮中捉鳖的时候，却偏偏出了问题。朝廷那面有人泄密给了方腊，把宋江的计划全部给抖搂了出来。这下，不但方腊动了大怒，扬言要攻打梁山，活捉宋江，而且，梁山上下一片哗然，众好汉，除了宋江的几个知己外，都骂宋江是个小人，不配做梁山寨主。

反应尤为激烈的是林冲等人。林冲领着武松一班人几乎是冲进了忠义堂，他们杀气腾腾的样子让吴用脑子里一下子闪现出当初林冲杀王伦的情景。吴用跳了起来，立在宋江的面前。

林冲却不像吴用想象的那样冲动，他只是要求宋江为这件事做个合理的解释，他问宋江，方腊与梁山本属同类，都是受尽朝廷逼迫，无奈之下才揭竿造反，况且一直以来方腊对他们梁山很友好，也有心与梁山结为同盟，他为何要使这阴招，与方腊自相残杀，让朝廷看他们笑话，让天下人耻笑，使梁山蒙羞？

宋江张了张嘴，却什么话也说不出来。吴用赶紧请罪，说所有的事都是他做的，不关宋江的事。

尽管，吴用站出来再三申明，这次擒方腊的事是他私下里瞒着宋江一手操办的，与宋江毫无干系，但没人相信他的话，明明宋江是寨主，宋江一心要招安于朝廷，吴用只不过是听宋江的摆布，他又怎么敢越过宋江去干这样巨大的有损梁山声誉的恶事呢，肯定是宋江的指使，又被宋江逼着出来承担责任。所有人把所有的骂名全堆在了宋江一人身上。以为可以脱得了干系的宋江没想到情况会来得这样糟糕，一下子又跌入了另一个深渊。

这回，对宋江的打击非同一般。以前只是有人对他有看法，这下，整个天下都骂他宋江是个阴险毒狠的奸人，是拿着别人的性命作跳板的恶人，梁山上的弟兄更是把他当作有辱梁山威名的蝇营狗苟小人了。

宋江一时陷入了人生的低谷，对一切失去了信心，根本没有心思再去美容院，心里总觉得空荡荡的，不是个味，每天沉闷着，想要和谁诉说一下心中的苦闷，可又有谁能听他诉说，替他分忧呢？梁山的兄弟一个个都在骂他。白莎莎还能和他说到一起，可梁山上那些谣言也让他心烦，更何况，如果不是白莎莎出主意陷害方腊，他也不会弄到如今成为众矢之的，当然这其实也怪不得白莎莎，她只是出了个主意，事情还不是他自己做的？再说，谁也预见不到后面的事。可不管怎么说，不是白莎莎那个馊主意，他也落不到如今这般田地。他坐立不安，六神无主起来，总想着有什么事没有干，但又不知道具体是什么事，没法去干，心里很烦躁。

隔了几天，没见着宋江的白莎莎却来找他，说哥哥几日不去美容院了，莫不是妹妹做错什么了？

宋江其实也还是想见白莎莎的，听了她这话，连说："不是不是，妹妹你做得很好，没有什么错，只是这几日山寨里事多，太忙，再说你美容院里也忙，就没有去打扰。"

白莎莎愣怔了一下，说："再忙，也得给哥哥服务呀，这样吧，哥哥，我今后就到忠义堂来给你按摩吧，现在就给你推拿。"

说着，就上来动手了。

宋江不及躲闪似的一下子推开了白莎莎的手，说："以后，不要给我做按摩了，你，忙你该忙的去吧。"

这句话一出口，连宋江自己都吃了一惊，语气这么冷，一下子就把白莎莎给打懵了，自到梁山以来，她还没有受过这样的冷遇，随即眼泪就在眼眶里打转了。宋江知道自己语气太重了，伤了白莎莎，但已经说出口了，想收也收不回去了，只好这样坚持下去了，但故意不去正眼看白莎莎，眼睛的余光却瞟到白莎莎一副楚楚可怜的样子，心里不由得还是疼了一下，想说点补救的话，但想着自己的身份，想到近来山寨里十分不利于他的舆论，和满山寨飘荡着的他和白莎莎的风言风语，嘴唇不由自主地蠕动了几下，却还是很冷静地克制住了自己。

白莎莎紧咬着嘴唇，但泪水还是落了下来，她看着宋江冰冷的表情，猜不透面前这个对她一直很知己的头领怎么一下子就这样冷淡她了呢？她想也许和捉拿方腊有关吧，那总是她出的主意，可她还不是想要替宋江分忧吗？谁知道就会发生朝廷泄密的事呢？白莎莎抬手抹了一把泪，没有再看宋江，扭转身，走了。

宋江站在忠义堂大厅里，过了好久，还没有缓过神来，等吴用走到他的身边，轻轻叫了声哥哥，他才恢复了常态，感慨万分地说了句："这寨主可不好当啊。"

吴用劝宋江不要为这些闲话闹心，别伤了身体。说完了，吴用又说道："山下传来消息，朝廷为招安的事怪罪了高俅，听说朝廷的意思还是一心要招抚咱们的。"

宋江说这事要抓紧，必要时，再派人去京城探探风声。

宋江想着，招安的事越快越好，不然，这样下去，梁山的弟兄还不知道要闹出什么事呢。

事情来得太突然，王矮虎企图强奸白莎莎，被李逵当场捉住，大叫大嚷地连同白莎莎一起带到了忠义堂。

宋江闻言大吃一惊，看着眼前只脱得剩下一条短裤的王矮虎，气不打一处来，拍着桌子终于把这阵子的怒火发出来了："好你个不要脸的王矮虎，在梁山无法无天了？给你一个扈三娘这样又美貌又能持家的好婆娘，你还不知足，干下这等有辱梁山的丑事，看我今天不打断你的腿！"

闻讯赶来的扈三娘听宋江要严惩王英，冲上去护住了丈夫，对宋江道："哥哥，你也不问一下事情的原委，就动这么大的气，要打断矮虎的腿？"

宋江怒道："这还用问吗，王矮虎的毛病我还能不知道吗？"

扈三娘说："哥哥说的是，矮虎是好女色，但自从和我成婚后，就改了，一门心思全在我身上，懂得爱我疼我。谁知道这山

224

寨上却来了个什么给人美容，替人按摩的女人，也不知道这女人究竟是用了什么招数，勾引了我家矮虎……"

王英这时就明白了扈三娘的意思，也大叫道："是白莎莎勾引我，她在我身上摸摸捏捏的，还说我这一身好肉……"

白莎莎停止了抽泣，指着王英说："是他动手动脚的。"

扈三娘一听白莎莎这样说，上去就给了白莎莎一巴掌，破口大骂："妖精，臭婊子，你的衣服穿得好好的，怎么会脱了呢？勾引了我男人，还反咬一口，你们这些按摩女，手一天到晚都在男人身上游动，哪能有什么好东西。自从你这个狐狸精上了梁山，梁山的日子就没有安宁过，兄弟们被你搞得像丢了魂似的，整天萎靡不振，就光想着往你美容院跑。你去听一听下面说什么的没有？还有说你勾引了宋寨主的，这都成了啥事了？"

宋江听着这话，已经气得脸色刷白，嘴唇哆嗦着，却说不出话来，吴用上前想制止扈三娘，她却骂得更凶了，一边骂还一边扑打着，要抽白莎莎的脸。

忠义堂上闹得不可开交。宋江看了看周围，发现林冲等人静静地望着这场面，脸上尽是冷笑，似乎想看他今天怎么收拾这个场面。宋江很清楚地看到，林冲的手放在他原来盖着囚印的地方摩挲了许久。

这时，白莎莎躲开扈三娘，狠狠抹了一把脸上的泪，咬着牙，突然说道："我来梁山的时候，以为梁山真的是英雄好汉的天下，是可以护卫我这样一个柔弱女子的，真没有想到，所谓的梁山英雄好汉竟然真是一群乌合之众。什么英雄，什么好汉，其实只是些不讲道理不辨是非的贼寇，我只不过一个靠手艺生存的女子，比起来，你们当中随便拉出个什么人不比我强？却凭什么要这么多人合起来欺负我一个弱女子？我来梁山是避难的，是寻求护佑的，可是这里却也和外面的世道一样漆黑，算我是瞎了眼，投错地方了！"

"你瞎了眼？"扈三娘冷笑了一声，骂道，"是我们瞎了眼了，收留了你这个妖精，害得我们梁山没有安宁……"

"够了！"这时，宋江大吼了一声，忠义堂里的吵闹才猛地停了下来，大家都静静地望着宋江，看他怎么发落。

宋江挥了挥手，对吴用说："吴军师，你叫这些人都给我出去，忠义堂不是泼妇骂街的地方，你，派人送白莎莎下山吧。"

人们都出去了，宋江才流下了泪水，呜咽着对劝慰他的吴用说："这真是天意呀，上天不容我们梁山有一个多余的人，吴军师，天命不可违啊！"

白莎莎下山后，吴用安排金大坚将石碣上的"地美星魔手白莎莎"八个字锉掉。金大坚用钢钎锉石碣的声音很响，一下一下的响声清脆地在梁山已经恢复了沉寂的山谷里回荡着，也清脆地回荡在梁山每个人的心上，所有被白莎莎美过容的人，包括林冲、武松，心里也是好一阵怅惘。

宋江站在石碣前，看着白色的石头粉末在金大坚的手下落魄地四处飞溅，就想起白莎莎刚上梁山时那一袭红艳的裙衣，心里有一种说不出的艰涩滋味。

宋江不由自主地用手抚摸着额头上已经平滑的地方，那里的囚印虽然没有了，但他似乎摸到了已长到肉里的囚印，他的手抖动了一下，脑子里浮现出了白莎莎的影子，他的眼睛有点迷离。金大坚已经将石碣上白莎莎的名字锉掉了，宋江站在石碣前，看着那个褐黑色的石碣最下端，永久性地留下了一个白生生的石槽，像白莎莎的脸。

给儿子娶个媳妇

时过境迁，世事变幻莫测。

在祥林婶眼前出出进进的儿子阿盲，已经长大成人，到了该娶媳妇的年龄。

祥林婶还没有意识到，儿子大了，真正该费心的事，其实就是给儿子娶个媳妇。男婚女嫁，天经地义，这是毫不含糊的。

她没有把儿子的婚事想得那么复杂。不就是给儿子娶个媳妇吗？祥林婶置办了一桌子菜，请了几个善于说媒的乡邻，把这件事拜托给了媒人。

酒喝了，菜吃了，却没一个人表态。

祥林婶给每个人泡了杯茶，试探着想一下，看谁眼下就有合适的线索，先提供一下。

都不吭气，端起杯子喝茶。茶烫，吹出一片风声，也没有听到一句正题。

祥林婶心里"咯噔"一下，脸上表情复杂起来，为了掩饰这种尴尬，忙唤儿子阿盲过来，给各位敬烟拿糖。

儿子是祥林婶一手调教出来的，老实本分，听话能干，她一直以这个儿子为骄傲。

阿盲一出来，众人都把目光移到他身上，看他一瘸一拐地给每个人发烟递糖，心里不忍，都站起来接住，却不点烟剥糖，手里捏着烟糖，目光随着阿盲一高一低的身影，闪闪烁烁。

祥林婶才猛然明白，这些人不表态，全在儿子的腿上，她心里疼了一下，眼睛酸了，忙说了几句拜托之类的话，把这些平日里能言善变的角色恭送出门。

然后，祥林婶才把自己关在屋里，咬着嘴唇，哭了一通。

儿子的腿瘸，不是先天的，而是祥林婶自己打的。在儿子五岁那年．得到丈夫确切的死讯后，她用一根坚硬的沙枣棍，将儿子的左腿打废了。

祥林婶的丈夫被国军抓了壮丁，死在异乡，她看到村里不断有被抓走的青壮小伙，为了把唯一的儿子留在身边，她狠下心，打断了儿子的腿，保全了儿子的性命，却害得儿子落了个残废。

儿子一瘸一拐地从母亲怀里走出，泪水模糊了过去的岁月，时间长了，母亲竟忘了儿子是个残废。

该给儿子娶个媳妇了。世事变了，再不会出现抓壮丁的年代了，儿子腿上的残废，叫那些媒人用沉默提了出来，祥林婶才意识到，自己犯了一个天大的错。她哭得死去活来，也弥补不了儿子已残废的腿，只有面对现实，尽自己所能，给儿子找个好媳妇。

祥林婶又去了几个媒人家里，话没说出来，眼泪先流了出来。别人都知道她心里的苦痛，安慰她，尽力为阿盲的婚事奔忙。祥林婶才止住泪，千恩万谢地又去了，另一家。

以祥林婶的为人，四乡邻里也都晓得，孤儿寡母，也实在不易。媒人们本来就是些好事者，便都四处打听，给阿盲寻找合适的媳妇。

时隔不久，阿根叔笑呵呵地寻上门来，先给祥林婶报喜来了。

"好人必有好报，阿盲的媳妇有眉目了。"

祥林婶心里一喜，忙给阿根叔拿烟倒水，手忙脚乱，差点打碎了茶杯。

阿根叔坐定后，对祥林婶说："你先别激动，丑话说在前头，这个女子是陈村的，人长得标致，啥活都能干，就是……"

"就是个啥？"祥林婶急问。

"腿有点瘸。"

阿根叔声音小了下来，也不笑了。

祥林婶手僵在了半空，脸就白了。心里刺疼。

半晌，她才缓过劲来："他叔，你这说的，陈村的女子腿不好？"

"从小得病害的，不太要紧。"

"咱阿盲的腿瘸，你是知道的。"

阿根叔头低下了："我不是成心这样，这事……"

祥林婶说："他叔，你是好心，可这……"

阿根叔说："他婶，我知道，这事刺到你心上了。"

"不是，我没事，咱阿盲这样，再娶一个瘸子，我心里……"

阿根叔一个劲抽烟，不吭气了。

祥林婶说："他叔，你别往心里去，我害了阿盲，总想着弥补弥补。"

"我知道。"阿根叔说，"我也寻思过，不太好，可见你急，这事弄的……"

"他叔，你千万别这样，你也是为了我娘俩，可我心里总不舒服。"

"我明白!"

"两个人都腿脚不便，别人怎么看，我不管，可我做娘的，心里疼呵。"

送走阿根叔，祥林婶几夜没睡着觉，饭也吃不出味。她只要一躺下，眼前就闪动着两个瘸子，一前一后地走着，一个是她的儿子，一个是她给儿子娶的媳妇，她就睡不着，整夜整夜地任泪水湿了枕巾。

她在心里默默地念叨着，是给死去的丈夫作着保证。她要对得起儿子，给儿子娶一个好媳妇，让丈夫的亡灵安息。

"我就不信，天下这么大，凭我们始原村这块宝地，就不能给儿子找个好媳妇？"她想着，心里憋着一股劲。

始原的确是个好地方，地肥水丰，远离荒野，也不是山区，种植小麦、玉米。收成不差。能吃饱穿暖，过庄稼人的正经日子，不愁娶不到四肢健全的媳妇。

阿盲的年龄还不到太发愁的时候，祥林婶心里尽管很急，但她总不想草率行事，她就这么一个儿子，儿子是她生命的全部内容。她相信，好人必有好报，她一生乐善好施，村里邻里相处和气。从二十岁守寡，生下丈夫的遗骨，一心为了儿子，就是为了叫儿子过上好日子，她坚决不改嫁，抚养儿子成人，对得起惨死的丈夫。现在就剩下唯一的心愿，给儿子成家立业了。

也该祥林婶的命好。

这年冬天，第一场雪刚降下的时候，始原村来了一些从外地逃荒的人。

在这些要饭的人中，村里人看到一个十三四岁的姑娘，便引到了祥林婶家里。

祥林婶本来对要饭的人就很同情，一见好心的村里人把一个姑娘引来了，心里特别高兴。她给姑娘盛上热饭，让她吃饱后，问姑娘的名字，从哪里来的。

姑娘说她叫红云，是从甘肃甘谷出来的，她的家乡靠天吃饭，天旱，颗粒无收，她和家人都出来了，她们的村子人人都出去要饭度日子。

"你的家人呢?"

"父母早就死了，只有哥哥、弟弟，出来时间长，走散了。"小姑娘可怜地说道。

祥林婶很同情红云的遭遇，她看着瘦小的红云，大大的眼睛，因缺少营养显得更大，脸更小。她的心里怜爱这个小姑娘。

她试探性地问红云，愿不愿意留下来。

红云一脸犹疑，两只大眼睛静静地望着祥林婶。

"你要愿意，就做我的女儿吧。"祥林婶说，"有我吃的，就有你吃的。"

红云眼里涌出泪水，叫了一声"娘"，跪在了祥林婶面前。

祥林婶忙上去扶起红云，眼里也流出了泪，她很激动，指了指一旁的阿盲说："这是我的儿子，是你哥，今后，咱三个人一起过。"

红云毫不含糊地叫了阿盲一声"哥"。

祥林婶喜得直抹眼睛。

给红云换上干净的衣服，她一下了显得俊俏了不少，祥林婶越看越爱，晚上都要搂着红云睡。

日子一下子有了滋味。

红云经过几个月的调养，在来年春天的时候，已经满脸红润，出落得像一个大姑娘了。她人勤快，地里家里，手脚都长着眼睛，不但祥林婶喜爱，村里的人也喜欢她，见了祥林婶都说，祥林婶真好福气，捡了这么大个女儿，又俊又能干，过上两年，又是个好儿媳。

"你就等着享福吧!"村人对祥林婶这样说。

祥林婶笑得合不拢嘴，对村人说："今后红云愿不愿做我的儿媳，得她同意。不管她愿不愿意，她都是我的好女儿。"

话是这么说，但祥林婶的心里还是想着，一定要说服红云和儿子成亲，这么好的女子，上哪找去?

眼见得红云和儿子一起下地，锄草，浇水，祥林婶心里美滋滋的。有几次，她想给红云把话点破，可话到嘴边，又咽了回去。她总觉红云还小，不能提这事，一旦说破，她在家里就不自在了，不管是她同意还是不同意，话一说出来，就不好相处了。

红云平时把阿盲那个哥叫得，比亲兄妹还热乎，倒叫老实的阿盲落个大红脸。

每当这时，祥林婶就取笑阿盲，哪像个做哥的样子，妹子叫哥也脸红，没见过世面。

阿盲脸更红了，倒是红云替他开脱："娘，我哥以前没有人叫他哥，他还不习惯哩。"

祥林婶笑出了眼泪。

日子过了两年，红云长成大姑娘了。

祥林婶一直盘算着，该给红云把话挑明了。她试探着，自己总不好开口，想托村邻说这话。在她琢磨着找谁最合适的时候，村里的大人小孩已在红云面前把红云叫成阿盲的媳妇了。

有一天，红云终于问祥林婶。

"娘，你是不是叫我做哥的媳妇?"

祥林婶望着红云，说："那你愿不愿意呢?"

红云脸红得像布，她不吭声。

祥林婶又说："红云，娘是有这个意思，但娘绝不强迫你，你虽不是我亲生的，可我一直把你当亲女儿一样看待。你也长大了，你要有主意。"

"娘。"红云轻轻地叫了一声。

"你自己做主吧。"祥林婶说。

红云低着头，过了会才说："你是我的娘呀。"

"你愿不愿意？"

"娘，"红云叫了一声，扑到祥林婶的怀里，哭了。

祥林婶心里紧了一下，抱住红云，轻声说道："你别伤心，你哥的腿瘸，娘不难为你。"

这句话，祥林婶说过后，才觉得很吃力。

红云止住哭，说："娘，你说到哪去了，我哥是个好人。"

"那你……"

"你是我娘，娘说了算。"

"你愿意？！"

祥林婶惊喜地把红云抱得更紧了。

红云点了点头。

祥林婶眼里热热的，全是泪。

"娘呀，"红云说，"你先不要给哥说，他知道了，我还咋见他呢？村里人都这么说，我都不敢和我哥一起走了。"

"傻丫头。"

祥林婶把红云揽进怀里，抚摸她的头发，幸福地摇晃着。

以后的日子，阿盲和红云都很不自然，两人不在一起走了，在地里干活，也离得远远的。回到家，也不说话，两个人有什么话，都是给娘说。

阿盲给娘说："娘，今年的麦子长势好。"

红云给娘说："娘，咱家的粮吃到新粮下来没有问题。"

祥林婶笑着，看看这个，又看那个。

红云又说："娘，咱家的粪该起圈了，都那么厚了。"

阿盲接上说："娘，明个我起早点，就把粪起出圈了。"

祥林婶哈哈大笑，说："你们俩咋了，有话直接说，别扯上我。"

两人互相望望，脸都红了，也不说话了。

祥林婶却说："看着你俩长大了，娘打心眼里高兴哩，一家人和和气气，特别是有了红云后，这个家更像家了。你爹他要知道了，该会高兴的。"

眼圈就红了。

祥林婶很少说起丈夫，尤其是在阿盲面前。这会心里高兴，就想起了惨死他乡的丈夫，心里悲切起来。

气氛沉闷了起来。

祥林婶预感到了什么，随即又打起精神，笑了起来。

"我想着，麦收后，种上玉米就清静了，咱家也该盖间房了，你俩也不小了。"

红云听娘这么说，迅速瞥了一眼阿盲，脸红到了耳根。

阿盲脸也红着，说："听娘的。"

这年秋上，祥林婶给村子讲了，便在老房子跟前叫人看了风水，破土盖了一间新房，算是给阿盲和红云盖的新房。

新房刚盖起，等干透了才打算把墙用泥巴抹一下，粉刷后才算完成整个工序。

这时候，已到中秋了。

临近中秋节的一天，祥林婶家来了几个壮汉。

领头的是一个高大粗壮的红脸汉子，他是红云的哥哥。

他们是来找红云的，没一点好脸色，坚决要把红云带走。

红云的哥说，红云在家时是定了亲的，是给他换的媳妇。

红云哭得喊天喊地，死活不愿走，她哥非要拉她走。她哥拨开护着红云的祥林婶，根本不顾祥林婶的申辩。

"她不回去，我就娶不到媳妇！"红云的哥只说了这么一句，硬拉上红云就走。

闻讯扑上去解救红云的阿盲，被红云的哥推倒在地。

秋天的夕阳似西天上流淌出的血，把始原染红了。凄婉的哭声像从血液里挣脱出来的，在始原的上空游荡着，跌落到秋天的原野上。

红云被几个壮汉硬拖着走出了始原。她挣脱着、哭泣着，扭回头望着被夕阳染红的祥林婶，还有一瘸一拐追上来，不断被推倒在地的阿盲。

阿盲走在被庄稼相拥着的村道上，一高一低的身影被夕阳托举着，一会在空中，一会在地上，像一根风干的枯草。

他的嗓音嘶哑地喊着："啊，啊……"却总是挣脱不了满天满地的夕阳。他的声音被夕阳烤干了，像噼哩啪啦的干柴，落到地上，断成了几截。

阿盲最终被村人拖了回来，他死活不进屋子，可又挣脱不了拦着他的村人，他被折腾得精疲力尽，瘫坐在新房潮湿的门口，大口喘着粗气。

祥林婶已被几个妇女弄进屋里，坐在炕上发着呆，一脸的木然。

夜幕降临，村子静极了。

歇足了劲的阿盲，一缓过神来，就找了把锄头，狠狠地挖着他家新盖的房子，挖墙的声音沉闷地砸在村人的心上。

没有一人上前阻拦。

祥林婶也不去阻拦。任阿盲狠劲地挖着。只是那挖墙的声音响一下，祥林婶的身子就抽动一下，像挖在她身上。

阿盲把新房的墙壁挖得坑坑洼洼，土墙已经干透了，很硬，挖不倒，都挖成了拳头大的白坑，在月光下闪着白光。

祥林婶一下子苍老了不少。第二天，村里的人都说她老了。看到她以沉默的表情面对日出日落，以无言的痴呆望着辽阔的田野和她家的院落，尤其是那间新房墙上的坑洼，她的呼吸从此变得沉重起来，偶尔说句话，就连气都喘不均匀。

田野枯了又绿，绿了又枯了。流经始原的那条清水河被白雪覆盖着结了三次冰，冰化了三次，依然流淌着。三年过去了。

三年中，祥林婶一直没有放下给儿子找媳妇的重担，这已成了她日渐沉重的心病，眼看着儿子的年龄在一天天增长，她的绝望一天比一天加大了。

她去求过阿根叔，让他重去陈村看看那个瘸子姑娘。

阿根叔二话没说，毫无怨言地去了一趟陈村，又垂头丧气地回来了。

陈村的瘸子姑娘已经有主了，已和一个快四十岁的光棍定了亲，年底就办婚事。那个光棍汉除过年龄大点，身体没一点缺憾。

祥林婶唉声叹气，怪也只能怪自己，现在埋怨自己也没有用了。她三天两头去那些媒人邻里家里走动，只有一个话题，托别人给儿子找个媳妇。

"只要是女人就行。"祥林婶这样对媒人和邻居说。

她自己也常常到处打听，看有没有年龄大点的，身体略有点残疾，待嫁的女人。

村里的人有好心的，也都四处打听，为祥林婶的儿子操着心。他们一提起祥林婶，都说这个女人命苦，自从嫁到始原，没过上一天舒心的日子，都同情她。

在阿盲二十八岁这年冬天，好心的邻家二婶来到祥林婶家，她说倒有一个女人，看能不能给阿盲提成亲。

二婶说的这个女人是个寡妇，曾改嫁给始原村的光棍宝德，过了半年，又离了，现在带着一个七岁了还不会走路的瘫儿子，仍住在娘家。

"你是说的那个兰兰呀。"祥林婶的眉头紧成了一个疙瘩。

兰兰是远近几个村众人皆知的寡妇，已经先后嫁过三个男人。神经有时正常，有时不正常，说不准，还懒惰成性，又贪吃好的，脾气倒没有，就是嫁过的三个男人家，都成了猪窝一般，男人们实在容忍不下，一次又一次地离了婚。

兰兰的确是个女人。

祥林婶的眉头不皱了。在为儿子找媳妇的这几年里，祥林婶注意过许许多多的女人，却忽视了这个兰兰。

二婶看祥林婶的表情变幻莫测，就说："他婶呀，我是实在不忍心看你这么闹心，才出的这个馊主意。"

祥林婶说："他二婶，你别这么说，你的好心我是知道的。兰兰这个人我心里有数，她也不容易，硬是叫那个瘫儿子把她给拖坏了，走哪都不顺。这么说吧，我还干得动，身板硬朗，把她娶过来，我照顾她，好歹也给阿盲娶个媳妇。"

一说到儿子，祥林婶心口就隐隐作痛。

二婶心里不是滋味地说："你同意了?"

"就烦他二婶跑跑腿吧，你的恩以后再谢。"祥林婶沉重地说。

二婶去了。三天过了，没有回话。

这边祥林婶日夜等着，心里焦急，想过去问二婶。走到二婶家院门口，又返了回来，这种事不好催问的。

又过了两天，她实在等不下去了，就去了二婶家。

二婶一见祥林婶，脸色陡地变了，忙又堆起笑容，像哭似的。

二婶结结巴巴地说："他婶呀，我这几天忙，还没有去她娘家提那事哩。"

二婶不是忙得不顾事的人。

祥林婶追着二婶躲来躲去的目光，说："他二婶，有啥，直说。我知道你去过了。"

二婶吞吞吐吐了一阵，见瞒不过去，就说："我说了，你不要难过？"

祥林婶点了点头，心已经缩紧了。

"她开口提了八百块的彩礼。"

"八百？"

一个黄花闺女的彩礼，也只有六百。条件好点的，也有八百的，那都是长得像花一样的姑娘。

"我就没好给你去说。"二婶尴尬地说。

"她要这么高？"祥林婶瘫坐在凳子上，说，"她也能张开口。"

二婶说："还不是她兰兰看咱这边急着，拿捏咱呀。"

祥林婶不语。

二婶说："我看这事算了，她是个啥货色呀，还……"二婶停住，没有把兰兰说的那句嫌阿盲腿残的话说出来。

祥林婶已经预感到了。

沉默了一阵，祥林婶说："八百就八百！"

她从胸腔里挤出这么一句。

238

"这，不值!"二婶急道。

"我认了。"

"八百不是个小数目。"

"卖粮卖锅，我会凑够数的。"

"他婶，你……"

"就这么定了，"祥林婶说，"年跟前给我儿办事。"

阿盲要和兰兰定亲的事在始原一传开，众人惊疑不已，特别是兰兰要的那么高的彩礼。

有人来给祥林婶提醒。

祥林婶满眼是泪。

"我儿阿盲是个瘸子!"她声音颤抖地说道。

"可……"

"我这个做娘的，总不能叫儿子打一辈子光棍呀。"

阿盲得知此事，也不同意。

祥林婶教训儿子："娘还能活多长时间?你娶不上媳妇，你爹会怪我的，到我死了，你爹在那面都不会要我的，你忍心让娘做个孤魂野鬼?"

"娘!"阿盲哭了。

祥林婶心颤得厉害，却没流泪，对儿子说："你要孝顺娘，就听娘的。"

开始想法凑钱。八百块钱不好凑。始原的人们虽然不缺粮吃，但要谁家一下子拿出八百块钱来，很难很难。

就是贷款，也没有这么多的财物担保。

祥林婶东借西凑，急得上了火，她的气越喘越粗。有时喘得差点背过气去，后来才得知她得了气管炎。她也不去看病。

她整夜整夜地咳嗽，怕吵着阿盲，就不停地喝醋，她听别人说，喝醋可以压咳嗽。

几天时间，祥林婶的嘴角起了一串白泡，她给儿子说，她怕冷，把炕烧得太热，上火了。

初冬，天不太冷。下了一场毛雪，刚落到地上，就化成水珠了，结不成冰，地上潮潮的，像下过雨一样，路上全是泥泞。

在这种土路上走路，非常艰难，泥泞黏性大，不一会，鞋子像拖着两块石头。腿又酸又疼，还不如下场大雨，利利索索的泥水，走起来轻便些。

祥林婶在这个初冬的雪天里，拖着两大团泥巴，到处奔波着，为儿子娶媳妇凑着八百块钱。

十天过去了，才凑到三百块钱，离八百块还很遥远。

祥林婶神情疲惫地指挥着儿子，把自家的粮食拢在一起，正准备去集市卖的时候，村里的阿根叔寻上门来，看到这母子俩的情景，眼圈就红了。

"他婶，你……"

阿根叔说不下去。

祥林婶叹了口气，摇着头，对阿根叔说："他叔呀，这都怪我这个老不死的害的，当初你提的那个……"

阿根叔摆摆手，制止住祥林婶要说的话，支支吾吾半天，才说："今天我来，是有话要说的。"

祥林婶知道阿根叔向来是快人快语，今天这样，有点奇怪，说："他叔呀，你向来不是这样的。有话直说。如果是劝我别为这门亲事费心，我可听不进去，你的好心我领了。"

阿根叔望了一眼阿盲，对祥林婶说："我也不知道，这话当不当说?"

祥林婶也望了一眼儿子，说："不是劝我的话?"

"咋说呢？"

阿根叔叹了口气，望着阿盲，给祥林婶使眼色。

祥林婶打发儿子给阿根叔倒杯茶，又叫儿子去邻居家借包烟。

儿子走了。

祥林婶催阿根叔快说是什么事，这么神秘。

阿根叔咳了一声，说："我就说了。"

祥林婶点了点头。

"其实，有人让我给咱阿盲提亲来了。"

祥林婶一喜："有这等事？"

阿根叔说："人家主动跟我提的。"

"天啦？！"祥林婶叫了一声。

阿根叔说："我琢磨着，这是好事？！"

"咋？"祥林婶说，"他叔，你快说，是谁？是谁家呀？"她急得心都快蹦出来。

"是咱村的林旺。"

"他呀？他家的彩玲……怎么会呢？"祥林婶不相信这是真的。

林旺家就一个闺女彩玲，那可是个正常的大姑娘呀。

"是林旺亲口对我说的。"

"天啦!"

"可是……"

"可是个啥？"祥林婶还没有沉浸到突降的幸福中，急急问道。

"可是人家有个条件。"

"啥条件？"

"这个条件不好说出口。"

祥林婶说："你说吧，就是彩礼再高，我也会想办法的。"

阿根叔说："不要彩礼。"

"要啥？"

"林旺那个老鬼……这话我真不知该说不该说？"

"说，他想做啥？"祥林婶紧追着，"啥条件我都答应。"

"他不要一分钱彩礼，只要，"阿根叔喝一口水，终于下了狠心似的说了这么一句：

"他想和你一起过哩。"

祥林婶一听，吃了一惊，又脱口叫了声"天啦"。

阿根叔看着祥林婶脸上变了颜色，便说："这事弄得，这事不好说哩。"

祥林婶回过神来，半晌，才说："他叔呀，林旺果真提这条件了？"

阿根叔说："他这是趁火打劫，我就知道这事会伤了你。"

"不是！"祥林婶说，"突然来这么一下，叫人，没法说。你别自责，他叔。这事咋说呢，说白了——是换亲。"

阿根叔不语，只一个劲地喝茶。

"娘给儿子换媳妇。我一个半大老婆子了，别人咋说？"祥林婶心酸起来，泪水模糊了两眼，心抽动得厉害。

阿根叔很不自然，望了望门口，说了句"阿盲跑到哪里借烟去了"，站了起来，要走，又扔下一句话："你就当我没说啥。"

"不了。"祥林婶抹了把泪，"他叔，这事在这种时候说出来，我心里确实不好受，如果他林旺有心，我会思谋思谋的。这事来得太突然。我明天答复你，好吗？"

"她婶，你心里……"

"叫我想想。"

祥林婶连晚饭也没做，一个人呆呆地坐在炕上。儿子问她怎么了，她摆摆手，叫儿子自己去弄点吃的。她一个人坐着。

夜深了，儿子睡觉了。祥林婶坐到半夜，在心里说了句，为了给儿子娶个媳妇，不能顾前顾后了。这可是个机会。

她半夜就去敲开了阿根叔的家门，答复：她同意林旺说的事。

回来时，她不能自控地摇晃着，一路回到了家。她连哭的念想都没有了，一个人在炕上坐到天亮。

儿子起来后，祥林婶把阿根叔说的事给他讲了。

儿子跳了起来，说他不娶媳妇。

祥林婶厉声对儿子说："你叫个啥？娘就不兴找个老伴了？儿子，你长大了，娘老了，你得替娘想想，娘不容易，娘凄凉一生，老来有个伴，不好吗？"

"不是，娘，你是为了我，才……"阿盲哭了，狼嚎似的。

"我不要娘这样!"阿盲哭道，"我宁愿一辈子不娶媳妇，娘呀!"

"住口!"祥林婶火了，"你嚎个啥？这事由不得你!你要阻止娘，娘就死给你看。"

"娘呀……"

"你娘还没死哩，等死了。再哭吧!"

祥林婶给儿子做了早饭，逼着他吃了，打发他出工下地去了，一个人关上门，哭了一气。埋怨死去的丈夫，给自己留下这么难的世事，又想到自己致残了儿子的腿，对不起儿子，更对不起死去的丈夫。

终了，还是在心里说了一句：都怪我，我是实在没办法呀。

当天下午，祥林婶去问过阿根叔，得知他已把事给林旺回过话了，就自己去找林旺。

林旺早些年精明过头，被抓了壮丁，逃跑回来，把自己的腰弄折，弓起个背。再没被抓。娶妻生子安了家，几年生了两个儿子，一个闺女。老婆生女儿彩玲时，伤风死了，他一个人拉扯三个孩娃。不几年，大儿子出天花时也死了，埋在清水河边白桦林中老婆的坟前。剩下的二儿子被他宠坏了，长大娶妻后不要老爹，分了出去。他和女儿彩玲留在老屋，彩玲在村上的建筑队里，常年在遥远的北屯搞建筑，很少回家。平时就他一人守着一个破败的院落过日子，经常是冷锅冰炕，有一顿没一顿地过过活。原来经常去村上的饲养室大炕上度过寒冬，这几年政策松了，他腰有毛病，干不成重活，给牛贩子帮着赶牛，最后得到一个牛犊。现在整天侍弄着牛犊，过着清冷的日子。

林旺的家在村子西头，两间土房，旧得不成样子，他也不善于收拾。人和牛各住一间，屋子和院子一样脏乱，到处是牛屎。女儿彩玲如果回来一次，也没地方住，就到别的邻居家里借宿。二儿子自分家后，根本不管老子的死活，这都是他宠惯的结果，怨不得别人。有时，村里的人劝他找儿子去论理，要儿子养活老子，他不愿去，总说儿子从小没娘，叫他享几天福吧，他不愿拖累儿子，一个人过一天是一天。

祥林婶去林旺家时，他还在冰炕上躺着，见是祥林婶来了，他想起来，由于腰有问题，眦牙咧嘴地吸着冷气，倒叫祥林婶看着他有几分可怜。

屋里连坐的地方也没有，地上全是干枝枯草和干牛粪，站着都难找个干净的空地。单纯是牛粪味还好点，又夹杂着一股说不清的臭味，叫人喘不过气来。

"你咋来了？"林旺木讷地说道。

他终于从炕上滚下来，把一团黑油油的被子推到一边。腾出脏脏的炕席，想叫祥林婶坐，又不好意思。

祥林婶却坐在了他的脏炕边上。

"我想着自己来问一下你的口实。"祥林婶对站在地上的林旺说道。

"阿根已跟我说了。"林旺目光闪烁。不太自在地站着。

"他叔，"祥林婶叫一句，说，"咱都是上了年纪的人了，把话说在当面，你是个啥想法？"

林旺支支吾吾半天，才说："我的情形你看到了，人活得没个意思。前阵子听了你给阿盲要娶那个兰兰的事，我就觉着，你又何必呢，把娃害了。"

"我没办法呀。"

"我就给你想了这个办法，虽然……但是……我也过得难呀。"

"我理解你，不容易。"

"咱俩家合成一家，不就叫阿盲这娃不吃亏了？"林旺又显出了他的精明来。

祥林婶说："可我家儿子腿瘸。"

"我的腰不是也直不起来么。"

"这是两回事。"

"咋两回事？"

"你不要把自己扯上。"

"你不愿和我过？"

"不是!"

"那还说啥？"

"关键是你的女儿彩玲，"祥林婶说，"她看得上我儿子阿盲吗？"

"由得了她？"

"说不定!"

"我是她爹!"

"女儿大了。"

"我说了算!"

祥林婶说："就怕你到时做不了主。"

林旺把头抬起，说："我能做主!彩玲不是她哥。"

"万一她不同意？"

"女儿家的，能不听父母的？"

"我说万一……"

"我保证你儿子娶上媳妇!"

"彩玲……"

"你放心，她不同意，我打断她的……"

意识到后面的字不能说，林旺就没有说下去，改口说："有我在，你儿子能娶上媳妇。到时候，你儿子也是我儿子，我能不给他娶上媳妇么？"

"你保证？"

"我保证!"

"那么，就搬到一起过吧。"祥林婶心里踏实了些，说过，想了想，又说，"咱这事不要张扬，免得别人说换亲，尽快办了这事，隔一阵子再说孩娃们的事，脸上也好看点。"

"依你。"

"你这屋住不成人。你搬到我的屋里去。"

"就依你。"

"到时叫阿盲把那间新屋再修整一下，给他们做新房吧。"

"你说得对。"

祥林婶不言语了，心里突然有了一种空落感。"这是干啥呢？交易……"她想道。

两人沉默着。

过了会，林旺突然开口说："你家阿盲，他同意我过去吗？"

祥林婶说："我已给他说了这事，儿子一直听我的。不过……"

"不过啥？"

"阿盲可能不叫你爹，我……"

"这没啥，叫叔也一样。人家城里有这样叫的，不是亲爹呀。"

末了，祥林婶想起啥似的，说："你搬过去，你那个儿子没意见？"

林旺说："他呀，连问都不会问的。"

一脸伤感。

果然，林旺的二儿子没过问过一句他爹的事。

一场大雪能真正覆盖住大地的时候，祥林婶和林旺办了手续，没举行什么仪式，林旺悄悄地搬过来了。

那是一个寒冷的风雪天，林旺没有理会有点冷漠的阿盲，跳上了祥林婶的热炕。

炕烧得很热，林旺钻进了干净的被窝，把自己脱个精光，贴在滚烫的炕席上，一个劲地感叹道："我的腰就得睡这样的热炕，才能度过冬天。"

祥林婶一夜都睡不着觉，炕上多了个人，她不习惯，心里也乱乱的，不知怎么着才好。天快亮时，她有些睡意了，才在心里说，从今天开始，以后的日子该平稳了吧。因为儿子的媳妇终于有了着落。

她在心里感激着林旺，是他帮了她一把，今后，在一起过日子了，就每天给他烧好热炕，让他的腰舒服吧。

事情不是说的那么简单。

快过年时，林旺的女儿随建筑队回村过年了。

彩玲对她爹的再婚惊讶之后，看着她爹睡上了热炕，吃上了一天三顿热饭，惊讶就变成了喜悦。

喜悦了一半，当得知她爹把她许给了阿盲，就不干了："我才不嫁给他，他是瘸子!"

她爹说："我还是个弓腰呢。"

彩玲气不打一处来："爹，你说的啥话呀？"

"中国话，谁都听得懂。"

彩玲气道："你是拿我给你换的日子过呀。"

"你说啥？"她爹说，"我把你养大，就是想把你嫁个好人家，过日子。"

"可他是残废!"

"他哪里废了？什么不能干？我看阿盲是个好小伙子。"

"我不嫁!"彩玲哭道。

"你敢!由得了你。"

彩玲哭着跑了。

和女儿谈崩的这场话，是在自家的老屋里——现在的牛圈。在祥林婶家不好谈这事，林旺把女儿专门叫到自家老屋的。

晚上，林旺一人回到祥林婶这边。吃晚饭时，不见彩玲回来，祥林婶就问。

林旺答说，彩玲去她哥家了。

祥林婶也没问他们父女谈的结果。

第二天，她才发觉有点不对头，趁阿盲不在时，就问林旺。

林旺说，彩玲有点不愿意，但他会叫她愿意的。

祥林婶头就木了，身子不稳，差点跌倒。

林旺一见，忙说了句，我这就去找她，给她讲理。

林旺找到村里几家彩玲常去的人家里，都说没见过彩玲。他还去了自己儿子家，儿子冷漠地说，彩玲才不会到我家来的。

林旺急了，冒了一头冷汗，弓着腰一路小跑，在村子里乱串，几次都滑倒在雪地上，摔得不轻，但他顾不得疼了，用手捂着摔痛的屁股，继续小跑着，边跑边喊彩玲的名字。

村里人都知道刚回村没几天的彩玲不见了。许多人帮着找，把偌大的始原找遍了，也没找到彩玲的影子。

有人问明情况后，说是不是彩玲到她娘坟上去了。

一伙人寻到白桦林里，彩玲娘的坟前有杂乱的脚印，有两个膝盖跪出的雪坑，在坟堆后面平整的雪地上，有彩玲用白桦树枝写在雪地上的留言：

我走了

仅仅三个字，已经将林旺击得瘫在雪地上。

众人要扶他回去，他嘴里说着，这可咋办呀，这可咋办呀。

他还是被村人扶了回到祥林婶这边。他一见祥林婶，就说，只要彩玲活着，他一定要把她找回来！

祥林婶没有吭声，木然坐着。她的心已经凉得跟屋外的世界一样了。她心里一片空白，听着林旺不断表态似的话语，她想着自己又错了一回。这次的错，是林旺一手造成的，可她能把他怎样呢？他已经睡在了她的热炕上。

她对他说的只有一句："你欠我的！"

林旺失神地听着这几个字，又说："我一定要找回彩玲！"

冰天雪地，到哪里找？林旺对祥林婶说，待过了年，一开春，建筑队又要去北屯，到时托他们去找彩玲，肯定能找到。他坚信，彩玲不会去别处，她肯定去了北屯。

来往一回北屯，距离不算近，也只好这样了。

但祥林婶的心已经死了。就是找到彩玲，她能嫁给阿盲吗？

这个答案已经很明确了。

来年开春，村里的建筑队去了北屯，果然捎话回来，说彩玲在北屯，一直住在他们的建筑工地上，跟着工地的民工度过了冬天，过一个新年。

林旺很激动，一个劲地说着，他知道会找到的。

他要去一趟北屯，把彩玲带回来。

祥林婶劝他别去了，他带不回来的，女人的心，是铁做的，改变不了。

林旺一定要去，他说，彩玲不回来，他就卸下她的一条腿回来。他去了北屯。

彩玲找到了，可她已经和工地上的一个民工同居，做了名义上的夫妻。彩玲告诉她爹，她早和他是夫妻了，年底，就给她爹生一个外孙。

林旺差点气晕过去，到处找棒子要打断彩玲的腿。他被民工团团围住，差点被人家打断他的腿。

他灰溜溜地回到始原。

回来后，林旺对祥林婶说，他欠阿盲的一个媳妇，他一定要给阿盲娶一个媳妇。

结果是早已知道的，所以祥林婶也没有抱什么希望，对林旺的空手归来很木然，对他的话没做言论，只是平静地对他说了句：

"牛圈里的粪该起出来了。"

日子过得很沉闷，一家人在一起的时候，谁也没有过多的话说。最不自在的当属林旺了，他最怕一天三顿饭和晚饭后的那段时光。因为那时候阿盲一般都在家里，他觉得太对不起阿盲，有阿盲在的时候，他手足无措，像个做错事的孩子。至于祥林婶，毕竟是做了一阵子老夫妻了，在一个热炕上睡过，有了份感情，脸面上还好过点。他就是怕和阿盲处在一起。

每次到吃饭时间，林旺在老屋的牛圈里磨磨蹭蹭，总想着等阿盲吃过了，他再回来。祥林婶一做好饭，就去叫他，他找些活慢慢干着，祥林婶明白他的用意，有时把饭给他送过来。

晚饭后，林旺一定是要到老屋那面待着，熬到该睡觉了才回来。

尤其是牛犊长成大牛，是个难得的大母牛，给配上种后，林旺把心思全放在了牛身上。夏收刚刚结束，他就给祥林婶提出，牛怀胎需要照顾。他想晚上到老屋去睡，好给牛加夜草。

祥林婶叹了口气，对他说，你就别再添乱，闹的笑话还不够么？你过去住，还不叫村里的人说长道短的？

林旺支支吾吾地说，我是去照顾牛呀，谁爱说啥说去。

算了吧。祥林婶说，别再折腾了，再说，那个屋也住不成人了。

林旺没法，却把老屋仔细打扫干净，比原来住着人时还干净，倒给母牛收拾了一个舒适的环境。

可他实在受不了那种沉闷，面对阿盲的复杂心态。

一天，林旺对祥林婶说，要不，托二婶再去说说那个兰兰？

祥林婶愣着神，不语。

林旺吞吞吐吐地又说："彩礼钱由我出。"

祥林婶狐疑地望着林旺。

"我是没钱，可我还有一头牛，"林旺沉痛地说，"并且是怀了牛犊的母牛!"

祥林婶"唉"了一声,才缓慢地说:"可要人家兰兰愿意呀。"

"托二婶去问问。"

祥林婶厚着脸去找了二婶。二婶倒很热心,当天去了兰兰娘家,时间不长,就回来了,她回过话来,说兰兰已经和上官营村的一个光棍定亲了,秋后就办事。

祥林婶唉声叹气了一阵,只怪自己命不好,怪不得别人。

二婶很同情祥林婶,便说道:"没想到兰兰那种人倒成紧俏货了,这边离了,那边还等着娶哩,这世上的事呀……"

末了,二婶又说:"他婶,咱也别太看低自己,亏了阿盲,阿盲除过腿有点不利索,哪点比别人差了?"

祥林婶说:"可这世上没有嫁不出去的女,只有娶不上妻的汉呀。"

"好运会降到好人身上的。"二婶说。

还叫二婶给说中了。这年秋收后不久的一天,有个好心的村人带了一男一女,来到了祥林婶的家。

好心的村人把祥林婶叫到一边,说明了原委。

这一男一女是从石河子来的,却说一口的四川话,说是这个女子的母亲病重,出来想寻个有钱的人家嫁了,好给她娘治病。

那个男的是她舅,送她来的。

祥林婶打量那个女子,她个不高,又白又净的圆脸,眉毛又细又弯,嘴不大,眼睛却又大又圆,只是少了些光彩。是个俊女子哩。

祥林婶看得欢喜,心里直叫着老天,是老天给她送的这等好事哩。她忙招呼一男一女进屋坐了,倒水递烟,又唤过一个看热闹的孩娃,跑着去老屋叫来林旺。

林旺一路小跑着来了，他满面红光，弓着的腰直了不少。

"这是娃他爹。"祥林婶给他们这样介绍。

一番寒暄后，好心的村人把祥林婶叫到一边，对她说，为了稳妥点，多叫几个人来吧。这一男一女是外乡人，他只是在地头碰上，不了解底细。

祥林婶觉得有理，就说我去把阿根叔和二婶他们叫来。

好心的村人说还是他去吧，叫祥林婶在这边招呼着。

不一会，阿根叔和二婶来了。

阿根叔问那个女子："你叫啥名字?"

"贾秋艳。"

"你娘得啥病?"

"可能是癌，已经吃不成饭了。"

贾秋艳的舅接上说，恐怕还有救，送到医院，人家要两千块钱的押金。

"现在住在医院呀?"祥林婶同情地问道。

"没有!"贾秋艳低下了头，抹起了眼泪，"医院见不到钱，不让住。"

"噢!"

都噢了这么一声，再不吭气了。

贾秋艳的舅这会说："实在没办法，才出此下策，只听说始原人富，有吃有穿的，一路上就寻来了。"

阿根叔警惕地问："在别处没找到合适人家?"

"唉，这年月，都拿不出钱呀。"

二婶接过来说："你是说要两千块的彩礼?"

"她娘的病，两千块咋够呀。"贾秋艳的舅说，"这光是押金，住进去了得打针吃药呀。"

"你想要多少？"几个人同时问道。

"最少得四千块，秋艳是家里老大，她娘的病全靠她了。"贾秋艳又哭了起来，一脸的悲戚。

这时，林旺说："你要的也太多了。"

贾秋艳的舅说："没有办法呀。"

林旺说："以后咱成了亲家，还要来往呢。"

贾秋艳的舅一脸的无奈："病逼得没法呀。"

没有了声音，是长久的沉默。

几个人你望望我，我望望你，又望望祥林婶。祥林婶想了想，问贾秋艳："你今年多大？"

"二十三。"

这么大了还没个婆家？祥林婶一脸的狐疑。

贾秋艳的舅舅看出了什么，忙说："实话说吧，咱家秋艳一直没出嫁，主要是她家负担太重。她是老大，下面还有五个弟妹，她爹去得早，她娘又病着，咱要的彩礼太高，没嫁出去。"

"拖到二十三了？"

"这不，到今天这地步了。"

祥林婶放下了心，心思就动了，悄悄扯了扯阿根叔和二婶的袖子，到屋外的院角里说话。

"他叔，他婶呀，这是个机会哩。"祥林婶说。

"可要的钱太多了。"

"人家是个闺女哩，"祥林婶说，"钱，咱想办法，借，卖粮，都成，只要给阿盲娶上媳妇。"

见祥林婶下了决心，阿根叔和二婶就说，咱再和他们压压价吧。

祥林婶怕事黄了，说："说不过去，就答应下吧。"

阿根叔和二婶点了点头。

回到屋里。阿根叔对贾秋艳的舅说："她舅呀，咱把丑话说在前头，你出的彩礼太高了，咱拿不出呀。"

贾秋艳的舅说："要不是碰上救急，谁好开这么高的口啊。"

"让一步吧。"

"为了病人啊。"

"你也看到了，咱哪能拿出这么多呀。"

贾秋艳的舅扫了一眼屋子，咽了口唾沫，说："那就三千……五吧。病人得吃药打针。"

"吃药打针都在住院押金里算着。"

"三千四吧。押金是医院怕你到时掏不起医疗费。"

"包括了呢。"

"三千三吧。这病还不知拖到啥时候呢。"

"以后成了亲家，这边能帮衬的，会帮衬的。亲家，再少点吧。"

"不是我……唉，那就三千二吧，不能再少了，我回去交代不了啊。"

"给个整数吧，三千。亲家。"

"三千二。不能再少了。"

"都要活呢。"

"三千一百五。总得叫病人最后吃点好的吧。"

"三千整。"

"三千一百五。不能再少了，否则，我可得走了。"

阿根叔望了一眼祥林婶，她默默地点了点头。

阿根叔便哈哈大笑起来："得罪了，来抽支烟，就这么定了。亲家！"

贾秋艳的舅也强作着笑了笑，接过烟点上。

又说了一些彼此的苦恼，阿根叔说："亲家，在这住两天吧，两天后，咱把钱凑齐了，也好给病人治病。"

"今天不行吗？"

"这么多，一时哪拿得出来。"

安排贾秋艳的舅舅和阿盲住在新屋，秋艳和祥林婶住在一起，叫林旺去别人家借宿，他说还是回老屋住，和牛在一起吧。

接下来就是凑钱。

祥林婶回了趟好多年没回的娘家，找她亲哥去借钱。走之前，她到老屋给林旺说："先把牛卖了吧，以后我还给你钱。"

林旺不语，低着头一个劲抽烟。

祥林婶站了一阵，就走了，去娘家借钱。

林旺把牛牵到清水河里，给牛洗了个澡，直接到镇上去卖了。母牛身架大，年龄轻，卖了整一千元，肚子怀的牛犊，也卖了二百块。他揣上一千二百块钱，用手按住衣袋，从镇上一路哭了回来。

牛是庄户人的重要财产。

祥林婶借了八百块钱，回家见林旺没有动静，便去了老屋，见他静静地躺在老屋的土炕上，屋里没有了牛。

她问把牛卖了？

林旺坐起来，从衣袋里掏出泪湿的钱，递给祥林婶，没有言语，又抹开了眼泪。

祥林婶捏着钱，轻声说了句："我欠你的，一定要还。"

泪也涌了出来。

从阿根叔和二婶家各借了几百，还有原来凑的准备娶兰兰的钱，总算凑够了三千一百五十块钱。

割了两斤肉，打了一斤酒，开了个酒席，把事定了。

把钱交给贾秋艳的舅，阿根叔突然问了一句贾秋艳的舅。

"听口音，你们不像石河子的人？"

贾秋艳的舅说："哪有正宗的新疆人？都是从内地过来的。"

阿根叔点着头，心想也在理，新疆人的口音南腔北调，什么地方的人都有。

贾秋艳的舅数过钱后，很无奈地说："这回去可咋交代啊，这点钱，给秋艳寻的男人还是个……瘸子。"

但还是揣上钱走了。

三天后，祥林婶摆酒席给阿盲和秋艳举行了婚礼。她终于给儿子娶上了媳妇，虽然欠了一大堆债，但她在酒席上还是笑得很响亮，一直压在她心头的大事终于得到了解决。

只有林旺哭丧个脸，闷头抽烟喝酒，他心疼他的牛。

村里人也都高兴，祥林婶给儿子娶了个漂亮媳妇，逗林旺说："一头牛换个漂亮媳妇，你还亏了吗？"

林旺不吭气。

阿盲和秋艳入了洞房。晚上林旺要到老屋去睡。被祥林婶拦住了："牛卖了，你去做啥？别难过了，以后再买牛吧。"

林旺说："以后，你再别说还我钱的事了，我欠阿盲一个媳妇哩。"

祥林婶说了声："老不死的。"算是回答了林旺。

一夜，她和林旺都没睡着。林旺还想着他的牛，不断地流泪。祥林婶却思谋着，欠这么多的钱，可咋还呀？

"林旺的钱，一定要还的。"她在心里想道。

给儿子娶上了媳妇，并且是一个漂亮的闺女，祥林婶心情一下好了起来，她觉着人活着还是很有意思的。特别是看着儿子，脸上有了喜悦，对林旺也客气了，虽然没有叫爹，却给他递烟端饭了。

"这才像一家人。"她心里想着，"我对得起阿盲他爹，了却他的心愿了。"

尤其是儿子。她想着，她害了儿子的腿，是出于无奈，现在，儿子总算没吃亏。

媳妇秋艳，人勤快，嘴也甜。祥林婶打心眼里喜欢，心想着，到时秋艳给她生个孙子，这日子还有啥说的。至于借的钱，慢慢还吧。

她又想法借了些钱，买了几只羊羔养上了，想着以后再买些鸡鸭什么的，清水河边，有的是草，她和林旺干不成重活，放羊放鸭的活又不费力，慢慢攒钱还账吧。

有啥愁的？祥林婶心情开朗，时不时观察着秋艳的肚子，有时私下也问儿子，媳妇有了没有？儿子羞红了脸，借口躲了。

眼看着儿子媳妇，出出进进，祥林婶心里美滋滋的。见秋艳一脸平静，心里感叹媳妇懂事，虽然嫁给儿子，她有点亏，但都是给逼的。有时，她叫住媳妇，对她说，也不知你娘的病怎么样了，语气里全是关心和爱护。

"等过一阵子，叫阿盲陪着你，回去看看你娘。"祥林婶对儿媳说。

秋艳感动得哭了，不断地点着头。

初冬的第一场雪降了下来，原野上白白点点，没有被雪完全覆盖住，但还是能看出。

冬天到了。

这天，秋艳给祥林婶说，她想到镇上去发封信，问候一下她娘的病情。

祥林婶答应了，叫阿盲一起去。秋艳也愿意和阿盲一起去镇上，好给他买件衣服。

祥林婶目送着儿子和媳妇一起走出村口，媳妇不断地给儿子拂去头上的雪花。

贾秋艳这一去，再没回来。

到晚上时，只有阿盲一个人满头大汗地回来了。

阿盲脸色苍白，只说他们发了信后，秋艳要去厕所，一进去，再没出来。他等了半天，托人进去看了，没找到秋艳的影子，一直找到天黑，也没有找到人。

"天哪!"祥林婶捶胸顿足地叫了一声，倒在炕上，气喘不过来了。

村人闻讯赶来。

林旺急得说不出话来，脸红脖子粗地叫上阿盲要去镇上找人。

阿根叔大骂着："骗子，我们给骗了。"推开林旺。叫上几个年轻人，套上一辆牛车，拉上阿盲，连夜去了镇上。

第二天天亮，几人回到村子说没有找到人，阿根叔和阿盲搭车去了北屯找人。

过了两天，阿盲和阿根叔回来，没有找到贾秋艳。阿盲叫着闹着，要到石河子去找人，被阿根叔拖了回来。

"她是骗子，肯定不是石河子人。"阿根叔说。

"秋艳咋会是骗子呢，她不像呀?"阿盲缓不过神来。

几个上年纪的村人知道，三十岁的光棍阿盲刚尝到女人的滋味，当然不会相信她是骗子了。

"这可怎么过呀？"祥林婶软弱无力地叫道。

"认了吧!这是命!"村人劝道。

阿盲不吃不睡，祥林婶怕他独自去找秋艳，叫林旺跟着看住他。阿盲瘸着拐着，也走不快，天天在村头站着，望着那条通往镇上的路。

路上已经白了，雪薄薄地铺了一层。媳妇跑了，儿子整天呆呆傻傻的，又欠那么多的债，祥林婶实在承受不了，哮喘也越来越厉害。

半个月后，祥林婶终于忍受不下去了。她在一天早上，没给儿子和林旺说，只给二婶留个话，她独自一人去了石河子。

她知道秋艳是找不到的，但她还是到处打听。最后，她给一家做起保姆，她琢磨有个落脚点打听秋艳的下落，再挣点钱，为还沉重的债务，尽点微薄之力。

快到过年时，祥林婶被那家人辞退了，人家嫌她有哮喘病，万一出点事，担不起责任，便给她买了车票，硬送上车，叫她回来了。

祥林婶老了，头发全白了。儿子和林旺都怨她不该这样出去，他们说要出去，也应该是他们出去。

祥林婶凄惨地笑了笑，说："算了吧，你们一个瘸子，一个驼背，出去能干啥？我又不是去找人，我是去挣钱，要还债的!"

她说着，又咳嗽得喘不过气来，不想流泪，但眼泪还是涌了出来。

祥林婶对秋艳心已死，她愁那么多的债怎么还。

过完年后，祥林婶又悄悄地走了，这回她去了更远的乌鲁木齐，坐了两天时间的车。她打听到，乌鲁木齐请保姆的人多，就直奔那里去了。

她在乌鲁木齐做保姆只有一个半月，因哮喘越来越严重被人辞退，人家负责任把她塞上车，看着车把她载走了。

祥林婶这次回到始原，才意识到自己的病严重了。她又不去医院看，一个劲地喘着，谁劝也不听。她知道自己不可能再出去了，她的哮喘有时会背过气去，她想着她在人世上的时日不会太多了。

她又操办起了她这一生没能完成的大事：给儿子娶个媳妇。

她打听到，那个兰兰又离婚了。

她对阿盲说，命中注定，只有兰兰那样的女人，才是儿子的媳妇！

阿盲坚决地说："我不要她！我这辈子再不娶媳妇！"

祥林婶喘着气说："只要我还活着，由不得你！"

林旺一个人蹲在地上抽烟，他给谁也不帮着说话。

阿盲走了。

阿盲走在一个清冷的早晨，他给谁也没说他要去哪里。

一个月过去，阿盲从北屯捎回话来：他在建筑工地上干体力活，不为挣钱，只为了逃避不娶媳妇。

祥林婶已经躺下很多天，哮喘得厉害。她听儿子捎回的话，绝望地坐起来，流着泪水对林旺说了句：

这辈子我欠你一头牛，还有个小牛犊，算是欠定了。

寻找大舅

　　过后，人们对那场战争的记忆，只剩下了一些只言片语的述说。

　　至于那场大战的真实背景，至今没有人能述说清楚。就是目睹过那次布鲁克之战的牧人，也都丢弃了所有苦涩的记忆，在岁月如水的流动中，或已作古，或在生命的边缘徘徊，没有可能在历史中沉浮，再目睹一次惊心动魄的战事了。

　　至于大舅，那个布鲁克之战中举足轻重的人物，也只坐在如今的开都河边，望着平缓流动的河水，卷支莫合烟，轻轻地抽上一口，悠然自得，安之若素。仿佛世间的一切都与他无关，就连我这个亲外甥，都已成为遥远的记忆，不在他的亲情范围之类了。那种冷漠，连一个陌生的普通牧人都无法做到，可见大舅已经到了怎样的地步。

　　天山在苍茫的荒野上堆起一座气势非凡的高地，使东方大地从此有了高度，有了一片明净的天空和圣洁的厚土，从此，晶莹的雪不再消融，冰封千里，承受着阳光的重量，也吸引世人的目光，作为仰望，能够掂量出天空的誓言，这些誓言焦灼了千年万年，很难改变。

　　巴音布鲁克草原像一条绿毯，在天山腹地摊开，把过去和现在覆盖得严严实实，即使骑着一匹日行千里的骏马，也找不到埋伏在草丛里的血迹。感觉那一片绿色，可以找到大海迁徙的痕迹，可以找到冰川消融后慢慢汇聚成开都河的源头，却找不到关于那场战争的丁点痕迹。

1

大舅今生注定要做一回军人的，在一个战乱的年代。那个年代里的青年，都怀有满腔热血，大舅也不例外，但大舅的性格，更适合做一个中学教师，或者是一个纸上谈兵的诗人。外祖父也一直是这样培养大舅的，先让他上完县国立中学，然后考上师范，想着日后王家若是出一个先生，那就是大舅，也算是给祖上争光了。

母亲时常说，外祖父是一个思想僵化、顽固拙劣的生意人，他经营杂货店日鬼捣蛋，总没有起色，常在食盐里掺上白沙，在辣面里掺上染红的锯末，根本不讲一点信誉。可外祖父却对自己的"希望工程"投入了不少精力，一心扑在大舅身上，想在王家的族谱上翻开新的一页。

大舅属于有知识的学生，看待问题不同于外祖父，他接触的社会面广，认识社会更直接。在他进入师范的第二年，差点就跟着"国军"的一支部队跑了，硬叫外祖父用烧火棍给追了回来。如果当时大舅不惦记着家里，回家报个信，就那么走了，外祖父也没办法将大舅追回来，可他偏偏要给家里打个招呼，想走得明明白白的，却被不明不白地给追回来，并且当着那么多同学的面，挨了外祖父的烧火棍，丢尽了面子。

大舅再没心思上学了，他在外祖父的严厉控制下，在师范学校吊儿郎当，整天胡思乱想，后来竟陷入了情网，与一个叫叶雯雯的女同学爱得死去活来。

被爱情滋润了心田的大舅，慢慢地放弃了从军报效祖国的念头，完全投入到了构筑爱巢的行动上。叶雯雯的美貌与淑女气质，使大舅非常着迷，爱情的力量使大舅忘记了一切。

母亲说，大舅是个爱走极端的人，叫外祖父用烧火根打退了雄心壮志，变成了一个不思上进的小男人，整天与叶雯雯卿卿我我，过着浪漫天真的生活。大舅辜负了全家的期望，特别是外祖父对他寄予的厚望。

一家人正为大舅的事痛心疾首的时候，外祖父却破天荒地想通了，他托人捎话给大舅，让大舅把那个叫叶雯雯的女孩带回家来看看。

当外祖父托的人把这个消息告诉大舅时，大舅不相信这话是外祖父说的。"什么带回家看看，还不是想当着人家女孩的面，想再敲我几棍子。"大舅对来人这样说。

来人是外祖父收买的专看大舅的"线人"，为了防止大舅再跟着部队跑，外祖父不惜重金，甚至连师范学校大门口看门的老头也买通了。

线人对大舅做了许多有力的证明，大舅才诚惶诚恐地带着叶雯雯回了趟家。不过，大舅事先给叶雯雯说过，不论有什么事发生，也动摇不了他爱她。叶雯雯说，能发生什么事呢？不就去见公婆吗，这有什么大不了的，你爹妈又不是日本人，还能把我杀了？

大舅说，你爹妈才是日本人哩。大舅还知道维护自己的父母，当时的人把最坏的人都比喻成日本人。

大舅和叶雯雯回到家，看到的却是另一番景象：全家人面带微笑，恭候着叶小姐的大驾。外祖父斯斯文文，一见叶雯雯的面，便很有绅士派头地做了个请的动作，惹得大舅和叶雯雯差点笑出声来。

问了叶雯雯的家庭情况，外祖父就把大舅拉到一边，告诉大舅他同意这门亲事，但男大当婚，一定要慎重。接着，外祖父问大舅是谁保的媒，他要和媒人交涉一下，有必要将双方父母的意见交换交换。

大舅说，没有媒人，都什么年代了，还要那些烦琐做啥？

外祖父说，没有媒人咋行，谁给咱传话呢？

大舅说，就自己传，有话当面说。

外祖父脸阴了："说的啥话？我看这姑娘太大方了，想请媒人传话，让她家今后管严点，得懂些规矩，第一次上门就这样大声说话，今后还了得？"

大舅说："这是什么规矩？人家是有学问的人，你不能拿老尺子来量新洋布，洋布都用米来量，一米就是三尺。"

外祖父眼睛瞪着大舅，气了个"哼哼"，心想女孩有学问倒也好，今后会出息，但还是不放心地说："以后得给她多说点规矩，大家闺秀还是要的，再有知识也是个女人。"

大舅说："知道知道，你就别再啰嗦了。"

外祖父想着，又说了句，这次就依了你，但今后你可得好好读书。

大舅满不在乎地说："只要你不干涉我的亲事，我也会让您满意的。"

大舅这么说了，心思还是放不到读书上去，整天为了爱情奔忙，根本不把学业当回事。

后来的事发生得太突然，大舅根本没来得及想对策，他的初恋就被现实扼杀了。

蜂拥而至的"国军"一夜之间将县城的角角落落扫荡了一遍，大舅的情人叶雯雯被"国军"一个叫孟向坤的团长抢走，霸占为姨太太。

为了夺回美丽漂亮的未婚妻，大舅像疯了一样到处乱窜，结果不但没有找到自己的心上人，还差点被乱军打死。

母亲说，大舅那次差点丢了命，他被人送回家时，已经奄奄一息了。

等大舅醒过来时，县城已经恢复了原来的冷清，但也已面目全非。大街小巷像被洪水洗劫过一般，脏乱不堪。大舅身体还没恢复，就四处打听"国军"的去向，最后得到消息，孟向坤的"国军"已经西行，具体到了什么地方，谁也说不清楚。

大舅不吃不睡，整天疯子似的乱转。一家人伤透了心，痛恨"国军"的劣行，断送了大舅的前程。

之后的一天夜里，大舅出走了。外祖父尽管看管得很严，但还是有打盹的时候，叫大舅给钻了空子。

从此，大舅没有了一点信息。外祖父直等到死，也没有再见上他一面。母亲说，外祖父的余生很悲惨，家境败落，一家人都没法糊口了，迁到了乡下，才算保全了性命。

外祖父是大舅出走的第二年冬天死的，冻死在乡村的野地里，身上没穿一件衣服，死得很惨。

这些，大舅一点都不知道。

2

开都河是一条随心所欲的河，沿着草地的低洼处，弯弯曲曲地从草原上流过，这是一条永远不会枯竭的河，它是天山的精血，孕育着布鲁克的生命，珍藏着青草茎叶间的第一粒阳光。正在饮水的骏马，似汲取了一串串的阳光，不时荡起的波纹，像一圈一圈金色的光环，映红了牧人的脸膛，那种悠然自得的胡须上，沾着马奶酒的汁液，散发着一股醇香。阳光在这里停留的时间很长，会把一个美好的季节拉得很长很长……

历史没有在这里停顿，都让开都河的水托着，慢慢地流过了铁门关，进入到博斯腾湖，被一朵朵浪花拍打着，沿孔雀河，进入到遥远的罗布泊。

罗布泊到底有多大？它背负了多少历史的尘埃，吞吃了多少柔软的生命？

"国军"的一个团，应该有千把号人吧，还有马匹、羊群，甚至牧民的血肉，当年都是通过这条开都河，像河水一样，流入博斯腾湖，进入孔雀河，再进入罗布泊的。

我骑着一匹雪白的军马，第一次走进巴音布鲁克草原。

时间剥蚀了枯骨，奔突相撞的猎风梳理着白驹的鬃毛，似燃烧的火焰，在我眼前飘忽，我被烘烤得异常激昂，因为寻找一段已经被遗忘的历史，寻找一位我并不熟悉的至亲大舅，因为背负的是一片残缺的记忆，是一段沉重的传奇，在越接近开都河上游的时候，我的内心就充满了恐惧，我的视野就越来越迷茫……

母亲说，一定要找到你的大舅，一定要告诉他，全家人（其实不全了）都在盼望着他回归故里！

是呵，连香港澳门都经过了百年沧桑，回归了祖国，我的大舅，你怎么就不能回归故里，与家人团聚，了却家人对你四十多年的期盼呢？大舅，是什么，是什么叫你这么固执地留在这方土地上，坚守了四十多年，不愿和家人团聚，你就这么残酷吗？

你，你们不懂！冥冥之中，大舅这样对我说。

我们不懂，我们确实不懂。一个经历了刻骨铭心初恋的青年，一个背负了历史重负的老人，四十多年来，就在这里，固执地活着，坚守着一个不愿放弃的梦想。

我在草原上奔驰的坐骑应该说是一匹训练有素的军马，虽然它已经被现代化部队淘汰了，可它的臀部烙印依然证明着它的身份，它是一匹特殊的军马。在越来越接近开都河源头的时候，白马的步伐越来越碎了，我两腿用力，使劲夹紧马肚子，它还是越跑越慢了。

最后，在我一提缰绳，准备越过这条平缓浅显的开都河时，白马却停下不动了，任我怎样抽打、吆喝，它只是打着响鼻，高昂着头，在原地打转，就是不肯前进一步。

它是嗅到了什么？还是惧怕河水？不应该是这样的，这匹马常在河里奔跑，平时训练时，从没胆怯过的。

难道，这马有灵性，它闻到了开都河畔曾经流淌过的血腥？还是惧怕这水里曾经流过同类的血肉？

但这里的一切都已经过去四十多年了，连人类都已经基本上忘记了这里发生过的一切，一匹没有经历过那场战争的马，怎会闻到历史的尘烟？

这叫我没法理解。

我束手无策，折腾出了一身臭汗，想把马牵过河去，却牵不动。一个人想拉动一匹不愿移步的马，就像推动火车一样难。

我只好歇口气，牵着白马，走到河岸边不远处的一座蒙古包跟前，寻求帮助。

我牵着马缰绳，掀开蒙古包厚重的毡帘，里面的光线很暗，一股腥膻味迎面扑来，我没有看到一个人影，正准备往出退时，地上的毛毡上坐起了一个黑影。定睛一看，是一位苍老的牧人，我就说我的白马不愿过河，请求他的帮助。我说了一大堆话，才猛然醒悟，自己说的汉话他未必听懂，就退了出来。

苍老的牧人却跟了出来。他太老了，喝多了酒刚睡醒的样子，酒把他的脸膛烧得通红，脸上的沟壑像弯曲的红柳根，干裂、暴突。他出着很粗的气，气里散发着很重的酒味，他胡须乱成一团，却白得闪光。在纯净的秋阳下，他似一幅油画里的肖像，目光散淡却有神，望着我的时候，慈祥而安静。

我礼节性地点了点头。

他也点了点头。

我牵着马想走，他却开口说话了，他说你的马不愿过河？

我停住，惊讶他竟说一口流利的汉话，在天山深处的布鲁克草原。

是不是？他追问道。

是！我说。

你过河去干什么？他问。

我说我想找一个人。

找谁？

王成！一个叫王成的汉族老人。我说。

他吃惊地打量了我一番，才说，这里没有叫王成的人，整个巴音布鲁克草原上只有一个汉人，他叫巴特。

那我就找这个巴特。我说。

你找他干什么？他问。

他是我大舅。我说，这里曾发生过一场战争。战争，你知道吗？

他说，我不知道啥叫战争，你去找你的大舅就是了。老人有点不高兴地说了一句。

我疑惑，他这么大年纪了，肯定知道四十年前的那场血战，可他却说不知道，是丧失记忆还是被酒精烧糊涂了？发生在布鲁克那么大的一次血战，他能不知道吗？

进去喝碗茶吧，他又开口说，来到布鲁克的人都是我们的客人。

我说，不了，我还要去找我的大舅。

说的啥话？他说，找谁也得喝碗茶再走！

我只好将马拴在蒙古包前的拴马桩上，跟他走进毡房。说实话，我确实有点渴了。

接过老人递过的茶碗，我猛喝了一口，一股酸甜中略带辛辣的液体滑进喉咙，肚子里窜起一团火焰似的，烧得我全身热烘烘的。我停下，说，这是酒呀。

老人呵呵一笑，说，是马奶子酒，比茶有味。

我生来喝不成酒，对酒天生畏惧，但碍着少数民族风俗，只好硬着头皮将碗里的马奶子酒喝干。马奶子酒后劲大，我的头已经晕了，就拒绝了老人再盛酒给我。

老人哈哈大笑了一通，才说，像你舅，他喝一碗也就醉了。

看来这个老人对我大舅很熟悉，但他为什么对四十多年前的那场战争装作不知道呢？这里面有许多与大舅有关的事呢。我便问老人，我大舅他现在还好吗？

老人长叹了一口气，才说，说不上啥好不好的，他很古怪，但他是布鲁克草原上唯一的巴特（英雄）。他现在已是一个老人了，整天除了放羊，还是放羊。

大舅成了一个只知放羊的牧人了，岁月沧桑，简直叫人无法理喻。我站起来，我要赶快去找大舅。

老人将我一把按住，说，现在你找不到他，就在这住下吧，这里像他的家一样。

可我是专程来找大舅的，我说着，还要走。

老人拦住我说，年轻人，你不能走了，你的白马都不愿走了，这是上天的旨意，就在这住下吧。

马奶子酒劲泛了上来，我已经头重脚轻了。天色确实不太早了，看来我只好住下了。

3

大舅一路西行，打听那个"国军"团长孟向坤部队的行踪，从甘肃进入青海格尔木，整整用了三个月时间，在这三个月里，大舅吃尽了苦头，蓬头垢面，衣衫褴褛，俨然一个叫花子形象，但他并不回头。他没有任何信仰，没有过多的乞求，只有一个目的，就是要找到自己的恋人。

在那个战乱年代，打听一支部队比打听一个人要简单得多，大舅寻着情敌孟向坤的踪迹，走进了荒无人烟的大漠。那时候，大舅已经把所有的仇恨化作力量，一种对爱情誓言的追寻，他就不信，他没有能力找到自己所爱的人。他的意志在苦难中变得刚强，他的灵魂在追寻恋人的过程中得到了重新组合。他有生以来，第一次懂得恋情的突然终止是一件多么可怕的事情，他把所有的叹息和所有希冀的破灭都看成是上天的安排，但他不服从，他要抗拒。他就不信，他的真情感动不了上苍。他已经迈出了坚强的一步，他有勇气再走下去。

大舅躺在高原荒野中的一个破羊圈里，半夜，睁久了眼睛的他，躺在烂草中，睡意渐浓，神智因残垣断壁间闪过的各种幻想而迷糊。瞌睡似叶雯雯脖子上的纱巾撩抚着他的感觉，又如温柔的云雾轻摩平静的死水。他忘记了熊熊燃烧的自己，而同人类各种世事教诲的那种隐秘的精神相遇了。在他的眼前，视野一圈一圈扩大，未知的一切世界渐渐展开。他的身体远离载有他的恋人的团队，他的心却一直在那支发臭的队伍里行走着，陪伴在恋人周围，他的思维排列有序，他一点不慌张，他知道他是在实施着一个伟大的壮举。

　　大舅有生以来，第一次体验到了这种奇特的感情。其实，那感情在他离家出走的那一刻已经产生，只是他没有感觉到罢了。在苦涩的日子里，他越来越觉得那种神秘的感情，早就隐藏在他的灵魂里，从乌有中迸发，或从一切之中迸发、成长、逐渐壮大，成为他寻求甘甜的艰涩的体验。

　　大舅神志恍惚地躺在格尔木的一间废弃的破羊圈里，被高原反应折磨得神志不清。他睁大眼睛，心怦怦地跳着，思想非常单一，只有一个往昔的幻影一直在他心中。他还要往西追寻，因为牵着他魂魄的团队还在西行。

　　大舅躺在羊圈里，昏昏沉沉，他已分辨不清白天和黑夜，他从来没有想过自己生命所面临的危机，他不恐惧，他不知道自己为什么没有恐惧。

　　后来，大舅被一群格尔木的淘金者救了。他们前往西边的阿尔金山淘金，把大舅当成一个流浪者。他们救他的目的，是为了多一个劳力。就这样，大舅在淘金者的队伍里，翻过了高原，进入了阿尔金山，开始了另一种生活。

　　荒凉的阿尔金山屹立在塔里木盆地的东边，挡住了东风，再温柔的春风也没法越过阿尔金山的脊梁。

　　淘金的工序是先挖走上面的沙砾，掏出底层的沙金，然后把沙金运到山下有水潭的地方淘洗。大舅不会淘金的技术，就被金霸派到山里，专门挖沙金。

一群一群的淘金者都有自己的团体，都由一个个金霸管理着，统一劳作。为此，帮派斗争非常激烈，有时为了争夺一个金矿，几个帮大打出手，经常闹出人命。大舅曾目睹过一次这样的惨象，金客们挥舞着手中的农具，相互厮打，有的金霸手里还有几条枪，就更凶残，见外帮金客就开枪，死伤人的事接连不断。

大舅所在的金帮是一个势力范围不大的金帮，因为金霸没有枪，经常被别的金帮赶跑，救过大舅的一个金客当场脑袋开花，惨死在沙金坑里。

大舅对死并不惧怕，他一直想着的是追寻自己的恋人，一直想寻机脱离金帮，去实现自己的梦想。

在金帮混战中，大舅做过逃跑的准备，但都失败了，有次只身脱离了金帮，最后还是被金霸抓了回去，除了被痛打一顿之外，大舅还被惩罚做了运沙金的苦力。那是个吃力活，背上驮着整麻袋沙金，从山坡上背到水潭边，得走五六里路，大舅经常被沙金压得趴在地上，像牲口一样喘气。

凶恶的金霸对逃跑的大舅说，你的小命是我的人捡的，就得给我卖命，你再跑，看我不打断你的腿！

大舅那时候简直要绝望透顶，他被打得爬不起来，在低矮的地窝子里蜷缩了一天，就被赶起来去背沙金了。

白天背沙金，累得半死，还吃不饱饭，晚上回到地窝子里。地窝子就是在地上挖个像房子一样大的四方坑，上面盖上树枝等物，就算是住人的房子了，每次走进去，像走进坟墓一般。大舅过着比他要饭还要艰难的淘金生活，他的身体受到了从未有过的摧残。他忍受着辱骂、痛打，但一切残酷的现实也没有打消他的信念。

4

　　我在道尔吉的毡房里度过了艰难的一夜。由于喝了马奶子酒的缘故，我一直处在迷醉状态，我只记得道尔吉在我还有一点清醒的时候，告诉我他的名字叫道尔吉。这是一个好记的名字，我只听他说了一遍就牢牢地记在心里了。我之所以对这个老牧人的名字记得这么清楚，是因为这个人与大舅有着特殊的关系，我的感觉是这样告诉我的。一来到这个布鲁克草原，就觉得大舅那神秘的过去离我越来越近。我就要见到我从没谋过面的大舅了，我的心情就越发激动，但道尔吉的一碗马奶子酒却把我给阻隔在河的这面了。我在酒精的作怪下昏昏沉沉地过了一夜。除过记住道尔吉这个名字，我还记得我吃了些炒米和奶疙瘩，却没有听到一句关于大舅的话题，就是道尔吉老人讲了，我也没法清醒地听进去了，我醉得歪倒在地毡上，像死过去一样。

　　清晨，我一醒来，就神思恍惚，一时弄不清自己身在何处，望了望四周，是一个光线阴暗的蒙古包，里面的情形使我才弄清自己已经到了布鲁克——大舅的身边。

　　我掀开毡帘，走出毡房，一轮血红的秋阳挂在东边的山巅上，像蹲在那里的一个圆盘，纹丝不动地照着我的脸。我的眼睛干涩而疼痛，被太阳光一照，刺痛起来。我走到开都河边，踩着湿漉漉的青草，蹲下身子，把手伸进河水里，水冰得刺骨，我赶紧掬了些水抹在脸上，揉揉眼睛，冰凉的刺激使我的眼睛松弛多了。我抬头向河对岸望去，一群白羊低着头正在认真地吃着草，身上披了一层太阳的金辉，有种吸引人的绵软和温热。我的心里"忽"地一热，连呼了几口清新的空气，感觉喉管里畅快多了。

我的目光越过羊群，看到一片金色的牧场，视线无休止地延长，被纯净的绿色刺激的心情异常地舒畅。如果不是猛然有一匹红色的马驹跳入我的视线，我已经到了忘乎所以的地步了。

红马驹像一团红色的火焰，从绿毯似的青草上流过，发出一阵阵激烈的燃烧声，这声音使我猛然想起，我的马呢？我的那匹白军马呢？

我都做了些什么呀，只顾自己睡了，却忘记了自己是骑马来的，直到早上，也没想起来我的马来，我是多么的忘乎所以呵。尽管我知道，马的一生都是站着睡的，所以它被人类所敬仰，但它是一个生命，它也需要吃呀，并且在这样的秋天里，露水多重，我怎么就忘了它呢？

我心急了，记起昨天是将白马拴在毡房前的拴马桩上，现在此处空空如也，四周没有白马的影子。我心里急了。

我太粗心了。

正在急得团团转时，道尔吉牵着我的白马突然就出现在我的身后，我竟没有听见马蹄声。其实，马一到草地上，像踩在地毯上一样，又怎么会有声音呢。

起来了，道尔吉对我笑着说，刚起来吧。

我说，我正找我的马呢。

道尔吉呵呵笑着，说，马到草原上，像到了自己的家，跑不了的。

我要接过马缰绳，道尔吉却用手拦住了。

急啥，马刚吃了青草，让它歇歇。道尔吉说，你也该吃东西了。

我不饿，我说。

假的，道尔吉说，先喝些奶茶，我这就给咱放倒（杀）只羊来。

我急忙摆摆手，别杀羊了，我也吃不下去。

到布鲁克来了，不吃只羊咋行？道尔吉笑着说，昨天就上就该杀的，可你被马奶子酒放翻了。今天免不了，等着吧。

我上去拉住老人的胳膊，不让他去。

道尔吉回过头来对我说，你不像巴特的外甥。巴特可不像你这个样子。

我的脸红了，说，我还要去寻找大舅，急着赶路，就……

道尔吉哈哈一笑，你今天找不到他的。

我一惊：你知道他不在这里。

在这里。道尔吉说，不在这里他还能去哪里。

我说，那就麻烦您老人家带我去找他吧。

道尔吉说，我也不知道他今天在哪里，咋带你去找？

我一脸茫然，静静地站在原地。

不信，你去找吧。道尔吉看着我的表情，同情地说，他是个怪人，你找不到他的，但如果是他找你，那就容易多了。

我不知所措地听着道尔吉的这番话，心想这个老人怎么回事，说话这么不着边际。我就不信，在布鲁克草原就找不到大舅的影子。

道尔吉说，你喝了奶茶，就去找吧，我不拦你。

无奈，我跟着道尔吉走进毡房。他从一个木桶一样的物体里提起一个茶壶，给我倒了一碗热茶。

我接过茶碗，放到嘴边先嗅了嗅，怕又是马奶子酒。

道尔吉被我的举动逗得哈哈大笑，笑毕了才说，放心吧，这是奶茶。

我喝了一大口，烫嘴，却很爽口，一股热乎乎的奶茶进到肚里，舒坦劲就上来了。但我不明白，他是怎么保温的，茶还这么烫。就走过去，看了看那个木桶，里面除了黑乎乎的毡垫，什么也没有。

我喝了一碗奶茶，不想吃炒米、肉干、奶疙瘩之类的食物，道尔吉又给我倒了一碗茶。

喝完第二碗奶茶，我起身说，我该走了。

道尔吉也不再阻拦了，送我出来，说："我等着你回来，可不要天黑透了才回来呀，草原上可不好找到回来的路。"

我没吭气，心想你怎么就肯定我会回来？我要是找到大舅，就不回来了。

我跨上白马，给道尔吉道了声谢，就策马向开都河走去。

像昨天一样，白马在河边站下，任我怎样抽打，也不下水。

白马在河边打了几个转圈，我毫无办法，就回头望着毡房跟前的道尔吉。

道尔吉笑眯眯地一直望着我，向我走来了。我这回看到，道尔吉走路时腿有点瘸。

下来。道尔吉走到我跟前，用命令的口气对我说。

我乖乖地从马背上溜了下来，将缰绳交到了道尔吉手上。

道尔吉踩着马镫，呼地跨了上去。

我看到白马的身子抖动了一下，四腿往后一弯曲，很平静地迈步涉进河水里。

水不深，只浸到白马的小腿，白马走得很沉稳。我奇怪白马一点也不认生，任凭道尔吉摆布，却不听我这个主人的，我有点气愤。

我在河这边喊着，让老人将马再骑过来，我自己骑过去。我就不信，我制服不了我的这匹白马。

结果，我还是没能骑着马过河。还是道尔吉骑马过去，我脱掉鞋子，涉水过的河。河水很凉，刺得我的小腿肚子冰冷，到了岸上，我穿鞋时想，这马就应该属于草原，它和草原上的人血脉相通，和我这个异族总归是隔着一层的，尽管它是我们训出来的军马，可一到草原上，它就显出了本性。

巴音布鲁克是一个真正的草原。

5

大舅发现那个女人，完全是无意中的。

那天，大舅身体不适，拉肚子拉得快虚脱了，但还得硬撑着背那沉重的沙金。

装在麻袋里的沙金，背着像一座山一样沉重，大舅咬着牙，一步步艰难地挪动着，一路上不停地歇着，在专为背沙金的人挖出歇脚的土坑里，几乎都留下了他的足迹。他双腿颤抖着在土坑边站定，一步一步地向坑底挪去，只有到了坑底，他才可以放下背上的重负，喘一会儿气。通往坑底的台阶上尽是干燥的沙土，很滑。在一个土坑边，大舅往下走时，由于身体虚脱，腿脚颤得厉害，他想着只要下到坑底就好了，坚持着往下走，没想到脚下一滑，大舅一头栽在了土坑里，沉重的沙金压在了他的身上，他两眼发黑，气都喘不出来了。略微歇了一阵，大舅将身上的重压慢慢移开，从坑底钻了出来。

他痛苦地闭上双眼，正想靠在土坑沿上歇息时，突然听到一阵马蹄声传来，扭头一看，只见一匹马正朝自己跑来。由于怕是金霸的监工，大舅没敢看马背上的人，就赶紧弯下腰，去抱那个麻袋。

马蹄声近了，大舅还没抱起装沙金的麻袋，他弓起腰等待着扎扎实实挨一顿鞭子时，却听到一个女人的声音：

"你摔伤了吗？"

大舅不敢相信自己的耳朵，以为这是幻觉，就没有抬头。

"我在问你哩，"女声又说道，"是不是伤着了？"

大舅这才疑惑地抬起头来，四周望了望，除过四条粗壮的马腿，以及马背上的女人，再没有别人。

"你上来说话吧。"女人又说。

自从出走以来，有半年时间了大舅没有听到一句关切的话，并且是一个女人在问他"摔伤了吗"，大舅很激动，两眼里涌满了泪水。他从坑里爬了上来，看了一眼马背上的女人，非常惊异，这个女人年轻美丽，穿着很华丽。大舅的心颤了一下，感觉女人的目光正望着自己，他低下了头，看着自己破得露出脚趾的鞋子。

"你咋这么不小心，"女人说，"是不是背不动了？"

大舅鼓足勇气说："我病了！"

女人说："你抬起头来。"

女人仔细打量了一下大舅，说："也难怪，这么小，不到二十吧？"

"十九岁。"大舅说。

女人说："你家里也放心让你来？"

大舅说："是我自己来的。"

"长得挺俊的，"女人叹了口气说，"可惜做了金客。"

大舅又低下了头。

"你叫啥名字？"

"王成。"

"你不像是从青海来的？"

"不是！"

女人在马背上犹豫了一下，说："这样吧，你病了就歇息去吧，明个也可歇一天。"

听到这话，大舅抬起头，不解地望着女人。他不明白，女人说的这话是什么意思。

女人又说："叫你歇息，不信咋了？没人会找你的麻烦。"

大舅疑惑地望了一会女人，就扭头走了。大舅在地窝子里躺了一天半，果然没人来催他去背沙金。往日的疲惫消失得无影无踪，他思量着，这个让他休息的女人是谁，有这么好的心肠。

后来，大舅才得知，那个好心的女人是金霸的女人，确切点说，是金霸养的情妇，名叫白金，很高贵的一个名字。大舅想着，白金这个名字也正适合这个女人，只有她才在这个只认金子不认人的地方，还关心着金客。

大舅是一个淘金的金客。

直到大舅摆脱了"金客"这个身份，他也没见到一粒金子，但他却当了半年时间的金客。

大舅再干活时，已换成了挖沙金，这比背沙金轻松得多。大舅知道，这些肯定是白金那个女人给他调换的，他从内心里对白金心存一份感激。

还有一次见到白金，是在收工回来后吃饭时。白金好像是专门来找大舅的，她把大舅叫到一边，对大舅说，今后让他学会淘金的技术，就可以干细活了，这样也可以轻松些。

大舅就想着，以后他就可以见到金子了，也不枉做一回金客。

可大舅却没有见到真正淘出的金子。

事态在这时候发生了大的变故。

那天，大舅在阿尔金山里挖着沙金，快中午时，白金骑着一匹黑马上山来了。

白金骑马下到山洼里，还没有和大舅说上一句话，山下突然传来了一片枪声，接着是一阵鬼哭狼嚎的乱叫。山洼里顿时乱成一团，金客们丢下工具，四处逃窜去了。

有人在山那边喊了一声"官兵来了"，所有的金客就不要命地往山里跑了。在当时淘金，如果被抓住，会杀头的，尤其是官兵，明里抓人暗地里是来抢金子的。

大舅也像其他金客一样，往山里逃跑，但只跑了几步就站住了，他想到了还骑在马上的白金。

大舅回身一看，白金的马已经惊了，在洼地里打着转，白金在马背上像一个布袋被颠得晃来晃去。大舅见此情景，就冲下洼地，跑到黑马跟前，抓住了缰绳，想着自己应该报答这个女人。

大舅牵着黑马，跑进了山沟里，躲过了这次劫难。但是，所有的淘金者这次被官兵冲散了，他们找不到他们的金霸，只好在荒原上到处乱窜，寻找一线生机。

大舅和白金被饥饿逼出了阿尔金山，他们在荒漠上无目的地走着，大漠中一种叫甘草的植物，使他们活了下来。八天之后，他们终于走到了一片绿洲上。

那是一个叫和静的小镇。说是小镇，其实只是荒漠上一片绿洲的中心，只有几座土坯房屋而已。兵荒马乱的，也没几户人家。

大舅和白金找到一个破败的土屋，大概是主人逃荒出走，没有人住，也没有人愿到这里来住。他们占用了土屋，用白金的那匹马换了牧民的几件旧日常用品，算是有了个临时住所。

这里面还有大舅非常为难的事。在八天的逃荒日子里，大舅和白金也算得上相依为命了，又是大舅救了白金，白金已经表示了愿以身相许，和大舅生活一辈子的想法，但大舅却拒绝了白金。

大舅忘不了叶雯雯，他为了叶雯雯，才离家出走的，受了半年多的苦难，现在终于逃离了淘金的苦难，他的心底又燃起了寻找恋人踪迹的热望。他怎么能忘了叶雯雯呢，他所做的一切，不都是为了这个刻骨铭心的恋人么。

大舅感觉强大的、伟大的爱包容着他的心，掌握着他的呼吸，那是一颗心的秘密让别人无法分享的。白金的要求，对固执的大舅来说，比较艰难。

白金是认定了跟大舅在一起生活的，她对年轻英俊的大舅早有了好感，况且他又救了她的命。

"反正我是你的人！"白金这样对大舅说。

当他们在和静居住下来，大舅给白金坦诚地讲述了自己不幸的恋情后，白金听后却说大舅真傻，"她还能给你留着？做了官太太早把你给忘了。"

大舅说："不会！"

这个"不会"，包容了白金话里的两层意思，但大舅只认准了最后一层，他想得不多。

"我长得不如她？"白金在有了居住条件后追问。

"不！"大舅说的是真心话。白金长得也不差，但大舅只认准了一个叶雯雯。

"其实女人都是一样的。"白金说，"我被金霸占有过，可她被当官的占有着。"

"不！"大舅说。大舅闭上满是泪水的眼睛，他的灵魂在身体内部颤抖、悸动中，迸出时断时续的叹息，那是由卑屈的诉说和炽热的思念组成的。

"你也是一个好女人！"大舅对白金说。他心里想着白金对他的关切和照顾，使他度过了那个艰难的时刻，"但我不能够和你在一起，你应该有一个好男人，可我不是，我的心只属于另外一个女人。"

白金哭了，她哭得很伤心，她扑到大舅的怀里，像中了风似的抽搐着，惹得大舅也流了一通泪。

白金哭过后对大舅说："你是个傻男人，你会后悔的！"

大舅说："为了叶雯雯，我后悔啥？"

从此，两人过着形似夫妻，却不是夫妻的生活，为了生存共同操劳、奔波着，却各住着各的。

大舅有这样的毅力，他能够为自己心爱的人出走，受尽苦难，就能够一直为这份爱珍惜自己的感情。

一男一女同住在一个屋里，大舅能做到对白金相敬如宾，绝不染指，实在难得。大舅是一个青春男儿，但他一直很严格地控制着自己奔涌的欲望，每当防线快崩溃时，他总觉得在冥冥之中，有一双大眼睛盯着自己，直看透到他的灵魂之中。这个当年号称接受了新知识教育的青年，用惊人的毅力压制着自己的身体，用一种精神维护着他的恋情。

白金曾想用女人的躯体突破大舅的防线，却遭到了大舅的拒绝。

大舅喘着粗气说，我把你当姐姐对待，亲姐姐！

白金流着泪说："谁要当你的姐姐了，我不愿意！"

两人经常吵嘴，但过后却能和好如初。

慢慢地，白金就对大舅有了看法，她想这个男人，算是当到家了。

6

我骑着白马，在布鲁克草原上寻找大舅。看来，我把这次寻找估计得太容易了，在草原上，要找到一个人，是多么困难。难道大舅已经像牧人一样，没有了固定的住所，血液里流淌着另一个民族的天性？随时出现或者消失，像天空中自由翱翔的兀鹰，神秘莫测，叫人捉摸不透。

我走走停停，不时地问一些年轻人或者上了年纪的老人，语言的隔阂，成了最大的障碍，他们对我的问题，友善地摇着头颅，我对他们的解释，也只有摇头的份。唯一能够沟通的，不用语言，仅用几个动作，就能够弄明白的，就是他们邀我喝奶茶，吃手抓肉。在草原上生存是多么容易呵，不受语言或者身份的限制，你都可以在每一个角落里吃到食物，维持生命，这叫我很受感动。

但找不到大舅，使我愁绪满怀，面对如此宽阔的旷野，忧心忡忡。傍晚，我望着夕阳下的晚霞，置身于美丽的金辉之中，再也没有欣赏草原的心情了。

我只好沿着开都河，回到道尔吉老人的住处。

道尔吉正站在开都河边，笑眯眯地等着我。

"回来了。"道尔吉隔着河水，便搭上话了。

我无精打采地应了一声，下马涉水过河了，白马则乖乖地跟着我。我没有心情去想，白马这次怎么就没有和我闹别扭。

道尔吉帮我拴好马，也不问我寻找大舅的情况，呵呵笑着，拉着我来到他的羊栏跟前，他指着羊群中一只高大的白羊，说了句"就是它了"，便拉开圈门，直向那头白羊走去。

羊都往道尔吉跟前凑着，那种样子，似争着献身的勇士，高昂着头，"咩咩"地叫着，好像请求一般。

羊的使命，就是最终成为人类的食物，支撑着人的生命，它们大义凛然的样子，叫我感动。

道尔吉拍了一下那只白羊的头颅，白羊很有灵性地跟着主人，走出了羊圈。

白羊显然是道尔吉精心洗刷过的，身上纤尘不染，似一团柔软的白云，在草地上流着、动着，到我的脚前停住，望了我一眼，"咩"地叫了一声，跟我打声招呼似的。

我的心"忽"地往下一沉，生出一种揪心的疼痛，唤了道尔吉一声，说，别杀它吧。

道尔吉呵呵笑着："羊是上天派来给我们的，它一点都不疼痛。"

说着，道尔吉从腰上拔出了一把闪亮的小刀，在嘴上吻了一下，放到白羊的眼前，白羊目光柔柔地望了一眼利刃，静静地等候着主人下手。

道尔吉蹲下，将羊头抱进怀里，像抱住心爱的娃娃，用手轻轻地拍打着，右手的刀子温柔地滑进了白羊的脖子，一切做得无声无息，连羊倒在地上的姿势，也是在无声中缓慢进行的。这时，羊似乎很知足地闭上了眼睛。

我看得两眼发呆。

道尔吉回头看了我一眼，似在告诉我，羊就是这样的。

然后，道尔吉等羊血流尽，把羊翻过来，让它四脚朝天，稳稳地躺好。他才拿起刀子，在羊的肚皮上轻轻地划了一刀，从脖子一下就划到了后裆，只听到一声像撕布似的声音，美妙悦耳。

这时，道尔吉将手中的刀放到唇间，用牙咬了，两手抓住羊肚子两边的皮，"撕拉"一声，像脱衣服似的，就扒光了羊皮，一只青紫色的羊身就展露在眼前了。

道尔吉唤我过去，让我用手去摸羊体，我摸到一种比人皮肤更柔软、更温热的肉体，我的心一阵悸动。

我想，大舅该不会是被这样的情形迷住了，他才甘愿做个牧人，不回故里吧。

7

大舅的人生转机，是从那个叫白金的女人身上开始的。

大舅和那个女人在和静住了将近半年，他一门心思地只想着打听那个叫孟向坤的"国军"团长，却冷落了年轻漂亮的白金，使白金对大舅心生了深深的怨恨。

这年春天，和静这个小镇上来了一支"国军"的部队，领头的也是一个团长，名叫马树康。

团长马树康一进驻和静，第一眼就瞄上了和静最漂亮的女人——白金。马团长先是让兵们接走白金，去他的团部寻欢作乐。由于白金对大舅已经死了心，就格外地讨马团长的欢心。毕竟白金是女人，一个落魄的女人，寻找不到归宿的年轻女人。后来，马团长就亲自到大舅和白金居住的地方，很认真地视察了民情。

大舅第一次见到马团长，心里就充满了憎恨。虽然白金不是他的女人，但马团长的劣行和那个劫持叶雯雯的孟团长如出一辙，使大舅的仇恨又增加了一份。

马团长人高马大，一脸的斯文，他一见大舅，也吃了一惊，他没想到在和静这么个地方还有这样年轻英俊的后生，当然也有白金这样漂亮的女人。

"听你女人说，你有学问？"马团长问大舅。

大舅拒绝回答，他的目光里全是仇恨。

马团长看着大舅的这副样子，哈哈大笑起来。

笑毕，马团长说："年轻人，我知道你恨我，我霸占了你的女人，你恨我是对的。这年头，强者就是强者，弱者就是弱者啊。"

面对这样的挑逗，大舅还是没有吭声。

马团长哈哈大笑着，回身揽着白金的肩头，当着大舅的面，走了。

留下大舅一个人呆呆地站在破败的屋前，独自痛恨这个混乱的世道。

白金也曾回来劝过大舅，她说她想给马团长说一声，让他到队伍里去当兵，也就不用操心吃食了。

大舅没有心动，当年想投笔从戎的豪情早已叫那个孟向坤给击碎了，这样的"国军"，怎么会报效国家呢，都是些无耻之徒，他岂能与这样的败类为伍。

"你的固执会害了你的一生。"白金这样给大舅下了断言。

白金下了断言后，就彻底地走了。白金有她的打算，自从大舅拒绝了她，她对大舅很看不起，这次想帮大舅，还记着大舅救过她一命，见大舅无动于衷，就骂了大舅一句"不知好歹的东西"，愤愤地走了。白金一心想着做个团长太太，有吃有喝，这是别的女人找都找不到的好事。

大舅一个人茫然地待在他的破土屋里，这时候，他好像才意识到自己的孤立无援，才意识到周围是一片强大的黑暗。直到这时为止，或者更确切些，是直到落入这样的境地之前，大舅一直生活在紧张而艰难的追寻之中，他觉得自己仿佛在一种下意识里被某种东西拖着走。在这之前他所经历的一切苦难和病痛都未能吓倒他，他的整个存在似乎沿着一条若痴若癫的道路冲向深渊，任何东西也阻挡不住他。但在这时，他待在茫茫荒原的一个小镇上，没有一点关于恋人行踪的信息，却遇到了一个像孟向坤一样肮脏的"国军"队伍，他看到了一个强大的噩梦似的黑影向他扑来，要吞没他似的。他才想到就是自己找到了孟向坤的队伍，自己这么弱小，又怎能从他们的手里解救出自己的恋人呢？他对自己的弱小有了清晰的认识。

大舅这才觉得自己太幼稚了，只知一味地追寻，却没想到更多的实质性问题。再大的恐惧也没有使他打消继续走下去的念头，但他在和静的那个破屋子里，像只无头的苍蝇，碰来撞去地生活着，始终找不到往何处走的道路。

大舅的道路只有一条，就是沿着孟向坤的队伍踪迹，一路走下去。但孟向坤的队伍在哪里呢？

快入冬的时候，那个女人白金出事了。

白金一直缠着马团长，要团长娶了她，她要做名正言顺的官太太。马团长是有妻室的人，就一直没答应白金，他用白金已经有男人这个借口搪塞白金。

白金就痛恨死了大舅。

"他算我的什么男人？他根本不要我，连我的指头都没碰过。"白金说。

马团长不信，白金就给他讲述了大舅的恋情和一些经历。

马团长沉吟不语，半晌方说："世上还有这样的男人？"

"他是不知好歹的东西，根本算不上男人。"白金说。

"他才是真正的男人！"马团长感叹地说道。

白金听马团长这样说，心里就更不是个味，对大舅恨之入骨了。

白金走上极端，是她再次要马团长娶她时。她说如果是王成那个男人妨碍着她当团长太太，她就解决了他！她就向马团长要枪。

马团长问她要干什么。白金很直接地说，去杀了那个不知好歹的臭男人。

马团长大吃一惊，当即翻身从床上跳起来，骂了一句："你这个臭婊子，连那样的真男人都动了杀他的念头，日后你还不连我都杀了？"

白金一脸媚笑地说："他该杀！我咋敢动别的念头哩。"

马团长大骂了一声："该杀的是你这样的臭婊子。"当即拔出枪来，给了白金一枪。

白金死了。

马团长带人来到大舅的住处，告诉大舅，白金被他杀了。

"因为她想杀你，这个女人心肠狠毒，哪天连我也会叫她杀了的。"马团长怒冲冲地说。

大舅惊愕地说不出话来。

马团长对大舅说："如果你愿意，就到我手下去干个勤务兵，我不会亏待你这样子的男人！"

说完，马团长带人走了。

大舅却陷入了一种梦幻状态。对突如其来的转机，大舅一时不知所措，他对白金的惨死很惋惜，也不恨她要置他于死地，心里不明白对白金咋就恨不起来。

下雪了。微弱的灯光消失了，黑暗笼罩了荒野。雪下得越来越大，树木在严寒下颤抖，傍依着大地摇晃。小镇像一张白纸，死神在上面写下了含糊费解的行行字迹，然后又将它抹去。

这是一个变幻无常的世界。

大舅在这恐怖的夜里，内心像外面的风雪一样动荡，破房里隐藏着他的复仇动机，他走出屋外，雪花遮住了他的视线。他每向前一步，风雪都阻挡着他，他的全身都在抖动，不仅仅是寒冷，还有他的命运和他的思想作着激烈的斗争。他摔倒在地，爬起来，又摔倒……

第二天，大舅走进了马团长的团部。从此，大舅成了"国军"中的一员。

8

一连几天，我都没有找到大舅的影子。我日出而出，日落而归，每个夜晚，在道尔吉老人的毡房里度过漫漫长夜。

道尔吉现在孤身一人，老伴死得早，有两个儿子，老大在远离布鲁克的和静县邮局工作，老二已成家，放牧着一群羊，过着自己的生活。道尔吉老了，图清静一个人守着一群羊过日子，除了喝酒放羊，他别无所求。

我在找不到大舅的愁苦之中，对道尔吉这种悠然自得的生活产生了兴趣。忧心忡忡的时候，总得有点事可做吧。

草原上的夜晚安静而漫长，在道尔吉老人的毡房里，能感觉到秋夜的寒意了。道尔吉就一个劲地劝我喝马奶子酒，为了驱寒，在昏暗的油灯下，我慢慢地喝着马奶子酒，也问不出关于我大舅的话题，我只有喝酒了。

马奶子酒色玉清，味甘香，性温朴，它是奶子的精华，有后劲。我第一天刚到布鲁克，就叫道尔吉的一碗奶酒给烧糊涂了。酿制这种奶酒，是用的酸奶酒浆，奶浆贮存在皮桶里（牛皮缝制的），放进酒曲，放在阳光下使之自然增温，并经常用木棍搅动（我常帮道尔吉搅皮桶里的奶浆），使其发酵。然后把奶浆盛入大口锅里，锅上加一个形如蒸笼一样的大桶，里面吊一个双耳瓦罐，四周掩实，再用尖底小锅盛上冰水，放在木桶之上，用火猛烧，酒精聚在大锅底，不断向上升腾，与蒸馏水汇到一处，就是奶酒了，程序非常复杂。

道尔吉还告诉我，马奶子酒中还分为六个品种，蒸一遍的叫"阿尔乞如"，再入锅，加上一些酸奶蒸出的叫"阿尔占"，蒸三遍的叫"和尔吉"，四遍的叫"德善舒尔"，五遍的叫"沾普舒尔"，六遍的叫"薰舒尔"，一遍比一遍酒劲大。

道尔吉没法将这些古怪的酒名翻译给我，听得我糊里糊涂的，他却说，他要借引进的蒸酒工具，等皮桶里的马奶子发好了，要给我蒸一回"薰舒尔"，招待我。

我摇着头，说我请的假快到了，还没找到大舅，哪有心思品那么复杂的酒。

道尔吉听我这么一说，沉吟不语，脸膛红着，一个劲地喝酒。喝了一阵，道尔吉答应我，他愿带我去寻找我大舅。

<h1 style="text-align:center">9</h1>

大舅的运气不错。在他当兵不到半年的时候，一个机会降临到他头上了。

马团长的队伍和一支土匪接上火了，仗打得很激烈。按说马团长的部队是正规军，打个土匪团伙不在话下，可那帮土匪全是不要命的，居然想端了马团长的老窝，弄些枪械。马团长一听，大动肝火，亲自上阵，要将那帮土匪一网打尽。

大舅是马团长的勤务兵，紧随其后，就和土匪接上了火。枪战打得异常沉闷，总不见进展。马团长就带人马向前推进，与土匪拉近了距离。

枪战这下就热闹了。马团长也从马上下来，站在一挺机枪前，指挥作战。可机枪总打不着藏在土包里的土匪，只打得土沫纷飞。

土匪的冷枪不断地在他们周围炸响，死伤了一些兵士。

突然，大舅发现土匪的一挺机枪朝向马团长这面扫射过来，他出于本能，冲上去就将马团长扑倒在地。

马团长正要发火，发现扑在他身上的大舅肩上有黑红的血流了出来，周围死了几个士兵，其中还有机枪射手。

马团长抱住受伤的大舅，趴在地上，给部下下命令："调火炮营来，轰这些驴日的。"他本来想就几个毛匪，不需动用火炮的。

不一会，火炮营上来了，一字摆开，轰向土匪。

大舅被火炮震得连疼痛都忘了，趴在那里痴痴地望着对面的山包被炮弹炸烂，夷为平地。

土匪死伤不少，活的都吓跑了。

硝烟散尽，马团长拍着大舅的肩说，王成，你是好样的，我算没看错人。

那时候大舅莫名其妙地呆了。他从没经历过战争，也没有受过别人这样的夸奖。

回到营地，马团长当即宣布，大舅做了他的随身副官，破格提升为少校。

大舅做梦也没有想到，自己也做了军官，过程还这么简单。

做了少校副官的大舅，一下子对自己充满了信心，时来运转，他已经不是一个弱小的流浪者了，他开始向强者的山头攀登。

大舅读过师范，凭他的才能，还有提升的可能。他这时候想着，只有往上升，才能和孟向坤那个杂种抗争，才有能力与他对抗，夺回自己的恋人。

因为救过马团长的命，大舅深得马团长的信任，他又有学问，马团长也器重他，常对他说，好好干，你会有前途的。

其实，当时的局势已经很糟了。大舅当了副官才得知"国军"气数已尽，解放军的王大胡子（王震）的大军已经在新疆扎下了根，逼近了各个"国军"队伍，盛世才部队已成惊弓之鸟了。

大舅对这些大事非常淡漠，他只关心着恋人的命运。他有了身份，也可以四处打听孟向坤的去向了。

有次马团长得知大舅打听的事，就把大舅叫去，问他打听孟向坤干啥。

大舅编谎说，他有个表哥在孟向坤的队伍里，想打听一下。他不会说谎，脸都红了。

马团长一见，疑惑地问："是不是那个姓孟的抢了你的老婆，要找他报仇？"

大舅说："不是。"

马团长说："如果是，你要报仇，我也抢过你的老婆，也该找我报仇的。"

大舅愣了，半天才说："为那女人，不值得！"

"知道就好。"马团长满意了。

"莫非，"大舅壮着胆子问马团长，"团座知道孟向坤团长？"

"他算什么鸟？"马团长说，"我咋知道，这几年国内混战，队伍四分五裂，不断从内地调来一些人马，都是些乌龟王八蛋，打仗当逃兵，一群散兵游勇。"

大舅又问："他们都去了哪些地方？"

马团长说："南北疆各地都有，沿天山一带，分布多些。对了，你又不找他报仇，问这么多干啥？"

大舅说："我是有个表哥在孟团座的队伍里混了个连长。"

马团长就不问了，大舅却出了一头的汗。

大舅漫步在荒野。他经常独自一人在荒野漫无目的走着，他的内心非常焦急，他现在又不能脱离马团长的队伍，独自去寻找孟向坤的队伍。他知道，如果脱离马团长的队伍，就等于脱离了力量，他就没有一点和孟向坤对抗的能力了，就是找到孟向坤的队伍，他也夺不回自己的恋人。

大舅有时骑马，有时步行，有时穿着军服，有时穿着便服——一套清爽的黑洋布长衫。他已经不是穷要饭的淘金客了，但他绝不像别的军官一样穿绸长袍，他厌恶那些人，他也不和那些人在一起胡混。

他就一个人，独自在荒野上行走。

过了半年了，大舅一直煎熬在军营和荒野中。

大舅碰上萨日娜，纯属偶然。

那天，大舅穿着便装，骑着马，又走向荒野。

他闷着头，任马驮着他漫步。大舅碰上萨日娜是在去荒野的路上。

萨日娜被几个士兵围住，他们正在调戏萨日娜。

大舅见了，怒火中烧，大声喝住几个士兵。士兵认得大舅，没敢和大舅作对，灰溜溜地走了。

大舅的副官地位第一次派上了用场，为此大舅在沉闷的日子里，终于有了一丝喜悦。他对萨日娜说，姑娘，兵荒马乱的，就别出门了，快回家去吧。

萨日娜望了望大舅，觉得大舅面善，就说："我们的家都叫别人给占了，已经没有家可回了。"

"你家在哪里？"

萨日娜就说了一个名字，大舅没记住，那个名字太长，也不好记。

大舅一生的运气很好，当萨日娜说出霸占他们家园的是一伙当兵的，其中有个孟向坤的团长时，大舅差点从马上跌了下来。大舅一连问了几遍，怕搞错了。他有点不相信，这么容易就得到了孟向坤的消息。

萨日娜咬着牙说，她不会记错的，巴音布鲁克草原的人们恨不得把"孟向坤"这三个字嚼碎吃了，咋会说错呢。她和一大批年轻力壮的姑娘小伙逃出来，他们不是为了逃命，他们为了四处寻找能和他们团结的力量，要夺回他们的家园，解救受苦受难的同胞。蒙古人就没有自顾自个儿的习惯。

大舅大喜过望，对萨日娜说，我可以帮你，因为那个孟向坤是我不共戴天的仇人。

大舅问明了往巴音布鲁克行走的路线，就叫姑娘赶紧去寻找他们的人，纠集在一起，回到草原上去，等着他带人来，一起去抓孟向坤那伙人。

萨日娜信了，因为在苦难中的同胞，被孟向坤折磨得受不了，无论是谁和孟向坤有仇，姑娘都信他会去报仇的。

大舅连萨日娜的名字都没有问，他太激动了，只记住了巴音布鲁克的路线，这回他记得很清楚。他心里念着"巴音布鲁克"这个名字，他的内心复活了，激动得眼泪蓄满了眼眶。终于等到这一天了，他倾听自己的心跳，他的心里已经急不可待了。一个个关于布鲁克、关于恋人的画面，占据了他的大脑，除此之外，再没有别的内容了。

10

道尔吉带我去找大舅，没费一点劲就找到了。好像是道尔吉故意捉弄我似的。

在靠近天山的开都河源头的一个山坡上，一个老人坐在开都河边默默地抽着莫合烟，望着浅浅河水中的白云倒影发呆。

他就是我的大舅。一个苍老干瘦的老头子。我要寻找的大舅，与我想象中英俊干练的大舅相去甚远，使我失去了见到大舅的那份惊喜和激动。但我还是叫了声"大舅"，虽然我叫得无力，没有一点亲情感，可我发现，那个瘦老头全身还是抖动了一下。

大舅转过头来，一张僵硬的老脸，特别是那浑浊却有神的大眼睛，使我想起看过的外祖父的照片。

大舅仔细地打量着我，他的眼睛亮了一下，像找到他青春时期的影子一般。我端详着他，想象着即将发生的激动人心的场面，我正心里做着准备。

但一切都没有发生。大舅扫了一眼我身上的军装，在我的上尉军衔上停顿了一下，他的眼睛就闭上了，甚至不再多看我一眼。

"大舅！"我又叫了一声，这声音里充满了勇气，还有亲情。

大舅睁开双眼，望了我一下，只说了一句："我没有亲人，所以我不是你大舅！"他这句话的语气里已经透着异族的口音，坚定，不拖沓。

"巴特，"道尔吉走上去说，"他是你外甥，为了找你，在布鲁克待了好几天了，几乎问遍了每棵青草。"

大舅挥了一下手，坚定无比。

道尔吉看了看我，意思是你这回该知道了吧，找到他还不如不找到呢。

"大舅，"我还是叫了一声，"可你终于告诉了家里，你在布鲁克草原，全家人都盼着你回去呢。"

我得完成我的使命，转达母亲的期盼，不然我怎么对得起母亲。

大舅不吭气，依然呆坐在那里，望着河水。

"你走！"大舅终于开口了，"你走，我不想再见到你！"

"还有你，"大舅指了一下道尔吉，"以后不要带人来

296

找我！"

我转身就走。道尔吉追上来，说："你不该对他那样子讲话，他心里苦！"

一个"苦"字概括了大舅的一生，乃至他的固执和无动于衷。我又站住了，回过身来，看到大舅那副根本不把我和道尔吉放在眼里的样子，我还是狠下心走了。

回到道尔吉的毡房，我猛灌下他那碗马奶子酒，却没有一点迷醉的样子，相反很清醒地思量着我见到大舅的情景。

道尔吉默默地坐在我对面，直到天黑，他没有说一句话。

布鲁克这地方原来有不少天鹅，白得像天上的云似的，所以布鲁克的人把它叫作天鸟，当作上天派来的圣物看待。天鹅也给布鲁克草原带来了吉祥和幸福。那时候的布鲁克草原，水草丰美，鲜花盛开，羊肥马壮，牧民们像生活在天堂一样。

可是，突然有一天，布鲁克来了一支队伍，就是孟向坤的部队，他们像地下钻出的魔鬼，霸占了牧人的家园，他们践踏草原，杀羊宰马，奸淫妇女，尤其是枪杀了那些美丽的天鹅。

草原遭到了空前的劫难。于是，年轻力壮的姑娘、小伙们开始和官兵进行了誓死的对抗，先是冲击队伍，想赶走那些恶魔。结果可想而知。劫后余生的姑娘小伙便走出草原，四处寻找可以帮助他们的巴特（英雄）。

几个月后，美丽的布鲁克草原上的一朵花——萨日娜回到了草原，说是她找到了巴特，随后就到。布鲁克的人们终于看到了希望。

但是，萨日娜说的那个巴特始终没有出现，布鲁克的人们还在遭受着恶魔的蹂躏。草原上的灾难日益加剧了。

在萨日娜回到草原后快一个月的时候，一天夜里，萨日娜等不及了，只身去闯兵营，被恶魔活活打死，第二天萨日娜的人头挂在了兵营前面的木架上。

11

大舅像个盲人突然复明，他睁大眼睛，捕捉着西北方向布鲁克那面天空上的任何幻影，他似乎听到了恋人痛苦的呼唤，他恨不得当即带兵去攻打布鲁克，救出自己心爱的人。

但大舅只是个少校副官，他没有机会带上部队去打孟向坤，他那时已经认识到一个人的力量毕竟有限。他想着他得借助这群"国军"完成他的大事。

他绞尽脑汁，想着说服马团长的办法。他给马团长说，在遥远的天山深处，有一个叫布鲁克的草原，那里有一群土匪占据着，他们有数不清的金银财宝，还有马匹。

马团长说，有再多的好东西也是人家的。

大舅就说："消灭了那些毛匪，不就是咱们的了？"

马团长摇着头说："仗不是乱打的，无根无据地乱打，会吃亏的。"

大舅就没有了办法，他像一头困兽，坐卧不安，嘴唇由于上火，起了一圈白泡，连饭都吃不成了。

个把月时间，大舅瘦了一圈。马团长见大舅变成这副样了，问这个年轻的副官，有什么事让他变成了如此模样。

大舅回答不上来，那躲避马团长的眼神，叫马团长理解成大舅是想女人了。"你去找个女人泄泄火吧。"马团长对大舅说。

大舅摇了摇头，他假装说，他在团长手下，干个副官，担心别人不服。

马团长哈哈大笑道："难怪，王成就是王成，想立些功劳服众是不是？"

大舅点了点头。

马团长拍着大舅的肩膀说："这样的机会多的是，只要你跟着我，听我的，绝对有你的好日子过。"

过了几日，马团长对大舅说："机会来了，你带些人去弄些牛羊来，不管用啥法子，要上等的。"

大舅灵机一动："那就多带些士兵，最好有火炮营。"

马团长吓了一跳，说："又不是叫你去打仗，带火炮营干啥？"

大舅全身就凉了。

马团长看了看大舅，说："实话告诉你吧，叫你去弄牛羊，也是不小的功劳，我要用这些牛羊送给上面，据可靠消息，上面要提一个师长，有我的份。"

大舅望着马团长。马团长又说："你办好这事，到时，我当了师长，把这个团交给你。"

大舅愣了一下，随即说道："恭喜团座，只不过我不想当团长。"

"为啥？"

"我还想给您师座当副官。"大舅说。

马团长一听，高兴极了，对大舅说："好个王成，我算没看错你。"

大舅动用了心机，趁马团长高兴，准备了酒菜，把马团长哄得喝多了，他写了个命令，叫迷迷糊糊的马团长签了手令，就连夜去火炮营调兵。

火炮营见了团长手令，不敢不出动。手令上写着，由王副官指挥，去攻打土匪，弄些牛羊，备用。

在大舅得知孟向坤具体消息的一个月零三天，他终于带着一个火炮营的兵力，向布鲁克开进了。

大舅没有领过兵，不懂领兵的门道，在去布鲁克的路上竟走了两天。

也该大舅走运，两天里也没有叫酒醒后的马团长追上来。

大舅到了布鲁克大草原。

一过铁门关，大舅骑在马上，看到一望无际的大草原，心里有些震惊，茫茫荒野，竟有这样的世外桃源，他在心里感慨着，这驴日的孟向坤真会选地方。

很容易就找到孟向坤的兵营，聪明的大舅没有贸然行动，他叫火炮营在离孟向坤兵营不远的草地上安营扎寨。

然后，大舅吩咐传令兵和孟向坤部队取得联系。

传令兵回话，孟向坤团长请他过去说话。大舅没敢前往。快要见到恋人的激动，没有冲昏大舅的头脑，此时的大舅既冲动，又特别冷静。

火炮营长还劝大舅，对方不是土匪，都是自己人，去他兵营，何妨？

大舅瞪了营长一眼："马团座吩咐，是去弄些牛羊，这个地盘归孟某人，他怎能轻易给我们牛羊？"

随后，大舅又叫传令兵去传话，第二天他和孟团长对话，不想上门打扰了。

大舅在布鲁克草原的这个夜晚，过得非常艰难。他在帐篷里走来走去，一个劲地抽烟，他的神志有时清醒，有时恍惚。清醒时，他的血全往头顶上冲，他走出帐篷，望着孟向坤营地黑暗的帐篷，有几处忽明忽暗的灯光，他判断着哪一处是他失散两年多的恋人的住处……

大舅不敢往下想。他的神经脆弱到了极点，他感觉到恋人围绕自己灵魂的精神波动，知道萦绕他内心的神圣火炬已经燎着了他的心窝，他走近了疯狂，他想携带着他的人冲向对面，那里是他爱情的舞台，有他一心爱着的恋人。离这么近了，恋人就在他眼前了。

可他控制住了自己。因为他的恋人在恶魔手里，如果他冲过去，不但救不了她，自己还会失去救她的机会。

"雯雯，你感觉到了吧，我已来到你身边了，追随着你的气味，经过两年多的苦苦追寻，终于快要见到你了，你还好吧？！"大舅在心里默默自语着。

泪水已经蓄满了他的眼眶，模糊了他的视线，他用双手捂着脸，像是以此保护自己少受些折磨，可他的心在一阵紧似一阵地抽动着，疼着……

他恍惚时，似听到一阵歌声，这歌声游丝一般断断续续又缕缕不绝，仿佛从天际飘来，拍打着他的灵魂。他顺着歌声的方向走上了一个盛开着鲜花的原野，那里异常的寂静，像死人的墓地……

天就亮了。

天亮后，大舅安排好火炮营架好大炮，装好弹药，将炮头对准对方的营地，听候他的命令。

火炮营长想说什么，被大舅强硬地制止了。火炮营长就跟着大舅，怕他胡来。

大舅抚摸了一下狂跳的胸脯，迈开步，一步一步地走到距孟向坤部的一条河前。

这就是开都河，河水清亮地流淌着。

大舅在河边站定，等待着孟向坤的出现。

已进深秋，早晨的草原上有雾，灰白色的雾岚像一层轻纱一样，在大舅身旁飘来飘去。大舅感觉到自己的心快被这些雾飘碎了，他努力克制着自己，等待着那个梦想了几百个日日夜夜的时刻到来。

12

我要走了，离开布鲁克草原。我的假期已经到了，并且已经找到了要找的大舅。

我想再去见一下大舅，我知道没法和他沟通，但还想去看他一下，因为他是我的大舅。

我去了。大舅还是坐在开都河边，一个人抽着烟，他像上次坐在那里没动过似的，似一尊塑像蹲坐在河边。

"我要走了，"我告诉大舅，"我母亲，就是你的亲妹妹让我来找你，他们知道你还活着，他们很想念你！"

我鼻子发酸。我看到大舅捏着莫合烟的手在发抖，终于，他的手没有捏住烟，让它掉进了河水里。莫合烟发出"滋"的一声，轻微似人吸气的痛楚，然后就散开了。纸片与烟末分离，纸片随河水飘走了……

大舅为了掩饰自己，他用手召唤着他身后的羊群，羊只纷纷抖着身子，缓缓地向他走近，他却不看羊群了，他仰脸用双眸凝视着清澈的天空。他的感情已脱离可感知的事物，向他阐明存在的奥秘，向他展现在过去的世事和瞬间留下的，并在瞬间他又想忘记的一切，他的灵魂已被阻滞在躯壳以外似的。

大舅依然没有理我。我赌气走了。

我要离开马巴音布鲁克草原了。

道尔吉将一只肥羊赶进开都河里，随即他又跳进去，仔细地给羊洗了个澡，他要洗净羊的身体，然后干干净净地杀了它，招待我，给我送行。

我阻拦不住道尔吉，我宁愿多喝些他的马奶子酒。可他还是杀了那只洗净的肥羊。

我喝着马奶子酒，但并没把想说的关于大舅发动的那场战争的真实背景也喝下去。布鲁克的人已经认定了大舅是巴特，连他后来坚持不要那些都愿嫁给他的布鲁克姑娘，人们都认定大舅是为了那个冤死的美丽的萨日娜，因为他的延误，断送了一个漂亮女人的性命，而感到终身在忏悔！

13

孟向坤一出现，大舅快要跳起来了，他根本听不进去对方的话语，他大声骂道："姓孟的狗贼，睁大你的狗眼，看看我是谁吧！"

对方愣了一下。

"我就是你没打断腿，抢了我的女人的王成！"大舅骂道。

孟向坤一听，随即哈哈大笑，笑毕，说道："我当是谁，原来是你呀，如今是一家人了。"

"谁和你是一家人！"大舅继续骂道，"我和你有不共戴天之仇。"

孟向坤说："小子你听着，别太狂，虽然你现在成人了，可老子是团长，你能怎样？"

"老子今天要你交出我的女人，不然要你的狗命！"

"光要女人，不难。我还以为你要财物哩。女人算什么，老子高兴了，随手抓一个就是。"孟向坤说着心想，都是"国军"，谁怕谁呀。

"还我女人！"大舅喊道。

"你想要就要，还要看她愿不愿意跟你呢。"

"赶快叫她出来！"

孟向坤吩咐卫兵去叫叶雯雯，却对大舅说："叫她来了自己说，她才不会跟你走的，你算啥东西。"

大舅看到叶雯雯的时候，全身的血都凝固了，他的心像被刀划了一下，他感到自己像一个身心疲惫的浪人，终于找到了栖息地，却全身软弱无力了。他唤了一声"雯雯"，却发在心底，声音根本没有从嘴里发出，传给自己心爱的人。

叶雯雯却感知到了。她惊恐万状地尖叫了一声"王成"，疯了似的向大舅这面扑来。

叶雯雯还没跑出孟向坤的营地，几个兵就追上来了，但他们没有抓住已经疯狂的叶雯雯，她挣脱了向开都河跑来，向自己的恋人跑来。

这时，枪响了。

叶雯雯身子抖了一下，两手张开向前伸着，像一个受伤的小鸟张开翅膀，挣扎着，扑倒在清冽的开都河水里。

开都河水就红了，像落进了太阳，红得耀眼。

大舅一直看着眼前发生的一幕，他的头"轰"的一声，爆炸了似的。

他向河中的叶雯雯扑去。

对面的孟向坤发出命令："活捉了那个小子，我要亲手打断他的腿！"

火炮营长冲上去，紧紧抱住大舅，把他往回拖。几个兵上来帮着，拖回了大舅。

大舅突然间就不挣扎了，他抽出自己的右手，很干净地在空中挥了一下，大声喊道："开炮！"

"那是'国军'，不敢打。"火炮营长说了这么一句，但他的话已经晚了。

布鲁克草原上响起了惊天动地的"轰隆"声，一串火鸟似的炮弹飞向开都河对岸的兵营。轰隆声震天响，把整个布鲁克草原都震动了。那场发生在布鲁克草原上的战争就这样打响了，并且打得非常激烈，血把布鲁克草原的花草都灌死了，开都河的水染成了红色。

从此，布鲁克草原上再也不见鲜花，只有绿油油的草了……

大舅在开都河里没有找到叶雯雯的尸体，他像疯了一样，乱喊乱叫着，扑倒在河里，喝着被血染红的河水……

火炮营长气愤地带上炮兵走了，留下了大舅。后来，如果不是"国军"迅速灭亡，大舅绝对是在布鲁克待不下去的，他就是跑到天涯海角，也难逃死罪。

尾 声

入冬的时候，第一场雪刚飘下，我就收到了一封电报。电报是在和静县邮电局工作的道尔吉的大儿子发来的，电文上说，我的大舅死了。

我静静地捏着电报，一个人呆坐了一天，我想着，是不是我要请假再去一趟布鲁克草原，见我的大舅最后一面。

后记 纪念

第一次见何锐老师，应该是2000年的春天。我那时还在新疆，来鲁院学习，何锐老师当时来北京住在鲁院的招待所，我们几个同学去找他，房间门锁着，他出去了，没见着。晚上我准备休息时，突然接到传呼，是何锐老师打的，让我回电话。我出鲁院大门，用对面小商店的公用电话打通何锐老师的电话，他让我到房间一叙。我又进入鲁院，来他住的房间。刚上楼梯，看到过道里有个精瘦的中年人站在房门外边，想必这是何老师了，鲁院的招待所很少住其他人。我试探性叫了一声，果然是他。进到屋子，我俩没说几句话，不时有电话打进来找他，那时还不知道何老师是夜猫子，怕打扰到他，我便起身告辞。匆匆一面，那时通讯也不像现在这么发达，我从鲁院回到乌鲁木齐后，与何锐老师再没联系过。那时候的《山花》风头正劲，每期都是名家云集，我身在边疆只有观看的份。每到月初，我会去乌鲁木齐红旗路口的市图书馆期刊部，翻看一下文学杂志，《山花》必看，但没想过给它投稿。

2001年春节刚过，我调到北京，经常去美术馆旁边的三联书店，必去期刊专柜看文学杂志。那时候的《山花》先锋气息浓郁，封面有大小不一的洞孔，里面的插页全是抽象画，文本极具先锋性，对我这种相对传统的写作者来说，《山花》是道难进的门。我在门外徘徊了好久，一直到2004年，我才第一次在《山花》上发表小说，之前是否投过稿，一点都记不起来了。直至现在，我在《山花》上共发表过七部中短篇小说，还有两篇散文。在我的文学"发表史"上，《山花》无疑是最多的。

大约是2005年还是2006年，好像是秋天吧，有天上午，突然接到盘索的电话，说何锐老师在北京，马上要回贵州了，想与几个年轻的朋友见面。我那时还算青年，便如约去北京站前面的地下街，在一个小饭馆见到了何锐老师，他看上去依然清瘦、精神，与陆续赶来的李云雷、徐则臣（他俩与盘索三人把左岸文化网弄得正风生水起）、李浩……忘记还有谁了，几个人相谈甚欢。但那次没谈文学，几乎都是聊小道消息。我们坐在小饭馆的一个折叠桌旁，已过了饭点，周围没几个食客，我们毫无顾忌地谈论着国内国际形势，差点误了何锐老师的火车，不知是谁提醒该进站了，才慌乱地离开饭馆，经过地下通道，将意犹未尽的何老师送到北京站检票口。之后，我们再没见过面。

像所有与《山花》接触的作家一样，我也经常夜里接到何锐老师的电话，他要稿子或者谈稿子。何老师要稿子的贵州普通话我还能听懂一些，谈稿子时很难听明白他的意见，比如我的中篇小说《身份》，他在电话里谈了好长时间，我没听大明白他的意思，但我还是揣摸着修改了，发过去没几天，何老师半夜打电话来说，按他说的意思改了，就这样吧。我还没来得及说句感谢的话，他已将电话挂断。

后来，何老师退休了，他给一些出版社编书，依然半夜会给我来个电话，让我发稿子给他。我们的交往仅限于这样短暂而无关其他的电话，或者逢年过节时的一句短信问候。2019年3月15日，是春天了，正是山花烂漫的季节，突然间听到何锐老师去世，当时我愣了，难以置信，这么精神的一个人，怎么会？

现实就是这么残酷，那个精瘦、干练，曾经的《山花》掌门人，永远地离开了我们，离开了他钟情的文学事业。我们没办法挽留住何锐老师的生命，却能编一本书，把在《山花》上发表过的部分小说辑在一起，以示纪念。

2019.4.29于苏州桥